财产继承人

CAICHAN JICHENGREN

施勤勤◎著

凤凰出版社

1

林列从急救室转入病房已是傍晚时分，他右胸的肋骨断了两根，脾脏也受到中度损伤。

惊魂未定的马金玉坐在病床旁的椅子上，感觉像做了一场惊悚的噩梦。今天的遭遇太离奇，活了二十三年从未与人结怨，俩歹徒为何对她屡下毒手？幸亏那一刀刺在肩上，包扎一下也就没事了，可惜病床上的小伙子为了救她伤成这样。

今晨，马金玉开车去省外贸公司拿订单，途中发现一辆黑色轿车紧随身后，车里坐着一胖一瘦两个男人。尾随时间过长马金玉心生疑窦，路那么宽它干吗不紧不慢地跟着我？

车开到一座桥上时周围空寂无人，黑色轿车突然加大马力冲过来，将马金玉的桑塔纳逼到桥边上，幸好她即时刹车，不然就连人带车掉进河里了。

趁马金玉掏手机报警之际，对方调整车姿再次逼来，幸好拐弯处开来一辆大巴，黑车见势不妙冲下桥去，眨眼工夫不见踪影。

心有余悸的马金玉一边开车，一边猜测陌生男人的意图。联想起两年前堂哥遭遇的那场车祸，不由得沁出一身冷汗。

那天风和日丽，马凯的车刚开上国道，就撞向路边的电线杆，当场车损人亡。勘查结论为意外事故，可马金玉总觉得这事蹊跷。三叔听说儿子遇难当场晕倒在地，在医院足足住了一个多月才康复回家。

马金玉在省外贸公司签好合同已是下午三点。这份合同本该三叔来签，因为金马公司是三叔一手创办的。可是，自打马凯出了车祸，三叔的身体状况就一直不大好，公司里的事大多让她代为处理。为此，大伯的大儿子马聚一直不乐意，心里别扭脸色也越发难看了。

离开市中心不久，黑色轿车再次露面。马金玉脑海里闪出一个大大的问号，合同已正式签订，对方为何穷追不舍？原以为是同行厂家不正当的商业竞争，现在看来问题并不那么简单。莫非有人想制造一场车祸，让我和马凯同样死于“意外事故”？

这个念头一闪现，马金玉的心怦怦乱跳。她决定先把小车存到停车场，然后打车回家。为稳妥起见，她将车开进地下停车场之后，并未从来时的大路返回，而是穿过巷子去街口打车。

在距离巷口约两米远的地方，突然听到有人喊她名字，金玉绷紧的肌肉顿时舒展开来。当她扭头请求保护时，却意外地发现喊声来自那两个神秘男人。

马金玉紧张得透不过气来，急忙掏手机拨打 110。

刚刚拨通，俩家伙已经冲到她跟前，瘦男人二话不说举棍就打。吓蒙了的马金玉使劲争夺木棍，并且拼命呼喊：“救命啊！救命啊！”

喊声激怒了胖子，唰地拔出尖刀直接向马金玉刺去。

在这紧要关头，巷口冲进来一个小伙子边跑边喊：“住手！放开她！光天化日竟敢行凶？”话音未落拉起马金玉掉头就跑。瘦子见状立刻冲上来，抬脚踢向小伙子腹部。小伙子顾不得疼痛，咬紧牙关奋力抵抗，两人随即扭打成一团。

胖子面露凶相举刀朝马金玉刺去。金玉来不及躲闪左肩被刺中一刀，鲜血顿时染红了衣服。胖子发现没有刺中要害，再次举起带血的尖刀。小伙子见状急忙推开瘦子，转过身飞起一脚踢中胖子。

俩歹徒恼羞成怒合伙将小伙子扳倒在地，胖子在他的胸口上使劲跺了两脚。

小伙子“啊”了一声，在地上滚了几滚不再动弹。

这时巷口处过来几个路人，有人喊着“警察来了”，两个歹徒不敢逗留，恶狠狠地瞟了马金玉一眼仓皇逃窜。金玉觉得瘦高个挺面熟，回忆了一下也没想起来。

天黑透的时候，林列从麻醉中苏醒过来，疼痛使他修长的眉毛拧成一团。马金玉用纱布轻轻擦了擦他的脸，那线条分明的嘴唇看上去像刀刻的一样。

偷偷看过几眼之后，马金玉不由得一阵脸红，长这么大还从未与年轻异性如此接触过。也许因为林列救了她的命，也许是他的勇敢和正义感动了她，马金玉觉得这张脸特别亲切。

这种亲切感很特别，它是那么陌生又是那么美好，那么令人心动，还让人觉得忐忑不安，这是她有生以来第一次体验到难以言说的复杂情感。

医生帮林列检查完毕告知：病人已基本脱离危险，马金玉悬着的一颗心终于落下。

一小时前三叔在电话那头说，公司已派人前来替换她回家。此刻马金玉改变主意了，她决定留在医院照顾林列，对她来说没有任何事比陪护自己的救命恩人更重要。

2

凌晨时分林列睁开眼睛，看着雪白的墙壁搞不清自己在什么地方，紧靠床边的椅子上坐着一位漂亮姑娘。她是谁？为什么睡在椅子上？想不明白就伸手碰了碰她。

见伤者醒了，马金玉兴奋地嚷道：“林列你醒了，伤口还疼吗？要不要喝点水？”

林列更加奇怪：“你怎么知道我的名字？我这是在哪儿呀？”

马金玉说：“你为了救我被歹徒打伤了，医生刚给你动过手术。”说着拿起一只材料袋笑道：“这里边有你的档案，大学应届毕业生，正在应聘找工作是不是？”

林列一下子清醒过来，挣扎着要下床，被马金玉摁住说：“你刚动了手术，医生嘱咐不能活动。想要什么就对我说吧！”

林列无奈地叹了一口气，昨天下午他去一家公司面试，路过巷口时听到呼救声，没来得及多想就冲了进去。姑娘得救，自己却身受重伤，错过了招聘单位规定的面试时间。

林列出生在湖南贫困山区，父母种地为生，日子过得很是艰难。当林列拿到大学录取通知书时，父母哭哭笑笑不知如何是好，老实巴交的爹只好去找村长。村长在村民会上说：“大家凑一凑吧！咱这穷山沟从古到今没出过大学问的人，林列考上大学不容易啊！林三先记个账，等儿子学成之后把钱如数还上就是了。”

林列在乡亲们的帮助下跨进大学校门，四年里他做过家教和杂工，最终以优异的成绩完成了全部学业。然而，现实并不像村长说的那样，学成之后就有前途了。林列学的是历史专业，工作不好找，常常是投档之后便没了回音。这次好不容易有家公司通知他面试，他却躺在医院去不了，真是活活急死人。

马金玉看出林列的心思就宽慰道：“有大学文凭还怕找不到工作？实在不好找就到我三叔的玩具公司里干。”

林列笑了笑没说话，刚进大学时所拥有的憧憬和抱负，已在一次次失望中消磨殆尽，不过此时此刻这女孩的一句安慰话还挺让人感动。

林列生性腼腆，面对马金玉的悉心照顾，要么表现得局促不安，要么直截了当拒绝。每逢此时金玉就装出严肃的神情说：“你刚动完手术不能活动，万一影响康复怨谁呀？”

这么一说林列的尴尬少了许多，连忙换个话题问道：“我的手术费是你代交的吧？一共多少钱？我想办法还你。”

类似的话题他已重复过多次，马金玉只好再作一次解释：“这事不用你担心，公安说了，医疗费可以从见义勇为基金里支。医院听说你是救人受伤，也主动减免了部分费用。”

马金玉一边喂水一边编出话来回答，她可不想让林列知道，所有费用都是三叔让财务部打到医院账上的。

喝完水林列说：“你快回去吧，家人三天见不到你肯定着急。”

马金玉摇了摇头笑道：“等你康复出院我再回去。”

林列怕别人误会，更怕女孩的父母担心着急，所以一个劲地动员她赶快回家。

见林列拼命坚持，马金玉申辩道：“你因为救我才受伤，即便我人回去了心也不安。在这儿虽说帮不上大忙，做些杂活总可以吧！再说我已经跟家人说好了，所以不准你再提回家这两个字。”

林列听了这番话也不好再坚持，况且病房里有这个女孩在一切变得很温馨，时间也不再那么难打发，就连打针都不觉得疼了。

夏日的早晨空气特别清新，几缕朝阳反射在病房的玻璃窗上，让人凭空生出一种跃跃欲试的冲动。马金玉和林列相处了几天，渐渐熟悉起来。

当林列能够下地行走的时候，马金玉就扶着他在走廊里散步，那份细心和关怀备至，使不知情的人误以为是小两口。昨天一位中年妇女与他们擦肩而过时，就不无羡慕地说了一句：“瞧瞧！多完美的一对呀！”

每逢此时，马金玉便会耳热心跳，一丝丝甜美的幸福在心里瞬间弥漫。而林列的表情则十分迟钝，有时好像没听懂；有时不经意地将头一低。

这天傍晚天气凉爽，马金玉扶林列到楼下花园散步。映入眼帘的是一片生机勃勃的景色，嫩绿的小草，茂密的树叶，艳丽的花朵，这一切能让人生出无限感慨，觉得生命无比美好。

不知不觉绕花园转了一圈。马金玉告诉林列她在三叔公司里打工，那是一家生产出口玩具和不锈钢产品的民营企业，厂址在县城近郊，距离省城约三百多公里。

林列惊奇地问道：“你一外地人，怎么胡乱钻进小巷？难怪会遭遇图谋不轨的色狼。”

马金玉忍不住笑道：“你怎么知道那是色狼？歹徒脸上又没写字。”

林列一下子被问住，不好意思地笑起来。但他的推断好像也没错，一个漂亮姑娘独自在地下停车场门口迷了路，被两个色狼看见便心生歹意。假如是劫财为何没抢走她手中的包？不过，光天化日之下劫色的可能性也不大，那地方行人虽少车辆却是来往不断。既非劫财又非劫色，难道还是仇杀不成？一个二十多岁的女孩与人能有多大的怨仇呀？

提起这类话题，马金玉不由得锁紧眉头。最近这两年，她碰到过许多莫名其妙的怪事，有人往她茶杯里下过药；两次食物中毒上吐下泻；上周差点命丧车祸，侥幸逃过，又遭遇两个陌生男人暴力行凶。

一系列事件绝非偶然，但种种迹象来得蹊跷，消失得也蹊跷，让人捉摸不透。

面对怪事，马金玉既没报案也没声张。之所以没有声张，一是找不到实质性的证据；二是怕父母和三叔担心。况且她也想象不出谁会如此不堪。自己周围全都是笑脸，生活中充满了呵护与关爱。可是，每每想起堂哥马凯死于离奇车祸，金玉的心里就无法平静下来。

3

转眼间，马金玉在病房照顾林列已半月有余，除了夜晚去宾馆睡觉，俩人几乎形影不离。三叔几次派人来换金玉回家，都被她找些乱七八糟的理由拒绝了。

马金玉舍不得离开林列，一想到要分手心里就有说不出的难受，一种无形的引力把她和病床上的这个男孩紧紧联系在一起。

她对林列从感恩到喜欢，从喜欢到依恋以至于难舍难分，她甚至希望时间就此定格，一切静止在这个状态才好。

林列感激这位温柔漂亮的女孩，更感激她的悉心照料。要不是耽误了求职面视，他反倒会庆幸眼前所发生的一切。半个多月以来他们配合默契，为了一个康复目标，两个素不相识的人建立起纯真的友情。林列心中仿佛升起一轮月亮，刹那间充满光明，姑娘的善良温柔、清馨淳朴，犹如投射到夏日水面上的月光，丝丝缕缕都洋溢着深情。

由于年轻，体质又好，林列的身体恢复得很快，医生说再过一周就能出院了。马金玉听到消息心情极为复杂，既有如释重负后的喜悦，又有欣慰和安心，还夹杂着难以言说的失落与惆怅。她多么希望能够永久守候在林列身边，哪怕照顾他一辈子也心甘情愿。

这种念头一闪现马金玉立刻脸红心跳，她暗暗自责：人家见义勇为救了你，你凭什么胡思乱想。

她也说不清楚凭什么，只是从心里不愿与林列分开，不想和对方说再见。这段特殊的生活经历，在马金玉的心底掀起快而迅猛的激情，使她再也回不到从前的宁静之中去了。

这两年上门求亲的人络绎不绝，按三叔马千里的意思，要她嫁给万达的儿子万雪涛，一是万家与马家门当户对，两家联姻有利于事业发展；二是为了报恩，当年要不是万达帮忙，哪来今天的金马玩具公司？

二十年前，马千里两岁半的女儿丢失了，妻子成天以泪洗面，病一天重似一天。老马只好辞掉工作，一边带着老婆四处求医，一边寻找丢失的女儿。前后折腾了三年多，家里的东西几乎卖光了，女儿却依然杳无音信。

眼看这个家撑不下去了，走投无路的马千里只好找师兄帮忙。刚当上副科长的万达有点小权在手上，他帮马千里揽了一批活带回家里做。那活不复杂，先在长毛绒玩具里塞上腈纶棉，再用针把口缝起来就行了。

一家子不分白天黑夜拼命干，第一批货就挣了两百多块钱，这让老马看到了致富的契机。于是他领回更多的活分给邻居做，自己从中拿提成。接着又张罗贷款砌车间，购置缝纫及裁剪设备，当年的资产就蹿到六位数。

几年下来业务越干越顺手，马千里干脆到外贸公司直接拿订单，并迅速成为外贸公司的定点生产单位。中国加入世贸组织后，玩具行业得到飞快发展，马千里的外贸订单多得来不及做。在各级部门的支持下，他扩建厂房招兵买马，很快成为远近闻名的民营大企业。

三叔从心里感激师兄，一直想找机会报答他。万达早年下海，如今已是名气很大的老板。他给马千里的报恩机会，就是说服侄女嫁到万家去。

三叔一心想促成此事，金玉偏偏找不到感觉。她对玩世不恭的万雪涛没多少好印象，做普通朋友还凑合，与他共度一生实在下不了决心。为此，家人一提此事她就心烦不已。

林列突然出现，使马金玉对男性产生了特殊感觉，这种感觉是那样美好，那样令人向往。同样是这种感觉，让她变得爱猜疑爱胡思乱想了。

跟林列在一起的时候，金玉感到无比幸福；独自一个人睡在宾馆，又觉得一切很不真实。这种捉摸不定的感觉越强烈，她就越想猜透对方的心思。可惜无论怎么猜总是猜不透，有时觉得他对自己很关注，有时又觉得并不十分在意她；时而觉得林列对自己特别亲切，时而又觉得他对别人亦是如此。她就这么不断地想，想完了再推翻，反复折腾到后半夜才能入睡。

按理说，像林列这么聪明帅气的大学生，肯定会有一大群女生围着他转，他怎么可能看上一个乡下女孩？每当想到这些，金玉心里就像撒了一把盐。

可是，如果林列有女朋友为何一直不露面？也许早跟女朋友分手了，据说大学里的恋爱关系很不牢靠，成功率还不足百分之五。这么一想，她的心情又豁然开朗。

马金玉觉得自己很自私，既希望林列没有女朋友，又庆幸他尚未找到合适的工作。怎么回事？她也说不明白。金玉为自己心底深处，因私心所产生的幸灾乐祸感到深深的愧疚。

4

周二天气晴好，一缕朝阳在窗外徘徊。

林列睁开眼睛发现马金玉正全神贯注地看着他，略显尴尬过后便有一股温馨涌上心头。眼前的姑娘很完美，美得让人赏心悦目，她的一颦一笑以及每一个细小动作，都能让人突然产生感动。因为她的存在，这间病房充满温馨和愉悦。

该去楼下散步了，两人一前一后往楼梯口走。一股穿堂风吹在林列身上，飘起的衣襟掠过马金玉的手背，感觉很柔软很滑腻。这种柔软和滑腻，像一圈圈涟漪在她心中慢慢散开。

来到楼梯口马金玉仍在想心事，一不留神脸撞上林列的后背，她来不及收住脚步，下意识地一把抱住林列。抬头看了对方一眼，随即像被火烫着似的收回了双手。

差不多是一秒钟的接触，让马金玉触摸到林列温暖的肌肤和坚实健壮的骨胳，她的脸一下子红到耳根，心怦怦跳得厉害。

林列转过身，本能地伸手揉了揉金玉的脸颊："撞疼了没有？"

马金玉红着脸羞涩地摇摇头，跨前一步抢在林列前边匆匆走下楼梯。

很快就要出院了，突然涌上心头的失落与惆怅使林列非常郁闷。身体恢复得不错，工作可以继续再找，因何如此心烦意乱？他也说不清楚。

大二的时候，许多同学开始成双成对，林列忙于学业忙于打工，与这类事情从不沾边。对林列有意的女同学不在少数，可他一概装聋作哑不予理会。自己家境那么差谁会真心嫁他？明知事情最终没有结果，又何苦自寻这份烦恼。

直到大三下学期，外语系一名叫柳叶的女生执拗地走进他的生活。吃饭、去图书馆差不多经常碰面。柳叶既会关心人，又擅长做思想工作，在她百折不挠的努力下，终于如愿和林列谈起了朋友。

这事被柳叶的母亲知道后坚决反对，认为他俩在截然不同的环境里长大，各自的生活方式很难被对方改变，就如同一条无法跨越的鸿沟将他们阻隔开来。为此，她果断地要求林列和柳叶分手，那强硬的语调足以说明她态度坚决。

自尊心促使林列下决心退出，柳叶坚决不同意，铁了心要跟林列好，声称再大的鸿沟总比不过牛郎织女吧！精神财富永远高于物质财富，失去真爱等于失去一切！

俩人不顾阻拦，继续保持恋爱关系，可是没等毕业，柳叶的父母就帮她办好了出国留学手续。柳叶犹豫不决进退两难，国外的生活太具诱惑力，几乎超出了她所崇尚的精神财富。于是她动员林列一同出国，说只有出国父母才同意他们继续交往。

瞧她说得多容易！出国费用少说也要十几万，乡亲们凑的学费至今还没还上呢！况且，林列离不开年迈的父母和家人。最终，这桩海誓山盟的恋情在不了了之中画上句号，时间虽然不长，但它给林列造成的伤害却是很深很深。

林列一夜没睡好，起床后不由自主地唉声叹气，他不明白出院前情绪为何如此低落。

快到散步时间了，林列习惯性地盼望着马金玉到来，盼望着令人心动的身影会突然出现。每逢那时似乎有一道奇妙的亮光从他眼前闪过，整个身心因激动而稍稍颤抖。若不是他使劲控制住激情，也许他会大声喊叫，会忘乎所以地冲上前去，拥抱这位萍水相逢的漂亮女孩。

尽管林列心里这样想，但他绝不会那么做。他了解自己的处境，温饱还没解决，生活尚无着落，哪有资格谈情说爱？当然，最令他顾忌的还是害怕再次受到伤害，他不相信条件好的女孩，会心甘情愿嫁给他这样一文不名的穷人。

解不开的心结搅得马金玉心烦意乱，也许这是最后一次陪林列散步了，无论如何得找个机会消除心中的疑团。

俩人来到楼下，金玉问林列："你住院二十多天，怎么没见家人来医院？"

林列解释说："我家在很远的大山里，父母靠种地为生，为了供我上学欠下不少债。因此我没把住院的事告诉家人，免得他们干着急。"

马金玉说："你家人不能来，女朋友总该来看看吧！"

林列不置可否地淡淡一笑。

马金玉见他不开口更加着急，坚持要他回答这个问题。

林列见她穷追不舍，只好如实相告，说他目前还没有女朋友。

马金玉喜不自禁地喊起来："你这么优秀，怎么可能没有女朋友？肯定是骗我的吧？"

林列看着马金玉，想说什么却没说出口。沉默片刻苦笑道："我有必要骗你吗？"

马金玉按捺不住兴奋，无数次肯定了再推翻，推翻了又肯定的问题，在这一刻终于有了满意的答案，她似乎看到一条通往幸福的希望之路就在眼前。

5

一天很快过去了，马金玉企盼的幸福场景并未出现，连起码的希望都没给她留下。

帮林列办完出院手续，马金玉就一声不吭地在病房里收拾东西，那慢吞吞的动作看上去有些心不在焉。原以为林列没有女朋友自己就有机会了，谁知道她旁敲侧击试探过几回，对方要么不接话茬，要么转移话题。

马金玉失望极了，今朝一别何日再会？林列将去新单位上班，也许很快就会遇到情投意合的女孩。到那时他还能记起远方的小镇上，有一个痴情女孩时刻惦念着他吗？即便偶尔想起她又能怎样呢？

随着时间一分一秒过去，马金玉的胸腔好像装进一只不断膨胀的气球，憋闷难受连喘息都不顺畅了。可是，该说的话都说了，该表示的也都表示过了，对方只管抱定一个主意，就是不谈感情方面的事。

莫非是我自作多情？是我一相情愿单相思？果真如此那多没面子啊！马金玉越想越不对劲，心里七上八下难受得要命。

林列从门外走进病房，朝闷闷不乐的马金玉看了看笑道："你心事重重，该不会是结帐的钱没凑够吧？"

马金玉啐道："你只关心那些没用的事。"

"既然没事干吗那么严肃？其实我的出院之日就是你的解放之时，成天闻来苏水味早就厌烦了吧？”

马金玉心里酸得厉害，抽了抽鼻子没忍住，泪水成串地溢出眼眶。

林列见她掉眼泪更加紧张：“你这么多天没上班，该不会被老板炒了鱿鱼？”

马金玉摇摇头没再说话，从小到大她第一次感到心情沉重，感到自卑和力不从心。

出院的时刻终于到来，马金玉拎着包恋恋不舍地走出留有温馨的病房。分手时总该笑一笑吧，可两人脸上的肌肉都挺僵硬，即便挤出一点笑容也极不自然。

马金玉给林列留了手机号码，对方却以没买手机为由，未留下任何联系方式。马金玉断定，林列是不打算再和她联系了，想不到自己在他的心目中这么无足轻重。如此一想，便越发觉得没趣，越发心灰意冷起来。

面对林列的冷漠，马金玉异常伤心，可又无法改变这个现实，只能企求时间帮助她逐渐淡忘这份剪不断理还乱的缠绵痴情。

走出医院大门，马金玉很想头也不回地潇洒离开，可脚下像被胶水粘住似的挪不动步。犹豫再三问道：“你已经毕业了，学生宿舍不方便再住，你打算去哪儿？”

林列说：“暂时住同学家里，行李书籍都放在那儿呢！”回答完毕伸出手笑道：“感谢你照顾我这么久，就在这里说再见吧！”

马金玉握住对方的大手，喉头感到一阵阵发紧。她不断敦促自己要坚强一些，爽快地道别，果断地走人，别让林列小瞧自己，可是双腿偏偏不听指挥。她弄不明白，自己为何突然变得优柔寡断起来。

林列见马金玉神情沮丧，再次问她住院费及其他方面有无麻烦。

马金玉摇了摇仰起的头，好不容易将噙在眼里的泪水控制住。她暗暗怨恨自己不争气，讨厌自己拿不起放不下。她悄悄转过脸去狠咬两下嘴唇，总算下定了分手的决心：算了，天下没有不散的筵席。

见对方流露出伤感情绪，林列并没有十分在意。他认为这是女人特有的脆弱，她们常常会为一只丢失的小狗或病死的猫而伤心流泪，甚至痛哭不已。女人相对男人而言，感情来得更容易，来得快消失得也快，柳叶就是最好的例子。

想到柳叶，林列心中的那点缠绵被果断地甩到一边，他朝马金玉笑了笑说："我会记住给你打电话的，有机会我们还能再见面。"

这是马金玉最想听到的话，原以为分手代表着永远失去联系，谁知他并没打算一去无踪影。马金玉泪水未干的脸上露出笑容，紧紧握住对方的手说："你可别一走了之，连报恩的机会都不给我留下。"

林列握住马金玉绵软而纤细的手，心里涌起一股甜蜜的暖意，却故意用淡淡的口吻说："千万别提报恩的事，那是我应该做的。只因为低估了对手的能量，害你在医院陪护我二十多天，咱俩就算扯平了。"说完挥挥手转身离开。

林列深怕自己因控制不住感情而重蹈覆辙，即便对方是真情实意，凭他目前的经济状况也没有资格想入非非。

马金玉没想到，离别比预料中更难接受，自己的心好像一下子被抽空了，头脑里只剩一个念头在固执地搅动：万一林列忘记打电话便彻底失去联系，也许今生再无相见机会。还是丢掉矜持，跟林列把话挑明，最好动员他去金马公司上班。这么一想，马金玉撒腿追上前去。

就在这个时候，林列跳上停靠在站台旁的公交车，那高大的身影立刻从她视线中消失了。等金玉追上去车子已开动，马金玉的心好像被人踩了一脚疼痛难忍，失望令她忍不住蹲下来。

当她沮丧地抬起头目送那辆车时，发现林列站在最后一排，正透过车窗玻璃向她喊叫，还做了个打电话的手势。

马金玉破涕为笑，因为她重新看到了希望，她从林列的手势和口型上明白了对方的意思：等他找到工作就立刻给她打电话。

6

秋老虎的闷热天气，使金马公司门前的水泥路面上蒸腾起浩如烟海的水雾。

马千里对金玉固执地留在医院照顾伤者很不以为然，但他对侄女难得一次的任性表示了极大的宽容。他知道金玉的脾气，平时很好说话，一旦认准的事却很难改变。

就说婚姻吧，万达的儿子万雪涛挺好的一个孩子，要长相有长相，要才干有才干，大学毕业正准备接手父亲的不锈钢公司和服饰公司。别人想巴结都巴结不上的好姻缘，到了金玉那里一口就回绝了。万达对马家有恩，多少年来两家关系一直不错，师兄三番五次上门为儿子提亲，老马却因为做不了侄女的主没法答应他。

黄昏时天空是玫瑰色的，不一会儿就变为深沉的宝蓝色。

马金玉失魂落魄地回到家中，爹娘像得了宝贝似的。见女儿闷闷不乐老两口很不放心，女儿在外照顾病人二十天，好好的一个人怎么变成这样了。不过，懂事的女儿不会让他们担心太久，她一惯处事为人都很有分寸。

林列在医院门口和马金玉握手告别，随即跳上公交车。瞬间产生的失落促使他快步走到后排，映入眼帘的是沮丧绝望的马金玉，她追着汽车奔跑，然后不由自主蹲在地上。

林列的心像被针猛刺一下，尖锐的疼痛由胸口弥漫开去。他不再多想，只管隔着车窗玻璃呼喊马金玉，可惜她低着头根本听不见呼喊。

他正想下车，公交车却加大马力向前弛去。林列一时性急，竟情不自禁地用手敲起玻璃，由此惹来众多异样的目光。

所幸这时马金玉站起身，不仅看到公交车上的林列，还看见他重复做了几遍的手势。

终点站到了，林列跟随人群走下车，总觉得丢失了什么东西。看看左手的材料袋，再看看右手拎着的包，里边装着马金玉帮他添置的换洗衣服。等他确认没丢任何物件时，才知道自己丢了魂。

林列在熙熙攘攘的人群中行走，却感受着一生中从未有过的孤单，就像鲁宾逊生活在孤岛上一样。与马金玉相处了二十多天，一声道别竟是如此沉重，正如宗大成所说：只有分别的时候，才能感受到那种忧伤。

此时此刻，林列越发后悔自己三不搭五，干吗随随便便分手呀？为什么不相约吃个饭，或者看一场电影？哪怕随便找个地方长谈一次也行啊。

快到同学家门口时，林列的心一下子抽紧了，难受，浑身难受。他清楚解决难受最好的办法，就是把丢失的魂找回来，于是他迅速掉转头再次跳上公交车。

林列重新回到了医院门口，转悠了好几圈都没见着马金玉的身影。这一瞬间，他突然发现自己十分依恋这个女孩儿，那种感觉就像婴儿离开了母亲的怀抱，像朝夕相处几十年的伴侣突然生离死别。

难以自恃的伤感使林列喘息都不均匀了，此时此刻他意识到，自己已深深地爱上马金玉，爱得那么强烈，那么不可抗拒。

林列失魂落魄地站在街头，茫然不知所措。这时，他想起马金玉走出病房递给他的纸条，上面写有她的手机号码。他赶紧从口袋里掏出纸条放在唇上亲了一下，眼眶竟有些湿润了。

7

周六晚上，万达带领儿子万雪涛来金马公司做客，几家要好的企业老板也都到场了。马金玉推说身体不舒服不想参加，三叔说什么都不准她的假。

马千里见主角迟迟不到，就问侄儿是怎么回事。马聚点头哈腰地说，他已经催过好几次了，让金玉务必到场，这会儿正让二叔催着她呢！

酒都倒上了马金玉才露面，恭恭敬敬向长辈们一一打过招呼。三叔的脸顿时舒展开来，连忙安排她坐在万雪涛旁边。马金玉清楚三叔的用意，尽管心里很不愿意，但当着众多长辈的面她也不好违拗。

一表人才的万雪涛不仅帅气，学历也高，但马金玉对他丝毫没有心动的感觉。她和万雪涛同学多年，小时候也没看出他有什么不好。从上高中起发现他变得特别讲究，讲究吃讲究穿，还讲究气派，喜欢将名车豪宅挂在嘴边。

优越的家庭经济条件，使万雪涛养成了娇生惯养目空一切的坏习气。大学四年衣服由洗衣店洗送，皮鞋让宿舍同学擦刷，他就像一个永远长不大的孩子，缺乏自理能力。

这些恰恰是马金玉最为反感的，她崇敬真正的男子汉，瞧不起拿父母的钱一味图享受的公子哥。在她看来，钱可以买来人世间各种各样的东西，唯一买不来的是能力和真情。

几杯酒下肚席间气氛热烈起来，不锈钢制品厂的帅老板看着两个年轻人笑道："后生可畏啊！我们算什么呀？充其量是个暴发户土财主！而我们的下一代就不一样了，他们有文化有见识，日后由他们继承事业前景更佳啊！"

李老板说："咱们冯老板最有远见，把女儿送到英国学习贵族礼仪，举手投足就是优雅大方。说到底是官场上混过的人，眼光和咱们就是不一样！"

冯桑丘略显尴尬的神态，表示他并不喜欢别人重提他当年风光排场的官场生涯，感觉好像被别人揭了短似的。混迹官场二十年，算得上游刃有余了，可惜未能安全着陆，五十几岁还摊上一场牢狱之灾。有人说他晚节不保，有人说他吃相太差。有人为他可惜，也有人说他活该。冯桑丘心里很清楚，自己坐牢并不冤枉，只是栽在情妇手上觉得不值得。

冯老板的沉默，冲淡了席间热烈的气氛。帅老板解围似的冲李老板笑道："你女儿考上博士，今后谁还敢说她爹前半生是收荒货的？"

见李老板默默点头，帅老板接着说："我常跟儿女们说，你爹当年学泥瓦匠时，被师傅打得满街乱窜，哪像你们现在生在福中……"

万达指着帅老板说："你儿子在国外留学，十足的富家豪门派头。他哪知道堂堂不锈钢制品厂的帅大老板，刚办厂时连镍和鉻都不认得，竟然读成目和给了。"

在场的人都笑起来，万雪涛笑得把喝汤的勺子都掉到地上了。

陈老板喊道："不管怎么说，还得感谢国家的政策好啊！假如没有好政策谁敢放手干哪，抓你个资本主义典型吃不了兜着走。"

正说得热闹，冯桑丘的女儿冯依云来到餐厅。只见她身穿紫色连衣长裙，三色绞丝金链在圆润的脖子上闪闪发光。她的嘴唇涂得太红，看上去像即将登台的演员。

冯桑丘一见女儿，脸上的表情便透出几分紧张，连忙起身把女儿拉到门外，问她有何急事非要追到这里不可？

冯依云满脸委屈，说她只想问问万雪涛为何如此绝情。

冯老板急了，女儿要真闹起来他这张老脸往哪里放？依云从小喜欢雪涛他是知道的，俩孩子一会儿好一会儿恼，几乎在吵吵闹闹中长大。自打万雪涛考上大学，就很少和依云来往了。对方越冷淡女儿越不肯放弃，常常弄得做父母的很没面子。

冯桑丘从内心觉得亏欠女儿，甚至把女儿的失恋也归咎到自己头上，认为如果他不被捕判刑，女儿的婚姻和前途肯定顺畅得多，因此他一直在设法弥补这份亏欠。可令他犯难的是，在万雪涛的问题上他束手无策，压根不知道该如何帮助女儿。

正当冯桑丘动员女儿回家之时，餐厅里传出马千里的喊声："冯老板，怎么不让孩子进来呢？快来吧，人多热闹些。"

马金玉正觉得尴尬，听三叔邀请冯依云就如同接到大赦令，连忙跑到门外拉住冯依云的手说："快进来，我正闷得慌，咱俩做个伴。"

冯依云恨透了马金玉，这会儿却顺从地跟她走进餐厅。马金玉把自己的位置让给冯依云。冯依云满心欢喜，万雪涛则一脸扫兴。

老马看出点苗头又不好多说，只管劝大家吃菜喝酒。在坐的人对不速之客的到来感到莫名其妙，更不明白今晚聚餐主题为何。

万雪涛瞄了一眼冯依云，懊恼沮丧的情绪油然而生。自打上高中起他便悄悄爱上了马金玉，可惜对方总是离他远远的。为了能和她在一起，万雪涛刻苦学习，终于和马金玉分别考取省城两所名牌大学。

同在省城接触的机会自然多，家人让他们相互带东西，放假的时候只派一辆车来接，其良苦用心就是希望他俩最终能够走到一起。不料大二下学期马凯出车祸丢了性命，三叔为此一病不起，马金玉只好休学回金马公司挑了大梁。

从那之后马金玉不断听人说，万雪涛在学校里摆阔气，常常哗众取宠搞些恶作剧，把贫困生整得下不了台。至此马金玉对万雪涛彻底失望，连见面都懒得去，哪还有感情可言。

四年大学生活转眼结束了，万雪涛心里想着马金玉，因此也没正式交过女朋友。然而，正是分开这段时间，马金玉离他越来越远了，几次上门求亲都被她拒绝。给她发短信，只是应付性地回两段，打电话吧，亦是公事公办的口吻。

失望之极，万雪涛也曾下决心放弃，但越想克制，得到她的欲望反而越强烈。生活往往就是这样，一件东西你越宝贝它，越怕失去它，它就越容易失去。

8

空气里浮动着盛夏特有的馥郁香气，火辣辣、热腾腾地四处飘荡。

林列在售房处找到一份工作，尽管与所学专业风马牛不相干，但每月两千元的收入总算解决了燃眉之急。

第一天上完班，林列要做的头等大事就是履行诺言给马金玉打电话。其实，分手当天他就急不可耐地想打电话，在街头上犹豫好久才强迫自己放弃念头。

电话虽然没打，但女孩的身影一直在他眼前晃动，笑眯眯地一会儿命令他这样，一会儿命令他那样。想到她那妩媚可爱的样子，林列浑身充满了幸福与激情。

满打满算分别不到两周时间，感觉好像离开了一两年。林列每天起床第一件事就是翻日历牌数日子，然后抓紧一切机会找工作。在这十多个日日夜夜里，他哪天不想马金玉十几次，甚至几十次？离别的时间越长，思念的情绪就越强烈。之所以拖到今天才打电话，还是难过自尊心那一关，他认为只有找到工作了，打电话才名正言顺。

林列坐在公交车上，设想着和马金玉重逢的场景。他会大胆地伸出双臂迎接这位患难与共的朋友，向她诉说别后的思念。第一次约会结束，就约定下次见面的日程。随着约会次数增多，感情将会有更高的飞跃。等他还清债务按揭买所房子，就正式向马金玉求爱……

想到这儿，林列忍不住拍了一下自己的脑袋，又想入非非了，还不知道人家怎么想呢。尽管分手那天马金玉的沮丧和惊喜足以说明，她对他的感情非同一般，但谁能区别是不是把他当成宠爱的小猫小狗了呢？

柳叶的母亲曾经对他说过：要让你们分手，一时半会肯定不适应。别说是人，就是处熟的小猫小狗丢失了还伤心着急呢！不过话又说回来，长痛不如短痛，时间一长会渐渐淡忘的。

林列回到租住屋，翻开日记本寻找夹在里边的纸条。那天马金玉把写有手机号码的纸条递给他，再三叮嘱要给她打电话。他把纸条随手塞进裤兜里，当他返回住院部门口，再也见不到马金玉的时候，才意识到纸条的珍贵。他把抚平的小纸条放进材料袋的日记本中，像保护一袋人民币似的带回了出租屋。

林列翻遍了日记本居然影踪全无，一着急竟沁出一身大汗。静下心来仔细回想，这才想起纸条的安身之处。

多少次他想抽出纸条给马金玉打电话，皆因工作没找到而迟疑不决。有一回拿着纸条走到电话亭，犹豫再三还是放弃了，他担心拨通电话不知道说什么好。

林列担心自己控制不住打电话的念头，干脆把纸条藏进西服口袋。这套西装是柳叶买的，挂在衣架上很少理会，因此西服口袋成了最保险的地方。

林列兴奋地从床这边跳到床那边，打开橱门一看西服不见了，他顿时傻了眼。倒不是舍不得那套西服，而是西服口袋里的纸条没有了。

林列一时没了主意，赶紧给同学王国礼打电话。他和王国礼、宗大成三人合租一个套房，西服会不会是他们中的谁穿走了？

一问果然不出所料，王国礼说宗大成今天面试，早晨穿了一件深色西服出门。林列又给宗大成打电话，却怎么都打不通，急得他不知怎么办才好。

直到傍晚宗大成才现身，垂头丧气地拎着西服回来了。林列一个箭步冲上前夺过西服，感觉一盆凉水从头浇到脚，湿透的西服分明是从水里捞上来的。他赶紧小心翼翼地从小口袋里夹出纸片，果然不出所料上面的字全花了。

“你凭什么乱穿别人衣服？大热天你穿西服干什么？穿就穿了干吗还往水里

跳……”

宗大成从未见过林列发那么大火，他生气地嚷道：“有什么了不起啊，不就一件西服嘛，等我找到工作领了薪水还你一件新的。”

林列发疯似的不依不饶，宗大成委屈得要哭，索性拉下脸跟他大吵一场才罢休。

宗大成因为形象不是很好，找工作一直不顺当。这回好不容易有个面试机会，就决定在形象上动动脑筋，这才穿了林列的西装。谁知依旧不成功，老板说他口齿不清不适合做翻译，等以后有机会再跟他合作。

宗大成心灰意冷地走出办公大楼，无意中看见两个小孩在厂门外的河里挣扎，于是不顾一切跳下水。等他把两个小孩救上岸，才发现身上的西服遭了殃。

林列得知原委也不忍心继续埋怨他，只好看着渐渐变干的纸片唉声叹气。

过了一会，见宗大成仍旧诚惶诚恐的样子，就苦笑道：“活该你倒霉！这件西服秽气得很，穿上它无论什么事都得泡汤。”

令人意外的是，第二天一早宗大成接到电话，那家单位通知他去报到。突如其来的好消息使宗大成激动得跳起来，抓住林列那件皱成一团的西服亲了又亲。

号码没了，懊恼可想而知。林列着急起来恨不能揪自己头发。纸条原本夹在日记本里好好的，干吗要放进西服口袋？几次走到电话亭又矜持地退回来，这通电话就那么难打吗？

马金玉向他索要联系方式时他还没买新手机，原先用的手机是柳叶买的，早被他摔烂了。与马金玉分手时自己还没有确定的住址，当初要是给她留个同学家的地址，这会儿也不用这么着急。如今号码消失，唯一的联系方式也就中断了。

要不干脆去找她，可她的家在哪儿呢？马金玉说距离省城三百多公里，哪个方向她好象没讲。说她在亲戚的公司打工，具体什么公司她好像说过的，但他当时因为走神也没记住。

完了，一段美好的情缘刚刚萌芽，就阴差阳错地画上句号。一个令他心动的女孩，在揪心的期待中失之交臂，这难道是天意吗？

既然没了希望就让它结束吧，只当从没发生过。从现在起不再想电话号码，不想医院病房里的事，要把搅得他心烦意乱的女孩子彻底忘掉。

决心下了却很难做到，二十多天朝夕相处怎能说忘就忘呢？女孩的一笑一颦已深深地刻在他脑海里，无论如何都抹不掉了。

人常说，时间是医治心灵创伤的良药。然而，时间越久林列反而愈加思念马金玉，思念那段甜蜜却又短暂的相逢。当他行走在空空的街道上的时候，会突然觉得自己的心也空得厉害，他不想再放弃，确切地说是他根本无法放弃。

此后，每逢休息日，林列都会不由自主地去寻找曾经的踪迹，比如第一次与马金玉相遇的停车场，受伤后被抬去救治的医院，以及和马金玉相处多日的住院部病房。在这个熟悉而又陌生的城市里，寻找一个陌生而又熟悉的身影。明知这些举动只是徒劳，但他就是管不住自己的脚步。

9

夏天常常是这样，当你想要寻觅它的时候，却突然不见了。

又是一个休息天，林列对寻找马金玉已不再抱有希望，可他仍然会不自觉地来到住院部。这好像已经成了他的习惯，成为他生活中不可或缺的一部分。

刚跨进病房走廊就听到嘈杂的吵嚷声，谁在病房门口大声喧哗？走近一看才知道发生了医患纠纷，死者家属控制不住悲愤情绪，正在一哭二骂三跳脚。

这个时段，正好是护工送开水的时间。发怒的男人顺手从推车上拎起一只茶瓶，双手举起就往地上摔。

一注开水溅到护工脚上，即刻从她的嘴巴里发出一声尖叫。那凄惨的叫声在长长的走廊里发出回响，听起来格外吓人。

尖锐的痛感从脚上直逼心脏，护工疼得抱住脚瘫坐在地上。

林列赶紧拨开众人走上前，双手抱起护工就往值班室送。

等包扎完了林列才发现，护工是个年轻漂亮的女孩。乍一看挺面熟，以为是大学同学，愣了一会儿才想起来，这个护工的五官与马金玉很相似。

这个念头刚闪现，林列便蓦地一下红了脸，思念马金玉都快走火入魔了，怎么见到年轻漂亮的女孩都觉得像她呢。

处理完烫伤，医生让女孩留下观察。

林列离开时，女孩踮着一只脚跳到门口再三感谢，美丽的大眼睛里透出让人怜惜的神情。

过了一周，林列再次来到住院部的时候，已不再是漫无目标，他想看看女孩烫伤的脚好了没有。

来到锅炉房一打听，才知道女孩是外省人，名叫麦妮，最近几天刚换到洗衣房工作。林列心想，她的脚不是烫伤了吗，怎么不请假休息呢？

来到病房后边问了两个人，才找到麦妮的工作地点。

偌大的洗衣房里安装了两台大型洗衣机，外加烘干消毒流水线。麦妮独自站在案板前折叠被套床单及白大褂，那衣物堆得像小山包似的。

猛见一个男人走进来麦妮吓了一大跳，等看清是帮助过自己的年轻人，反倒觉得有些不好意思，连忙单腿跳着拿来凳子请林列坐下。

“原来是你呀！谢谢你帮了我那么大的忙。”

“脚好些了吗？怎么不休息两天？”林列朝女孩看了两眼，怜悯之心油然而生。瞧她人长得娇弱文静，倒有着想象不到的坚强和韧性。

麦妮笑着说：“我一个打工的，不干活哪来饭吃？”

这句话一下了拉近了两人的距离，同是打工者对问题的看法常常会感同身受。

麦妮一边折叠衣物一边跟林列闲谈。起初双方都比较拘谨，谈了一会竟十分投缘。

林列问：“你一个女孩子，为何单身一人来这么远的地方打工？”

麦妮似乎不太愿意回答，迟疑了一会还是说了缘由。

她的家乡在河南，家里除了父母还有妹妹和弟弟。麦妮十岁才上一年级，在山沟里读完小学，父亲就不让她继续读书了。多亏班主任易老师再三做工作，并自愿承担起全部学杂费，父亲才勉强同意她读完初中。当她接到财会专科录取通知书时，爹说什么也不让她上了，麦妮只好回家干农活。仍旧是小学班主任帮她交涉，才得以重返学校。眼看还有一年就毕业了，爹却坚决要她辍学。她一生气就从家里逃出来，想等打工赚到钱再继续学业。

林列十分同情麦妮的命运，但对她轻率离家不太认同。直觉告诉他麦妮隐瞒了部分情节，并没有把辍学的真正原因说出来。然而，每个人都有深藏心底的秘密和不便言说的东西，她不想说，他自然不好多问。

林列简单地作了自我介绍，让麦妮有困难就给他打电话。

直到把折叠好的被套衣物一一放到架子上，林列才和麦妮分手道别。

走到门外麦妮说："你要愿意的话，就把被单衣服拿过来洗。"

林列欣然答应，说租住屋里三个男人的衣物都发臭了，正想彻底打扫除呢。

10

麦妮的脚伤全好了，多亏林列照顾帮忙才康复得这么快。她从心里喜欢这个热情正派的男生，喜欢这位第一次见面就不用设防的男人。一个女孩子流落他乡人生地不熟，能有这样一个可以信赖的朋友，是多么值得庆幸的事啊！

转眼一周过去了，这天天气晴朗，朵朵白云飘浮在天空。麦妮坐在洗衣房的凳子上，心不在焉地朝窗外看去。一只嗡嗡叫的黄蜂在玻璃窗前盲目飞撞，这让麦妮联想起自己的处境。一想到处境自然而然就想起爹，立马浑身的肌肉都跟着紧张起来。

爹成为酒鬼之前，也是个有理想有抱负的人。因为他的理想和抱负太多又太不专一，导致他处处碰壁一事无成。经历了若干次挫折之后，他便彻底丧失了“不干出点名堂誓不为人”的信心，从此沉醉于烧酒之中一发不可收拾。

爹出生在农村，对农活却毫不精通。儿时的他一心想成为文化人，可是一读书，他就像害病似的浑身不自在，好不容易挨到小学毕业，便万分痛苦地告别了书本。

后来他多次努力过，但不断涌现出来的理想，最终变成一个又一个肥皂泡。他想当兵，人家嫌他文化低；想屈尊当工人，技术工种他学不进，没技术的又觉得屈才。碰了无数次壁之后，他对自己以及这个世界失望得一塌糊涂。

有一天，他从亲戚家吃完喜酒回来；颓废许久的头脑里又孕育出新理想，他想去镇上学厨师。家人见他态度诚恳，便四处借钱满足他的愿望。拜师之前，他以为自己在烹饪上很有天赋，直到他的师傅一次次喷着唾沫星，骂他朽木不可雕，骂他是吃不死的馋猫，他才绝望地离开了灶台。

后来他又走过许多弯路，直到村里一个姓米的劳改释放人员，别出心裁地饲养了一屋子土鳖虫，他才侥幸走上一条正道。不过，他在这条正道上跑的是短途，先后只兴旺了两年就被淘汰出局了。

可别小看这两年，正是这两年让爹成就了大业，娘就是在爹的巅锋时刻接受了彩礼。这段经历是爹一生中的亮点，也是他最喜欢炫耀的辉煌历史。

米老板回村那辰光，正是爹最落魄的时候。因为米老板刚从牢改队回来，所以全村没人瞧得起他，因此他很孤立。爹那会儿正好闲得没事，就别无选择地投靠了他。米老板那阵还算不上老板，爹的主动殷勤使他很感动，也不忌讳爹一事无成的坏运气，就爽快接受了他。

爹顺利跳进米老板的战壕，成为他生意场上第一个合作伙伴。

到了第二年年底，爹的家人开始对爹刮目相看，因为他用自己挣的钱翻修了房子，娶回了老婆。

麦妮常在私下里瞎想，假如爹没有这段辉煌历史，也许到现在还打着光棍呢。有时侯，麦妮头脑里会冒出一些奇怪的念头，也许爹打一辈子光棍会更好些。

没多久米老板变成了香饽饽，外村人纷纷上门求取致富经。

村里人看得眼红，看得心急火燎，一个个想方设法与米老板套近乎。

米老板来者不拒，广收门徒，从此大队人马围着米老板屁股转。爹在米老板眼里逐渐变得无足轻重，即便使出浑身解数，最终还是被排挤出局了。

出局后的爹一撅不振，眼看村里富人越来越多，爹受不了刺激便搬到岳母家去住。

爹这辈子从不跟麦妮谈心，类似的故事都是爹喝醉酒自说自话的。那些只言片语飘进麦妮的耳朵，她便觉得爹打一辈子光棍也许会更好些。

秋日正午的阳光充满穿透力，就像舞台上的追灯耀得人睁不开眼睛。

星期六下午，麦妮忙完手里的活坐下休息，望着桌上的手机突然生出一个念头。那奇怪的念头在她心底慢慢升腾，使她不由自主地抓起手机拨通了林列的电话。

麦妮问林列："明天有空吗？"

对方回答有空。

麦妮踌躇片刻试探性地问道："一起去爬山吧，行吗？"

对方说："行。"

放下电话，麦妮的心咚咚跳个不停。她为自己大胆的念头、大胆的举动感到吃惊。这辈子除了离家出走，她还从未按自己的意愿活过一回呢。

早晨起床天气很好，麦妮的心情特别愉快，这种通体的愉快在她一生中极少有过。

当时钟敲响六点的时候，麦妮和林列在紧靠车站的公园门口相聚了，看上去就像多年的老友那样无拘无束。

深秋的空气中弥漫着干草的香味，路边的雏菊正含苞欲放，几只鸽子在空中盘旋。当他们爬上山腰的时候，太阳像个大火球挂在树梢上，四周的景物太美了。两个年轻人兴奋地在山上奔跑喊叫，把生活中的许多烦恼和不愉快统统丢到脑后。

玩累了坐在石头上休息聊天，他们从大山树木、奇花异草谈到各自的童年，不由得感慨万分。人生有许多意想不到的事情发生，自然会有许多烦恼与忧伤。

林列问麦妮："从你谈话中能够感觉到，你父亲并不喜欢你，这是为什么？"

麦妮说，这正是她一直不解的谜，无论她怎么努力都得不到父母的爱。从小到大，父亲从没给过她好脸色，母亲虽比父亲好些，但与弟弟妹妹相比也是天壤之别。

林列觉得麦妮的心态不够端正，就耐心开导她，作为儿女不可以对父母要求太高，因为他们常常是心有余而力不足。比如他的同学宗大成，父亲为他筹集学费都去卖血了，可他还一味地埋怨父亲无能；怨恨父亲相貌太差，以至于遗传因子影响了他的形象。

麦妮听完这话默默地点点头，接着又深深地叹了一口气。

林列见教导起了作用，就趁热打铁大讲孝道与善良，说一个人必须要有感恩之心。假如你换一个角度看问题，就能看清父母们的无可奈何，你也就不会无端地指责和埋怨他们了。

麦妮仍然没说话，只是神情沮丧地凝望着远方。

林列以为一席话说到对方心里去了，就劝道："你也别太自责，认识到自己不对就行。年轻人嘛，谁没有任性撒娇的时候？抓紧时间给父母写封信，也好让他们放放心。"

麦妮点了点头，接着又摇了摇头苦笑道："以后再说吧。"

见气氛过于凝重，林列提议一口气爬到山顶上。麦妮立刻响应，站起身抢先往山上爬去。到了山顶累得气喘吁吁，脱掉羊毛衫头上还直冒热气呢。

林列说："快把衣服披上别感冒了。"

麦妮顺从地把羊毛衫搭在背后就开心地说笑起来，刚才的沮丧全都不见了。

谈话的时候，麦妮无意中撸了一下衣袖。林列在她的手臂上看到好几处疤痕，那一道道旧年留下的伤痕使林列怔住了，连忙追问是怎么回事。麦妮苦笑了一下，说她挨打的时候习惯用手护住头，至于每条疤痕的出处她已记不清了。

林列抓起麦妮的另一只胳膊，撸开衣袖发现上边同样是伤痕累累。在这一瞬间里，林列受到极大的震撼，刚才还振振有词地批评麦妮，哪曾想到她所承受的苦难别人根本无法想象。这个女孩的命运太坎坷了，那一道道伤疤昭示她曾遭受过无数次毒打。她来到世上才二十多年，究竟做错什么了，亲生父亲会对她下此毒手？

11

难得有好戏开场，谁舍得错过啊？趁此机会乐一乐，也好让郁闷的心情彻底放松一下。金马玩具公司的十几个员工聚集在招待所客房门口，翘首以待一出好戏开幕。

半小时前有人看见马聚走进客房，尽管他用一顶大帽子伪装自己，但肥硕的臀部和耀武扬威的步伐，仍起着标志性的作用。

十分钟后，一个女人也闪身钻了进去。女人撑着一把阳伞，遮住了小腿以上的所有部分，因此很难分辨出她是谁。

马聚和女人约会并不奇怪，他玩弄女性早已臭名远扬，据不完全统计，他在这间屋里至少和四个姑娘三个少妇上过床。

迫于他的钱势目击者敢怒不敢言，但今天不一样了，有人下决心要戳穿马聚的西洋镜，拼倒霉也要杀一杀他不可一世的威风。

走进房间的男人肯定是马聚，女人是谁没看清楚，反正不是马聚老婆，他老婆正四脚八叉地忙着打麻将呢！既然进去的女人不是马聚的老婆，那就肯定有好戏看了。

厂休很难得，好钢要用在刀刃上，决不能把大好时光白白浪费掉。看热闹的人越发多起来，人们喜笑颜开，兴奋劲比发放额外奖金还要足。

包装车间主任江凯是个老好人，他一贯的宗旨是：让人三分不吃亏。然而，这种理念也有行不通的时候，有一次厂里召开中层会，马聚无端当众羞辱他。老江不理会，只当没听见。

马聚见他软弱好欺便得寸进尺，跳起来在江凯的秃顶上拍了一巴掌：“瞧瞧！苍蝇也喜欢盐碱地！”这一招博得众人哄堂大笑。江凯尴尬地说了句：“我不和他计较，留他去遇旁人。”

此刻，不爱多事的老江路过招待所，听说马聚的绯闻好奇心一下子被鼓动起来。他斗志昂扬浑身来劲，无论如何也要凑个热闹。这个花花公子太可恶，仗着工厂是他三叔开的，仗着他口袋里的钱比别人多，成天以富人自居为所欲为，皇太子的派头也没有他大。

三麻子并不麻，因为鬼点子多，所以白得这么一个雅号。

此刻，三麻子受人蛊惑，正火烧火燎地赶往出事地点。刚才他去小店买豆腐，同事悄悄告诉他一个秘密，说有个长相和他老婆一模一样的女人，和马大衙内一道被堵在招待所里。

尽管三麻子一百个不愿相信，那可由不得他。老婆这段时间很反常，不仅拒绝和他上床，好脸色也舍不得给他一个。公司招待所要换服务员，这是事实；老婆正削尖脑袋想谋这份差事也是事实。而且成败皆由马聚说了算，最要命的是马大衙内早就对她虎视眈眈了。

从天而降的坏消息给戚三带来非同小可的刺激，他飞奔的速度差不多要赶上刘翔了。

戚三刚露头就有人兴奋地喊道：“三麻子，你狗日的头皮怎么发绿啦？”

“三麻子，软饭好吃不？金马公司把你当太爷供起来……”

朱大炮刚跟老婆打过架，一肚子气正好没消掉，看见这里有状况赶紧上前凑把火：“三麻子老婆被马聚睡了，这可是天大的悲哀啊！要是换作我，拼死也要为自己争个脸面……”

好不容易把三麻子骗过来，总得让他干出点名堂才行。人们群情振奋口若悬河，尖酸刻薄的言词如同斗牛士的红披风，想天法也要激怒三麻子这条公牛，让他奋不顾身地破门而入，上演一场武松打虎的精彩好戏。

三麻子两粒眼珠在眼眶里转来转去，这事非同小可必须想个万全之策。天不怕地不怕的三麻子平生只畏惧两个人，第一个是阎王爷，第二个就数到他老婆了。面对两难的境地，三麻子露出一脸窘迫。人们被他的窘相逗得哄堂大笑。

三麻子在浩瀚的笑声中十分狼狈，又找不到发泄对象，只好把买豆腐用的绿色塑料碗使劲往地上一掼，想不到那东西弹性极好，在地上翻了个筋斗跳到空中，然后不偏不斜地扣到他脑袋上。

这个戏剧性的动作，使在场的人笑弯了腰，俩女人竟然捂住肚子“妈呀！”妈地乱叫唤。

江凯见三麻子怒气里夹着几分胆怯，便挑衅地说：“三麻子，依我看你还是缩缩脖子忍了吧！退一步海阔天空。”

朱大炮喊道：“忍什么呀？再忍就不是三麻子了，干脆喊他忍者神龟算啦！”

三麻子恼羞成怒，冲着车间主任江凯骂道：“麻子是虚的，秃顶是实的！回家拿个镜子照照吧，四周一圈铁丝网，中间是个溜冰场……”

有人担心三麻子注意力分散会转移攻击目标，赶紧言归正传：“他马聚就是有三头六臂也休想逃脱，一定要让他出尽洋相，看他以后还敢不敢放肆欺人？”

朱大炮说：“咱三麻子也不是好惹的，摊上这份奇耻大辱往后还怎么做人？莫非把脑袋夹在裤裆里？”

有个家伙伸出巴掌做成刀状：“怎么做人？不好做干脆他妈的咯嚓……”

接到报信，病休在家的马老二，也就是马金玉的爹赶了过来，一个劲地动员看热闹的人尽快离开：“大家都回去吧，闲得没事看看电视不好吗？要不，捉只蛤蟆钓龙虾去。”

没人听他的，一个个笑着跳着拍着巴掌，想象着这扇门一旦打开，精彩场面即刻展现眼前，想要多刺激就有多刺激。

当门外响起第一声喊叫时，马聚如胸口中弹似的瘫倒在床。尽管自己在这方土地上称王称霸惯了，睡女人又是一把好手，但今天睡的女人不比往常，她是三叔的续弦妻子。这事传到三叔耳朵里肯定光汤，别说继承不到巨额财产，只怕连公司的边都不让沾了。

身下的女人拍了拍马聚的嘴巴：“别怕！准是三麻子把我当成他老婆了。呸！白送也没人要，还当她宝贝呢！”

马聚骂道：“哪个狗日的吃了豹子胆，敢挑唆三麻子跟我作对，查出来非收拾他不可！”

裴兰草冷笑道：“未必是嚼舌头，你和三麻子老婆肯定有一腿，瞧她看你时那眼神……”

“我和她？亏你想得出来，那婆娘屁股上的胎记黑森森……”

没等马聚说完，裴兰草使劲蹬了马聚一脚：“你没跟她睡觉怎么知道她屁股上有胎记？”

马聚不耐烦地推开裴兰草：“什么时候了，你还有闲工夫吃醋。”

“你口口声声要和我天长地久，却连三麻子的婆娘都不放过。成天帮你谋划着继承财产，到头来……”

马聚急忙堵住裴兰草的嘴：“喊什么呀？让人知道我们乱伦你光荣啊？”

三麻子在众人起哄下没了退路，索性耍起泼来，他一边使劲敲门，一边歇斯底里地叫骂。

有人恨不能递把杀猪刀给三麻子，让他奋不顾身冲进屋里一刀捅死风流成性的王八蛋。

马聚在屋里转来转去找不到脱身办法，就动员裴兰草先出去挡一挡。

“凭什么让我去？人家喊的是你马大少爷哎！”

马聚瞪大两眼望着裴兰草：“你只要跨出门往那儿一站，三麻子发现目标弄错肯定惊慌，你再反咬一口告他个性骚扰……”

敲门声很快上升为踢门声，三麻子的人来疯随着助威喊好达到登峰造极的程度。大概是用力过度，他的大脑有些缺氧，居然把老婆的凶悍和不留情面忘得精光。

说起三麻子方圆数里无人不知，他曾经列入过海城富人榜。当年他下海贩粮食获得第一桶金；搞运输又有了第二桶、第三桶金……

发了财的三麻子有些飘飘然，一会儿投资办厂，一会儿炒股买基金，三年不到把钱折腾掉一大半。心里着急就去赌场碰运气，这一碰不要紧，索性把口袋里的钱掏得一毛不剩。

从那之后老婆接管了经济大权，从此没再给过他一个好脸色。

钱没了，三麻子只好转换身份成为雇工，在外受老板支配，在家听老婆指挥，脑袋好像生了锈，再也想不出有价值的点子来。

想不出有价值的点子，不代表三麻子不想鬼点子，因此一开口就出洋相，人们时不时取笑他，把他当成笑料玩物。三麻子索性破罐子破摔，经常直起嗓门乱叫："我是穷人，我怕谁？"

此刻，人们使出浑身解数为三麻子鼓劲，逼得门里的男女像没头苍蝇似的在屋里乱窜。

眼看就要拉开大幕看好戏了，突然从人堆后边挤上一个人，对准三麻子的脸啪啪两巴掌："你这个活畜生！大白天发酒疯坏我名声，生怕人家不知道你是个臭瘟龟……"

三麻子和看热闹的人全都惊呆了，明明看见一男一女先后走进房间，女人怎么跑到门外边啦？难道马聚有大变活人的本事？

马老二劝不走众人，只好回去搬救兵。马老大一听此事，急忙赶了过来。

尽管三麻子已被他老婆拎着耳朵拖走了，围观的人仍不愿意散去。

马老大笑眯眯地走上前："谁找马聚呀？今早我让他去省城办事了，有话和我谈行不？"

这样一说众人反倒尴尬起来，想走舍不得，不走又没理由。

马老大看准时机先发制人："还嫌乱得不够是吧？这算啥行为？聚众造反！走吧！走吧！想辞职没人留你们！"众人被这副架势吓住，当即一轰而散。

晚饭时分，马老大连甩马聚两巴掌，今天要不是老子出面，那场面根本无法收拾！

马聚六岁曾过继给三叔做儿子，因过于顽劣半年不到就被送回家中。2004年春天，马聚没考上大学就去三叔厂里当了管理员，成日里吆五喝六颐指气使，与员工关系对立积下不少怨恨。幸好三叔时常敲边鼓限制他的权力，才不至于太过肆无忌惮。马凯出车祸之后，马老大几次想把马聚送回三弟家，都被马千里拒绝了。

裴兰草是马聚的远房姨妈，结婚十年说离婚就离了婚。马聚说服父亲把裴兰草介绍给三叔，并断言裴兰草嫁给三叔对他家有好处。

相亲那天，裴兰草打扮得过于性感，桃红色的羊毛衫紧紧箍在腹部，胸脯托举得突出而高耸。妆也化得特别浓，擦满粉的脸像个吊死鬼。

马千里对裴兰草印象不怎么好，就果断回绝了。可他经不住两个哥哥轮番劝说，加上裴兰草三天两头往家里跑，只好勉强答应下来，但还是坚持做了婚前财产公证。

裴兰草想方设法嫁到马家，目的却没有达到，既没博得老马的好感，也没能像其他老板娘那样掌管公司财权。最令她头疼的是马千里的儿子马凯，从不把继母大人放在眼里。

12

与林列分别三月有余，马金玉每天都在焦急地等待他的电话。

等啊等，等来的却是一次又一次失望。难道他至今尚未找到工作？莫非我给他的手机号码有误？想来想去不可能，当时写完号码还反复看过两遍呢。

也许林列工作太忙，忘记分别时许下的承诺？或许他压根儿就不想再和我联系了。

每当马金玉失望到极点时，心中又会燃起新的希望：也许林列刚刚找到工作，也许明天就会打来电话。这么一想心情就好了许多。

随着时间一天天过去，林列的身影在马金玉的记忆中逐渐模糊，而那段刻骨铭心的感情却愈加清晰。朝夕相处二十几天，马金玉守在林列的病床前喂水喂饭，扶他下楼散步……

短短二十天只是人生中的一个瞬间，却是她有生以来最幸福最快乐的美好时光。尽管林列没有任何表白，但马金玉能够觉察到对方的真情实感。

既然这份爱是真挚的，是出自内心的，为何分手之后就被他忘得一干二净？

马金玉曾多次去省城找过林列，那一个个酷似林列的背影给她带来一次次希望和欣喜，然而，结果却是一回回失望和尴尬。

三叔和家人轮番劝金玉应下万家的亲事，她都因为心里有人不肯让步。如果林列从未出现，也许她会顾全大局嫁给万雪涛，有了这段经历就再也忘不掉那个令她心动的男孩了。

马千里为此挺生气，认为金玉的固执没有任何道理，反复劝了几回毫无进展，这事几乎成了叔侄俩不可调和的矛盾。

万达同样是百思不得其解，我儿子一表人才，哪点配不上你马金玉？既然马老二和马老三都做不了主，我也没必要再强求，死了郑屠夫还吃连毛猪不成？当冯老板主动上门攀亲时，万达不假思索一口答应。谁知儿子坚决不点头，声称谁要逼他娶冯依云他就离家出走。

冯依云喜欢万雪涛，多次跟父母表态非万雪涛不嫁。

这事令冯桑丘万分为难，女儿从小到大要什么买什么，即便在他服刑期间，张小莹依旧会满足女儿的种种要求，反正家里不缺钱。可惜爱情不是想要就能买到的东西，万雪涛的心思放在马金玉身上，对他的宝贝女儿兴趣全无。

当年冯桑丘在国营机械厂当厂长，万达是隔壁服装玩具厂的科长。两家孩子同上一所幼儿园，厂里的司机去接冯依云的时候，她常会喊上小伙伴万雪涛一起走。

万雪涛喜欢坐汽车回家，却不喜欢冯大小姐的脾气，俩人常常为一两句话闹得不欢而散。

小学六年级的时候，万雪涛的爸爸辞职下海发了财，很快买了一辆私家车。

冯依云的爸爸因犯贪污受贿罪进了牢房，她只好搭乘万家的车去学校，不过很快就购置了小轿车。尽管不再互相搭车，孩子之间的来往却一直没断。

就在冯依云寻找一切机会靠拢万雪涛的时候，也正是万雪涛千方百计疏远冯依云之际。那边抓得越紧，这边就离得越远。

后来万雪涛考上大学去了省城，冯依云在家闹得鸡飞狗跳，爹娘急得不知如何是好。费尽口舌劝她去英国上了贵族学校，钱花掉不少到头来依旧没忘万雪涛。

冯桑丘为人处事一贯霸气，为了女儿他居然亲自上门赔笑脸，这使万达非常感动。

想当年冯桑丘在上千员工的国营大厂做一把手，有权有势还有钱，就连县长也让他三分。万达那会儿刚当上服装厂的副科长，看冯大厂长总是用仰视的目光。

冯桑丘保外就医回到家，妻子的工厂已很具规模。他和李阿三合伙挖不锈钢屑大赚一笔，盘下了裴兰草的不锈钢厂。从此越做越大，在海城除了两三个大老板之外，就数他最有钱了。

冯桑丘亲自上门提亲令万达感动不已，一感动哪还好意思说个不字。可惜儿子思想工作不好做，万达也束手无策了。在家憋了好几天，才转弯抹角地把信息反馈过去。令他想不到的是，不愿求人的冯桑丘，竟然一反常态地请求他再劝劝儿子。

正值为难之际，海城星级宾馆要转让，万达和冯桑丘一商量决定合伙买下它。冯老板出资百分之六十,万达出资百分之四十。由冯依云当董事长，万雪涛当总经理。如此操作只为给孩子们营造一个联系机会，让他们在频繁的接触中产生感情。

谁知同样不能如愿，冯依云对宾馆倒是挺热心，万雪涛却连个照面都不愿打。

金马玩具公司离省城三百公里，拥有资产十多个亿，属于规模不小的私营企业。

提起董事长马千里没有不知道的，那知名度一是来自企业，二是他坎坷奇特的命运。

三十二年前，马千里退伍回乡分在县服装厂干机修工，妻子在农村当社员，两口子恩恩爱爱日子过得挺好。可惜结婚四年未曾生育，吃了多少药也不见效，差不多要放弃时老婆怀孕了，四年内先后生下一儿一女。看着活泼可爱的孩子，两口子说不出有多高兴。

自打女儿金佩出世后，马千里老婆的身体一直不好，隔段时间就得去县医院看病开药。有一次进城看病，恰逢马千里外出修理缝纫机，老婆只好独自带着孩子来到医院。等她检查完身体出来，长椅上只坐着六岁的儿子，女儿金佩却不见人影。急忙追问儿子妹妹哪去了，马凯说妹妹被一个阿姨抱去买糖了。

马三嫂心急如焚四处寻找，找遍医院各个角落均不见人影，慌得她一头栽倒在医院大门口。老马听到消息立刻央求同事们帮忙，可惜找遍了全城也没找到。

多少年来，马千里几乎跑遍大半个中国，凡有解救拐卖女孩的消息他都要追去查看，可惜每次都是希望前去失望而归。

金佩丢失后，老二家的女儿金玉常被三叔接到家中小住，她比金佩大一岁，相貌上亦有许多相似之处，三叔三婶特别宠爱她。可惜马家男孩多，女孩只剩金玉一个，自打她哥服兵役留在部队，三婶有心想过继她也更难开口了。

13

转眼又到月底。这天早晨，太阳微微露了一下脸就躲藏起来，浓密的乌云堆挤在头上不肯散去。人的心情也像天气一样，变得异常阴郁沉闷。

马千里来到总经理办公室，要求金玉同去省外贸公司对账。他想利用出差机会，做通金玉的思想工作。

刚才万达来金马公司，要马千里帮他解围，说只要金玉答应与雪涛订婚，冯老板那边便会自行放弃，缠绕在他身上的麻烦也就自然消除了。

有关俩孩子的婚事令马千里万分为难，并不是他不肯帮师兄解围，而是不管怎么努力，这件事始终毫无进展。无奈之下他还想再试一次，求金玉看在三叔面子上答应万家的婚事。

马聚见三叔出差了，晚饭后冒雨来到三叔家。裴兰草瞟了他一眼假装不理睬。马聚上前抱住她笑道："还生我气呢？并不是我推卸责任，我爹的拳头砸得我眼冒金星……"

裴兰草斜着眼睛说："瞧你爹那张肚肺脸，还敢找我兴师问罪，呸！你个王八羔子赌咒发誓不再与我交往，干吗又来缠我呀？"

马聚嬉皮笑脸地说："咱们的宏伟计划才刚刚开始，等把金马集团的钱财弄到手就远走高飞，十几亿人民币足够咱俩花几辈子了。"

裴兰草啐道："我算看透你了，成天钻在钱眼里，有事有人，无事无人。今天我可把话说清楚，从今往后不再给你当枪使……”

马聚冷笑：“难道你对钱不感兴趣？一见到钱你两眼发绿……记住，咱俩可是一根绳上的蚂蚱，露了馅一块完蛋！”

看着窗外越下越大的雨，裴兰草不无担心地说：“你知不知道，金玉还在追查三个月前遭袭击的事。我担心她会认出我堂弟，那天她可是死死盯他看了两眼呢！”

马聚劝裴兰草沉住气：“担惊受怕的日子就快到头了。三叔的身体每况愈下，只要他不明确分配财产，别人什么都别想得到，到那时我决亏待不了你老公和你堂弟！”

裴兰草一脸愁苦，当初是马聚和她丈夫合谋设下骗局，让她假离婚嫁给马老三，然后里应外合夺得金马公司财产。如今人已嫁到马家，却连半点主都做不到。马千里从不把她放在眼里，想弄点钱还得费尽心机才行。

裴兰草瞄了马聚一眼委屈地说：“都是你们干的好事！让我嫁给一个病歪歪的死老头子，原本那方面就不行，自打他儿子出了车祸就彻底不沾边了。”

马聚嬉皮笑脸道：“他不理你，不还有我嘛！”说着两人打打闹闹滚到沙发上。

笑闹了一会马聚问她：“听说你从冯桑丘手上弄到不少钱，都被你那不争气的男人赌光了是不是？”

裴兰草的脸一下拉老长：“你俩不是赌友嘛！臭气相投没一个好东西！”

马聚说：“你也不是什么好东西，把冯桑丘拉下水再踹他一脚。你这娘们真够狠的！”

“他是好人，凭我怎么拉他都不会下水。天生一好色之徒，活该！”

裴兰草年轻时相貌还行，婚姻却一直不顺当，男方听说她的为人一个个退避三舍。裴兰草屡屡受挫心灰意冷，眼看年过三十，一着急就胡乱嫁给了后来的丈夫。

嫁是嫁了日子从此不太平，两口子是三天一大吵，两天一小吵。吵烦了裴兰草索性破罐子破摔，重又回到别的男人身上找乐子去了。

裴兰草第一次引诱冯桑丘以为十拿九稳，没想到希望前去，垂头丧气而归。

冯厂长的冷淡，并没有阻挡裴兰草不达目的不罢休的决心。她坚持不懈地出现在冯桑丘面前，采用各种手段展示她媚态万千的身姿和华丽性感的衣裙，她就不信攻不下这座堡垒。

随着她一次次拜访游说，冯桑丘的态度逐渐发生了变化。从他暧昧的眼神里，裴兰草更加坚定了没有猫儿不吃腥的道理。于是，她趁热打铁步步紧逼，一有机会便煞有介事地坐在冯桑丘对面谈东说西。她的声音甜而灼热，好像含着一粒刚出锅的糖炒栗子。

没多久，冯桑丘完全适应了裴兰草的不请自来。望着她那张表情生动的粉脸，以及充满诱惑力的讲述，冯桑丘便会情不自禁地涌起一股莫名的冲动。

一抹紫色的唇膏涂得恰到好处，使裴兰草快速翻飞的嘴唇格外性感。她弄首挠姿的暧昧动作，将冯桑丘逼进想入非非的境地，凭他的毅力已很难摒弃如火的欲望了。

冯桑丘和裴兰草的关系，在雨季里的一个黄昏发生了质的飞跃。那天下班后办公楼里一片静寂，冯桑丘独自坐在办公桌前想心事。想来想去思绪总是固执地往女人身上钻，一时找不到慰藉的办法，感觉很不舒服。

就在这个时候，裴兰草推门走进来，冯桑丘顿觉眼前一亮。

五月里淫雨霏霏的天气，很容易让人联想些风花雪月的事。裴兰草讲述的内容非常暧昧，恰到好处地迎合了冯桑丘的口味。在这个雨季的黄昏里，裴兰草讲了许多男盗女娼之事。

冯桑丘静静地听着，越听越觉得新鲜刺激。

裴兰草说："都什么年代了，你还用陈旧的清规戒律束缚自己，这是虚度年华慢性自杀。其实，你大可不必对妻子忠贞不渝，女人最在乎男人口袋里的钱，钱！"

下班时间早过了，当最后几下脚步声消失在楼梯口，整幢楼房便死一般寂静。冯桑丘睁大眼睛认真聆听，看上去并没有回家的迹象。

裴兰草来之前已经想好，今晚不达目的决不收兵。此刻，她的眼神里蕴藏着火种，而冯桑丘又属于易燃品，如此一来进入化学反应过程就绝非偶然了。

寂静之中，裴兰草绘声绘色声情并茂，过于做作的声调令冯桑丘坐立不安，身体里的冲动令他口干舌燥，燃烧起来的激情使他忘乎所以。冯桑丘的身体迅速膨胀起来，周身的血液好像流得特别畅快。

根据经验裴兰草判定火候到了，于是她站起身倒了一杯茶，袅袅婷婷地扭动腰肢，慢慢靠近进入伏击圈的猎物。

冯桑丘接到暗示稍有慌张，他在接茶杯的时候连同裴兰草的手一齐抓住了。水在杯里摇动了几下泼洒出去，裴兰草趁势倒在冯桑丘的怀抱里。

冯桑丘的心怦怦乱跳，手忙脚乱地将茶杯放到桌上，再也按捺不住燃烧起来的欲火，他猛地站起身一把抱起裴兰草，扑通一声将她扔在墙角的长沙发上……

原以为婚外情有多么迂回曲折，没想到竟是这么直截了当。

完事之后裴兰草说："喂！跟你谈个公事，我表舅有一千吨煤炭想销到咱们厂里。"

冯桑丘犹豫片刻点了点头。

裴兰草起身走了，冯桑丘看着她的背影，弄不明白自己内心是喜还是悲。

天完全黑透了，冯桑丘骑着自行车，冒着密密的细雨行走在回家的路上。他的脑海里不断地想象着，妻子得知真相将如何吃惊，也许她会失望地大哭一场，然后提出分手。

想到分手，冯桑丘感到背后凉飕飕的，他和妻子还有感情，他们之间还有许多牵挂和丢不开的东西，因此很难接受离婚之类的事。

就这么稀里糊涂地走到自家门口，冯桑丘下定决心悬崖勒马，把刚才那场艳遇看成第一次，唯一的一次，也是最后的一次。

可是，当裴兰草再次出现时，冯桑丘痛下的决心又动摇起来。接二连三的最后一次使冯桑丘百炼成钢，正是这段孽缘，加快了他迈进泥淖的步伐。

14

叔侄俩在外贸公司对账，发现一笔二百多万元货款被提现金，单子上盖有马千里的印鉴章及公司财务章，所有手续一应俱全。

马千里觉得奇怪就给公司财务处打了电话，回答说不清楚此事。这让老马更加奇怪，连忙通知马昭查清款项来龙去脉。

马昭去信用社查了转账手续，银行工作人员反映前来提现的是一个四十多岁的女人。调看了银行录像才知道是裴兰草。

马千里听说是裴兰草气就不打一处来，儿子马凯生前对人极其友善，单单讨厌这个继母。马凯出车祸前后她神色慌张，言谈话语极不对劲。要不是因为自己悲伤过度一病不起，肯定会查个水落石出。可惜等他大病初愈，可疑的证据已一一消失。

这女人把那么多钱弄到哪去了？她不断偷偷敛财究竟想搞什么名堂？有传言说她跟前夫仍有来往。有来往也就罢了，干吗背地里鬼鬼祟祟招人闲话？

马千里越想越生气，恨不得立刻查个水落石出："这事绝非儿戏，等她把钱转移走就晚了。"他决定回家问个明白，说走立刻就要动身，也不管夜幕降临，外边还下着小雨。

马金玉见三叔不听劝阻，只好喊来驾驶员连夜赶回海城。

一路上，三叔情绪不佳，金玉就找些话逗他开心。马千里很感动，经历了多年的风云变幻，他忧伤的心结已很难解开。每当想起妻子病逝，女儿失踪，儿子惨遭车祸，老马的心里就像压了一块大石头憋闷难受。

有钱又能怎样？既买不来寿命也买不来亲情。特别是再婚不但没给他带来幸福，反倒增添了若干烦恼。幸好有金玉为他宽心，为他排忧解难，否则晚年的生活会更加孤独。

不过温顺的人也有执拗的一面，无论他和二哥怎么劝说，金玉就是不答应婚事。转眼就二十四岁了，再不谈婚论嫁拖到何时？真不知道她是怎么想的，难道独身一辈子不成？

假如她能找到比万雪涛好的对象，他会为她祝福，在万达面前也有谢绝的理由。可是，金玉从没谈过男朋友，这一点他比谁都清楚，因此不能由她任性错过大好机会。

马千里转弯抹角，故意把话题往万雪涛身上引。

金玉知道三叔的意图，淡淡地笑了笑说："我知道背后说人坏话不好，但我对万雪涛真没多少好感。我俩同学多年，总觉得他有些小人得志，不知道天高地厚。拿着父母的钱财任意挥霍，举手投足一派纨绔子弟的秉性。最不能原谅的是他玩世不恭，经常捉弄家境贫寒的同学，搞些恶作剧呀什么的。"

马千里笑道："雪涛小时候是有些顽皮，长大就好了。依我说他那些缺点也算不上大毛病，富人瞧不起穷人历来如此。"

"三叔！有谁天生就是富人？贫穷也不是一成不变……"

难得看见侄女抬杠，马千里宽容地笑道："像雪涛这样的孩子本质并不差，到社会上砺练几年就不再孩子气啦！"

马金玉见三叔一个劲地夸万雪涛，也不好多说什么，只管闷闷地坐在车里想林列。一触及这件事，各种思绪争先恐后往外冒，就像从海底翻腾上来的气泡，一个接一个裂开，再一个接一个消失。

一幕幕场景像电影镜头似的，从马金玉的脑海中掠过。她再次想起那个惊恐的黄昏，想起病房里雪白的墙壁和明亮的玻璃，床上还躺着一位令她一见倾心的白马王子。

在快速飞驰的车里，她想起了发生在那段时间里的所有事情，包括每一个细枝蔓叶。她的眼前，仿佛又出现了浓黑的眉毛，深邃的眼睛，精致挺直的鼻梁，还有刀刻一般的嘴唇……

这时司机说了一声："到家了。"

马金玉的思绪被打断，她情不自禁地在心里埋怨：可恶的家伙为何音讯全无，莫非你从地球上消失了不成？

马千里钻出轿车直接去了裴兰草的房间，敲了几下没人开门，里边传来窸窸窣窣的声音。这个女人真可恶，明知不明不白捞了二百万元黑心钱迟早会露馅，她偏要铤而走险油锅里伸手，这会儿吓得像个土鸡连门都不敢开了。

等了半天没动静，马千里怒火冲顶，一个劲地催促裴兰草开门。喊声惊动了女佣陈妈，神色慌张地将打扫房间的备用钥匙递给老板。

马千里见陈妈匆匆离去，疑惑地用钥匙打开房门。眼前一幕让他好生奇怪，裴兰草正手忙脚乱地穿衣服，床上的被子堆得像个小山包。

这是干吗？打摆子也用不了这么多被子。抬头一看，发现橱柜门正在抖动。又没发生地震，木头家什怎么动起来啦？走过去将橱门一拉，赤身裸体的马聚正在里边发抖。

马千里如同遭到雷击，目瞪口呆地站在橱柜前半天没动弹。少顷，指着裴兰草的鼻子声嘶力竭地喊道："你……你们干的好事……"话没说完身体向后一仰，地板发出咚一声巨响。

县城医院不敢为马千里实施开颅手术，建议用救护车急送省人民医院。

马金玉一夜没合眼，喊上马昭等人连夜返回省城。

幸好抢救及时，总算保住马千里的性命。那天早晨他醒来时，一眼看见坐在身边的金玉，心里边一阵伤心。

想起十年前那个秋雨绵绵的夜晚，老婆临死前拉住他的手不放，求他一定要把儿子照顾好，无论如何要把女儿金佩找回来。他当时是流着眼泪答应妻子临终嘱托的，如今儿子没了，自己差点儿命丧黄泉，女儿金佩至今音讯全无，只怕是今生今世再也找不到她了。

经过生死较量之后，马千里对许多问题有了新的认识和看法。不久前他作出决定，由金玉做他的财产继承人，金马公司交给她打理他最放心，条件是要她答应万家的婚事，两家联手把企业做大做强。这会儿他改变主意了，他决定不再勉强金玉。人生苦短，生命有时竟是那样脆弱。只有金玉自己觉得幸福，那才是真正的幸福。终身大事还是由她自己决定吧。

15

三叔渐渐康复，四天后就可以出院了。医生说这是一个奇迹，谁也没有想到他在短期内恢复得这么好，除了腿脚不太便利，其他方面几乎没留下后遗症。

马金玉总算松了一口气，回海城之前抽空和马昭等人去逛趟街，顺便给爹娘买些衣物。

走过住院部大楼拐角，突然发现远处一个熟悉的身影映入眼帘，便情不自禁地一阵兴奋。她不假思索地跟马昭说了声："你们先去吧，别等我！"说完向那人走去。

此前，类似的事也曾发生过好多次，经常因为认错人而发窘。尽管一次次尴尬失望，但只要那修长挺拔的身影一出现，她照例不会放过。

路越走越近，马金玉的心扑通扑通越跳越厉害，没等完全确认就按捺不住喊叫起来。

林列听到有人喊他连忙转过头来，意外惊喜使他以为又在梦中。没想到朝思暮想的女孩突然出现在眼前，怎不让他欣喜若狂。

林列不顾一切冲上前，张开双臂拥抱这份期盼已久的幸福。这回他不会再轻易放手，他要告诉马金玉，我已经找到工作能够自食其力，终于有资格追你了。也许未来的日子很清贫，但我会竭尽全力让我所爱的人过得幸福。

马金玉迅速冲进林列的怀抱，双臂死死抱紧他，深怕一松手对方又会消失得无影无踪。

两人紧紧拥抱在一起，过了很久很久才分开，互相对望蓦地一下脸色绯红。

马金玉幸福得泪流满面，可恶的家伙让我找得快发疯了。说好工作一落实就给我打电话，谁知三个多月无音讯，这回一定要他说清楚心里到底有没有我。

马金玉迫不及待地问林列："这一百多天你躲到哪去啦？找到工作没有？"

林列顾不上回答，惊喜地看着马金玉笑道："你怎么会在这里？该不会又发生英雄救美人的故事啦？"

金玉掏出纸巾擦掉脸上的泪水笑道："去你的！快说为什么不给我打电话？"

林列一时不知该如何解释，告诉她电话号码弄丢了，还是说他为了克制打电话的欲望，将纸条藏在永远不穿的西服口袋里？同学穿着西服下河救人，纸条上的字迹被水浸湿后，模糊不清的电话号码就变成无法破译的密码了。

林列觉得此时此刻什么都不用说了，老天有眼终于把马金玉送还他身边。当林列认定惊喜并非梦幻时，再次把马金玉揽进怀抱："放心吧，我会把一切都告诉你……"

两人相拥而立，直到有人从身边经过，马金玉才羞怯地挣脱林列的怀抱笑道："这是公共场所哎！"林列也不好意思地笑起来。

这时，远处有人在呼喊林列。马金玉朝喊声看去，只见一个年轻漂亮的女孩正向他们走来。姑娘来到跟前笑着朝马金玉点了点头，转过脸对林列说："我在大门口等了你好一会儿，见你还没出来就决定到这边看看，果然你有事耽搁住了。"

林列朝马金玉笑了笑热情地说："来，我给你们介绍一下……"

马金玉此刻的感觉如同一盆凉水从头浇到脚，在这一瞬间里她全都明白了。林列为什么不给她打电话，三个字就能解释清楚——没必要。他有这么靓丽的女朋友，还会记住那无关紧要的马金玉吗？

霎时，金玉的心被一团乱麻塞住，大脑在那一刻里完全处于空白状态。

无数次期盼和失落、痛苦与忧伤，在几分钟前得到释放。失而复得的狂喜所产生的剧烈心跳尚未平复，得而复失的巨大悲哀又向她袭来。

此时此刻，马金玉的精神差不多要崩溃了，她感到胸闷气短，抽紧的喉头好像被东西堵住了。她无法承受从林列口中得到证实，这个漂亮女孩正是他的女朋友，并就此宣告她的单相思彻底结束。

马金玉不知所措抢先说道："以后再介绍吧！对不起我该走了……我三叔病重住院，我得赶紧过去……"说着转身往住院部跑去。

林列追上前问道："在哪个病房？傍晚我去找你！"

失望到极点的马金玉只想快刀斩乱麻，要把林列的影子从心里抹得一干二净。她下定决心从此不再理睬林列，不再对他抱有任何希望，就像现在这样头也不回地果断离开，将失望丢弃在曾经燃起希望的地方。

可惜事与愿违，马金玉说什么都果断不起来，刚转身走了几步就停下了。她如实地把病房号告诉林列，怕他记不住又重复了一遍。在马金玉的心底深处仍然抱有一线希望，哪怕极其渺茫，她也丝毫舍不得放弃。

马金玉走远了，林列仍在默念着病区和房号，他怕重蹈覆辙再次与马金玉失去联系。不过这种可能性几乎不存在，知道她在住院部就行，即便找遍所有病房终归能找到她。可是，万一非探视时间外人不让进怎么办？必须跟她说妥才行。林列急忙转身追过去，恰好马金玉掉过头来，见他往回跑就立即停住脚步。

林列说："我要是进不去，就在住院部门口等，反正你迟早会走出来。"

马金玉说："那我每隔半小时到门口查看一下，看你来了没有。"

两人怔了一会同时大笑起来，我们怎么这么笨啊！笑完约定晚上八点在花台边见面。

从天而降的喜讯令林列激动不已，他恨不能现在就向马金玉解释为什么没给她打电话。他还要把压在心底的秘密和盘托出，告诉马金玉他早已深深爱上她了，今生今世再也离不开。可惜马金玉有急事要回病房，只能等到晚上再向她表白。何况上周和麦妮约好今天去爬山，平白无故失约当然不好。

16

林列和麦妮一鼓作气爬上山顶，气喘吁吁地坐在大石头上休息。麦妮对刚才遇见的女孩很感兴趣，试探性地问了好几回。

林列没作明确回答，因为他还不能确定马金玉的真实想法。要等到晚上和马金玉见了面，才能把结果说给麦妮听。

林列决定在此事未确定之前暂且不谈马金玉，于是他故意岔开话题，要求麦妮讲讲她的坎坷身世。

麦妮淡淡地苦笑了一下说："我十二岁那年差点儿被爹用锅铲砸死。"说完这句话用手搓了搓脸，慢吞吞地讲述起了她的童年。

麦妮出生在河南一个穷山沟里，家有父母、妹妹、弟弟一共五口人。父亲常年酗酒，脾气极坏，喝醉酒脸色一发白就胡乱打骂人。除了弟弟能够幸免于难，其他人三天两头要遭殃，麦妮挨打受骂更是家常便饭。

有一回，爹在村里受了别人的气，回到家闷头喝掉大半瓶酒。也许是条件反射，麦妮一看见酒瓶就浑身发抖。爹半瓶酒下肚开始骂人，骂着骂着就举起了筷子。母亲和妹妹怕挨抽丢下饭碗溜走了，剩下麦妮成了爹的出气筒。她照例不敢逃跑，要是跑出去就别想再进家门，即便寒冬腊月也只能蜷缩在门口过夜。

醉醺醺的爹揪住麦妮的头发拳打脚踢，麦妮不敢跑也不敢喊叫，否则会打得更凶。当爹抓住她头发往墙上撞的时候，她疼得实在受不了就哭喊着往外跑。

这下可捅了马蜂窝，爹抓起锅铲向麦妮头部砸去，吓傻了的麦妮顿时血流如注昏倒在地。

幸好有同学路过，看见血泊中的麦妮吓得往学校飞奔。班主任易老师听到消息立刻赶来，及时送她去医院才保住一条命。

易老师十分同情这乖巧可怜的小女孩，为麦妮挨打的事她和老麦交涉过好几回。好言相劝不见效就去找村干部，由村干部出面做工作，老麦才略微收敛一些。

麦妮拨开发际，林列看到头上的伤疤比手臂上厉害多了，不由得倒抽一口凉气。可怜的麦妮看上去那么阳光，脚背上烫起一串水泡还照样上班干活，谁能想到她是一个苦水里泡大的女孩。

易老师是山里的民办教师，做麦妮班主任时已年近五十，因她从小体弱多病一直没有结婚。面对麦妮的悲惨遭遇，易老师看不下去，多次向麦家提出收养麦妮，谁知老麦不但不答应，还暴跳如雷地要她别多管闲事。

在易老师的帮助下，大队治保主任找麦妮的爹谈了两次话，说今后再发现他虐待麦妮就抓他坐牢。从那之后，麦妮的境况才略有好转。

几年后，麦妮考上镇初中班。父亲说养两头猪还能贴补家用，女孩上学倒贴钱不值得。

麦妮一心想上学，但无论她怎么努力都打动不了爹，一提上学的事就抽她嘴巴。实在没办法，麦妮只好找易老师帮忙。在易老师的努力下，治保主任出面给爹施加压力，爹才勉强点了头，但死活不肯出一分钱。

初中三年麦妮早出晚归，每天来回三十几里地。这期间，所有的学杂费都是易老师负担的。午饭钱靠她挖药材挣点儿，每餐也就一个馒头充饥。

好不容易熬到初中毕业，易老师想让她继续上高中、上大学。麦妮不忍心再拖累老师，她知道春上老师生病住院，连最后一点积蓄都花光了。

麦妮最终报考了财会学校。离开家的日子好像走进天堂一样，再也不用担心爹的打骂，不用每天跑完十几里山路，还得拿起箩筐摸黑上山扯猪草。

离毕业只剩下大半学期，眼看就能自食其力了，爹偏在这个时候要麦妮中断学业嫁给砖窑老板。这对麦妮来说简直是晴天霹雳，有生以来她第一次壮起胆子说了不。

父亲当众打了她两个耳光，限定她一周内办完休学手续，否则就打断她的腿。还威胁说，如果找学校帮忙就杀了她。

麦妮连夜跑到易老师家，邻居说她生病住院了。麦妮在医院见到病魔缠身的易老师，伤心地大哭一场。此时此刻，她多想帮帮自己的救命恩人，哪怕留在这儿服侍她几天也好，可是爹正在追她，能否逃脱厄运还不得而知。

不想落入火坑的唯一办法只有逃走。麦妮看了看沉睡中的老师，悄悄把仅有的二十块钱连同一张纸条放在易老师枕边。她在纸条上写了逃走的原因，说只要有机会就跟老师联系。

麦妮在一家酱菜厂打了半个月临工，攒足钱买了一张火车票来到这个城市。先被一家公司招聘为服务员，干了一个多月，老板对她动手动脚就不干了。后经人介绍来到医院做护工，别人嫌脏嫌累麦妮不怕，因为这儿不但隐蔽而且工资比较高。

上个月她把积攒下的一千块钱寄给易老师，这个月又给家里寄去五百块钱。麦妮在信上说，只要爹不再逼她嫁人，往后每两个月给家里寄一千块钱。

听完麦妮的悲惨遭遇，林列异常震惊，同时又为麦妮的勤奋善良而感动。他情不自禁地把麦妮揽在怀中感慨道：“放心吧麦妮，你的苦难到此结束，我会保护你一辈子，决不允许任何人再欺负你！”

麦妮转身紧紧搂住林列的脖子，幸福的泪水顺着脸颊流下来。

这一举动使林列措手不及，他突然意识到自己忘乎所以了，急忙松开手连说两声：“对不起！对不起了！”

麦妮的眼神里充满了柔情和爱意，她把头轻轻靠在林列的肩上说：“我真是太幸福了。林列，你让我体会到了，人生除去苦难还有如此美妙的幸福。”

林列发觉麦妮领会错了他的意思，便有一种难以言说的滋味涌上心头。他俩可以做朋友也可以做兄妹，但绝不可以是那种关系，因为他早已心有所属。

林列很想解释一下，可是当他看到可怜的麦妮正沉浸在幸福之中，就不忍心把想说的话说出口了。

马金玉早早来到花台边，局促不安地盼望林列到来，心里作着各式各样的假设，假如两人见了面林列会说什么？假如他对我没感觉怎么办？

早晨重逢的那一刻，马金玉明显感受到林列发自内心的爱，那种情感没有丝毫勉强与做作。令她想不明白的是，既然他心里有我为何不与我联系，一个电话就那么难打吗？那个漂亮女孩又是怎么回事？

好不容易等到八点，林列仍未出现。望眼欲穿的马金玉在花台前焦躁地走来走去。时间过得真慢，两次掏手机看时间相隔才五分钟。

一点点积聚起来的失望如潮水般涌上心头，使马金玉不由自主地设想起可能出现的坏结果。此刻她似乎变得十分脆弱，脆弱得难以面对想象中的坏结果，她只好找理由将这些想法一一推翻掉。

马金玉在焦急与烦躁中度过了整整三小时，要不是马昭催她回宾馆休息，也许她会一直等到天亮。离开花台那一刻，马金玉控制不住流下泪来。不守信用的家伙！也许他压根就没把我放在心上，要不然为何一次再一次失约？

他该不会是故意捉弄我吧？就如同他让我眼巴巴地白等了那么久的电话。想起自己无数次扳着指头等待消息，马金玉委屈地失声痛哭。那种滋味仿佛热辣滚烫的一颗心，一下子掉进寒冷彻骨的冰河里。

深夜，马金玉躺在床上翻来覆去难以入眠，眼前反复出现林列的身影，出现共同度过的美好时光里的点点滴滴。

也许他早把我忘了，也许那个漂亮女孩就是他的女朋友，也许……

各种猜疑像尖利的木刺扎进马金玉柔软的心房，她觉得自己的心再一次被掏空了。

天快亮了，西沉的枯月逐渐消失在天的尽头，一同消失的是马金玉心中残存的那一点点希望。

17

当黄昏那一缕缕光线从树木中流泄下来的时候，鸟儿的颜色渐渐变深，三五成群唧唧喳喳飞向鸟巢。林列和麦妮随同游客们离开了公园。

这次郊游玩得很开心，遗憾的是林列一直没有找到机会，将真实想法表达清楚。这么误会下去不但为难自己，也无法向麦妮和马金玉交代。

来到一家面馆前，林列看了一下表六点还不到。他决定请麦妮吃晚饭，在吃饭的时候找机会解释清楚，明确告诉她我有女朋友了，尽管双方尚未道明，但已经是心照不宣的事了。

林列要了两碗面，点了一盘腊肉炒青椒。点完才想起问麦妮合不合口味。麦妮受宠若惊地说："这些都是我最喜欢吃的。"一边说，一边殷勤地地掏出手帕擦筷子。

麦妮满脸幸福地笑着，乖巧得让人怜惜心疼。这种时候向她解释似乎太残忍了，可是不说不行非说不可，否则她希望越大失望也将越大。况且，拖久了没法跟马金玉交代，无论如何要在今晚跟她说明白。

饭吃了一半，林列决心下定便鼓起勇气说："麦妮，你是个非常优秀的好女孩，但我必须告诉你……我已……"

话没说完，只见麦妮两眼发直，呆呆地朝门口看着。没等林列反应过来，麦妮急促地说了声："我爹找来啦！"说完就往面店厨房里躲。

这时从门外走进来四个男人，其中一个年纪约五十多岁的男人指着前边喊道："我看见她了，死妮子刚从那门窜进去……"

天哪！这可怎么办？万一麦妮被他们带回去悲剧肯定避免不了，麦妮说过，要她嫁给砖窑老板她宁可去死。林列当机立断，伸手拦住冲向厨房的人群。走在前边的那个人使劲将手臂一挥，林列一个趔趄差点儿摔倒，站稳后再次扑上前阻拦，麦妮趁此机会从厨房后门溜了出去。

眼看四个男人冲进厨房，林列急忙从正门跑走，恰好看见飞奔的麦妮就追上前去。

脚步声越来越近，麦妮不顾一切地往前冲，又突然折转身向河边跑去。就在她准备往河里跳的那一刻，林列一把拉住她的后衣襟。

"你想干什么？真的走投无路了吗？"林列一边喘气一边喊。

麦妮回转身一把抱住林列哭道："我以为被他们抓住了，与其活受罪倒不如死得干脆点。"

林列没再说话，拉起麦妮就走。这时身后传来老麦的喊叫声："别跑！死妮子，再跑你就死定啦！"

麦妮像受惊的兔子没命地往前飞奔，直到虚脱瘫倒在地。

林列顾不上许多，拖着麦妮跑进一间破旧的车库，使劲扯掉两块破门板钻了进去，将腿一伸便软软瘫坐在地上，心脏差点儿停止跳动。

麦妮喘着气说："我爹真是神通广大，居然能找到这儿！"

林列说："神通什么呀？还不都是你告诉他的。"

"我？绝对没有。我躲他还来不及……"

林列把食指放在嘴唇上嘘了一下，然后在麦妮的耳边说："汇款，邮戳。"

麦妮一听惊得两眼睁老大。

那帮人追过来，一个操本地口音的人说："我看见他们朝这个方向奔了，肯定不会走远。"

麦妮的爹气喘吁吁地说："死丫头，除非逃到天上去！我没本事把她弄回去，她是我爹！”

一个口音和麦妮爹差不多的中年男子埋怨道：“你家丫头和一个男人在一起，即便找到她也不能老实跟我过日子。要不，你还我十万块钱算了，其他费用我自认倒霉。”

两个本地人也跟着要劳务费。

麦妮爹说：“姑爷，你放一百个心吧！我既收了你的聘礼，自然会把人交到你手上。那丫头胆小，翻不了大天去！”

男子笑了笑说：“有你这句话行！我要不是看中妮子长得漂亮，说什么都不想再找了……”

“没事！知道她在这座城市就行，就是找遍全城我也要把她弄回去。死妮子！再不出来我抽你筋！”麦妮爹咬牙切齿的叫骂声听起来毛骨悚然。

几个男人仔细寻找着，眼看就要到车库门口了，林列小声嘱咐麦妮：“千万别出声，我把他们引开你赶紧跑。”说完抓起一根竹竿悄悄从门洞里钻出去，不一会就传来一片打斗声。

麦妮按林列的嘱咐，朝相反的方向逃去。拐来拐去竟分不清东南西北了，转了好几个圈子才回到医院门口。

四周静悄悄的，焦急万分的麦妮站在大门口翘首以待，等待林列的身影出现。

大约等了一个多钟头，才看见有个人捂住手臂走来了。麦妮惊喜地冲上前，当她看到林列身上的血迹时忍不住哭起来：“我不应该丢下你独自逃走……可我又必须按你说的做……”

林列笑道：“你能听我话，这比什么都好。”

林列包扎完伤口走到急诊室门外，凉风一吹突然想起和马金玉约好晚八点见面，而此刻已超过九点。完了！这回真完了！原本要向她解释为何没打电话，这下子越发解释不清了。

18

马金玉一夜未眠，她对林列失望到了极点。人常说第一印象往往最真实，现在看来并非如此，道貌岸然的林列居然是个言而无信的猾头。

既然这么没诚信，那就彻底忘掉他，只当这件事从没发生过。可是，感情这东西特别让人捉摸不透，你越想忘记，他偏偏一个劲地往你脑袋里钻。下死劲强迫自己分散注意力，谁知脑子一转又转到林列身上了，无论想什么事情都能和他联系起来。

上午，林列的身影突然出现在病房门口。马金玉按捺不住一阵惊喜，刚准备冲到门口拉林列进来，转念一想应该矜持一些才是。他一回回允诺，一回回失信，从不顾及别人的感受。

马金玉咬咬牙下决心不再理睬对方，双脚偏偏不听指挥，眨眼工夫已迈到门外边。

“对不起！昨晚我失信了。”林列说对不起的时候，眼里透着真诚和歉意。马金玉好不容易下定的决心，顷刻间消失得无影无踪，她朝对方笑了一下表示原谅。

林列松了一口气，迫不及待要讲述昨晚失约的理由。

马金玉不想让对方看轻自己，迟疑一下用轻松的口气说：“哦，没关系！昨晚我有事耽搁了，并没去花台那边等你。”

林列初听此话挺高兴，失约的负疚感顿时烟消云散。转念一想又有点儿扫兴，你有什么大事，居然比赴约还重要？我在你心目中就这么无足轻重？

尽管马金玉原谅了林列，但她不想让林列窥视到自己内心的脆弱，况且昨天见过的漂亮女孩是不是他女朋友还不清楚。

马金玉克制住情绪淡淡地问道："你今天不上班吗？"

林列说他跟别人调了班，今天的时间非常充裕。

马金玉笑了笑说："你特地调班赶过来，有什么要紧事吗？"

这一问林列反倒不好意思了，尚不知对方是否有意，我便自作多情起来。连忙换了个话题："我要向你解释为什么没给你打电话……"

马金玉微微一笑："无所谓啦！我早把这事给忘了。"

失望使林列的心不断往下沉，事先他没想到这种结果，要想到的话也不至于如此失望。一百多个日日夜夜里，他哪天不想马金玉十遍二十遍？明知不抱希望，仍旧守株待兔似的在曾经相遇的地方转悠。原以为感动上苍再度重逢，谁知竟是剃头挑子一头热。

当初他和柳叶由于家境悬殊太大，所谓门不当户不对，其结果情有可原。马金玉和他一样为别人打工，干吗也忽冷忽热？是俩人没有缘分吗？既然没有缘分，为何再度重逢？莫非老天爷故意捉弄我不成？

林列瞄了马金玉一眼，暗暗敦促自己，千万别让她误以为我是个死皮赖脸的人。出于自尊他朝马金玉挥了挥手说："那你忙吧，我不打搅你了。再见！"

一句再见如同炸弹在马金玉头上炸开，脑袋嗡地一响身体像失去重心。对方说走就走，既不约定下次见面时间，也不给我联系方法，看来我在他心目中真是可有可无。

马金玉既伤心又恼火，恼对方无情无意，更恼自己固执地放不下他。她想缓和一下局面，冲出口的却是一句："那好吧，再见！"说完掉头就走，也许迟一步泪水就流出来了。走到病房门口才意识到，只要跨进门去，最后一线希望将随之消失。

林列沮丧地走到楼梯口，突然停住了脚，往下走的脚步沉重得迈都迈不动。他不由自主地回头看了一眼，恰好与马金玉的目光相遇，便脱口而出："能再给我一次电话号码吗？"

马金玉立刻转身走过来说："报一下你的号码，我直接打到你手机上。"

当两个人面对面接电话的时候，都忍不住笑起来。林列走上前拉住马金玉的手说："我有话要对你说。"马金玉顺从地跟他来到楼下花台边。

当林列讲完两次失约的理由，马金玉这才恍然大悟，没想到险些断送他们幸福的竟是两次意外。她当即破涕为笑："那个漂亮女孩与你只是偶然相遇？我还以为是你女朋友呢。"

说到麦妮林列心中一阵烦恼，他不知道采用什么表达方式，才能既不伤害麦妮，又能让她明白他们的关系只能是好朋友好兄妹。

马金玉从林列那儿得知麦妮的遭遇非常同情，她决定和林列一道帮助麦妮摆脱困境。

林列心想，既然马金玉愿意帮助麦妮，那就让她试着帮麦妮在海城找份工作。所谓树挪死人挪活，只要麦妮神不知鬼不觉地离开这里，老麦再想找她也难了。

面对林列的建议，马金玉不假思索地答应道："没问题！我会给她一份满意的工作。"

林列没想到女友爱说大话，还没弄清情况就先夸下海口。林列不喜欢虚荣心过强的人，因为柳叶就有这方面的毛病。如今找工作并非易事，哪能随便夸海口？没有绝对把握麦妮还不能辞职，她得挣钱吃饭啊！

马金玉劝林列一同去海城，反正卖房子的工作也没多大前途。

林列觉得马金玉的话更加不靠谱，便提醒道："你在亲戚家里打工，未经请示就安排两个员工能行吗？"

马金玉笑道："之所以不用请示，是因为我知道金马公司正缺人手，而你们又能够胜任这份工作。"

19

冯依云见爷爷背着一袋赤豆来家，就笑话他高射炮打蚊子不值得。

“这东西超市里多的是，可惜家里没人喜欢吃。”

冯老头咧开掉了门牙的嘴巴笑道：“我知道超市里有，那也得花钱买啊！”

冯依云说：“钱，钱！你一开口就说钱！算小账的人永远发不了财！瞧你背着破口袋像个要饭的……”

张小莹见女儿越说越不像话，忙批评她说：“你已经不是小孩子了，不能再随心所欲地张口瞎说。”

“谁瞎说啦！我爷爷本该一副绅士派头，拄手杖戴礼帽，而不是背着破口袋四处乱窜。”

冯依云见爷爷木讷地放下口袋就接着说：“爷爷，你得锻炼身体啦！没事打打高尔夫听到没有？把咱冯家的贵族气质表现出来。”

见爷爷没听懂她解释说：“让你把富人的谱摆出来，别人才会尊重你……”

爷爷忍不住笑起来：“我穷了一辈子，改革开放才舍得吃肉。你爸小的时候家里穷得……”

话说到这儿连忙打住，改口说道：“我们那儿的富人也喜欢摆谱，孩子满月一请就是五十桌；女儿结婚陪嫁被子就有二十多条。村头那个朱一亮，小时候被你爸打伤了干不动力气活，日子过得还不如我呢。前年做生意发了财他就抖起来了。”

说完这话朝儿媳和孙女看了一眼，满脸自豪地接着说：“那天他过五十岁请了二十桌客，把我也请去了，坐的还是首席。他摆的那谱可了不得，吹完蜡烛从口袋里抽出五十元钱点火烧着玩。在场的人全都心疼死了……他爹也不怕烫手，跳上去一把抢过烧剩的钱，拖着鼻涕惊喜地说：到银行还能兑换到一半呢，二十五块钱够我吃一年的盐了……”

正说得热闹，冯桑丘回到家中，见到爹笑着打了个招呼。

冯依云喊道：“爸谁是朱一亮？你干吗打他？爸，你小时候是不是特酷？像成吉思汗？”

冯桑丘朝满脸兴奋的女儿看了一眼，不知如何回答才好。想起小时候的生活，心里涌起一片灰暗。

童年的冯桑丘因家境贫寒遭人歧视，为了一把小刀竟被老师和同学当贼看待。

那天刚上课，齐阿牛说他削铅笔的小刀丢了。老师把目光投向冯桑丘，问他看到没有。

冯桑丘慌乱的眼神里满是委屈，类似的侮辱他已受过不止一次。当老师要搜查他书包时，沉积在冯桑丘胸中的怒火突然爆发，他一边哭喊，一边用手捂住母亲用旧布做成的书包。

白老师被他不肯配合的态度所激怒，抢过书包兜底一倒，里边的物件全部散落开来，那把小刀居然醒目地呈现在课桌上。

教室里顿时乱作一团，有人笑，有人叫，失主齐阿牛竟然怒不可遏地跳离了座位。

冯桑丘目瞪口呆，事件发展快得让他来不及反应，只觉得脑袋瓜嗡地一响，教室里便死一般静寂。小刀没长脚不可能自己走进冯桑丘的书包，而它又确确实实从破布书包里掉到课桌上。

多数人认定是冯桑丘偷了小刀，只有张小莹提出相反意见，她怀疑是齐阿牛故意栽赃冯桑丘，三天前她曾亲眼看见他们在放学回家的路上打过架。

白老师对这番话不以为然，他宁可相信是冯桑丘偷了小刀。

有人觉得张小莹的话有道理却不愿附和，就连老师都不肯为冯桑丘开脱罪责，我们凭什么帮他说话。况且证实冯桑丘是个贼对大家并无坏处，起码能够满足一回幸灾乐祸的情绪。

冯桑丘成为小偷之后，谁都可以唾弃他，谁都敢攻击和欺负他。就连班上成绩最差，浑身上下始终弥漫着尿臭味的朱一亮，也时不时地亮起嗓子喊一声："我的东西被贼偷啦！"

白老师把一切看在眼里，却没有制止的意图。自打冯桑丘的盗窃行为被曝光后，整个班级比从前好管理多了。

面对难以承受的重压，冯桑丘害怕去学校，一想起白老师不信任的眼神，他的心就像被锥子刺了一下。

尽管冯桑丘极端不想上学，却没有勇气说出口。老实巴交的父亲，每天清晨会一如既往地在薄得照见人影的粥锅里，捞起一碗厚粥放在冯桑丘面前，然后满怀希望地看着儿子把粥喝进肚里。他认为儿子吃饱才有力气读书，读好书才能出人头地；儿子出人头地了，冯家才会摆脱贫穷，他也就不会因为总当透支户而遭人歧视，更不会动辄被队长喊去训斥一通。

看着父亲充满希望的眼神，冯桑丘几次话到嘴边又咽了回去。

这桩窃案最终不了了之，成为除当事人外无人可解的谜团。

背负着沉重包袱的冯桑丘，无奈地忍受着来自周围的讥讽甚至谩骂，不时地躲避着白老师锥子般的眼神。

长时间处于这种状态，冯桑丘的性格发生了根本性的变化，他越来越孤僻，没有朋友没有伙伴，总是一个人独来独往。他梦想着自己有很多钱，家里盖起了大瓦房，他和弟弟妹妹们穿着新衣裳，像齐阿牛那样咬着浸满菜油的面饼去上学，让欺负他的同学全都羡慕死。

无尽的烦恼与缺吃少穿的生活，使冯桑丘越来越自卑，而自卑表现出来的却是强烈的自尊。每当他遭到同学侮辱取笑，就会抡起拳头以示反抗。

然而对手很强大，冯桑丘无法与之抗衡。但他很快摸清了规律，自己每回遭受欺负，对手都是三五成群，他以个体去面对抱成团的整体，当然会以挨打或逃跑的结果而告终。

要想改变现状必须找准对手的薄弱环节，一对一地单独干仗，这样才拥有胜算的可能。

于是，他把目标锁定在朱一亮身上，这家伙不但成绩差还不间断地尿床。由于长期尿床，使他看上去有些弱不禁风。

朱一亮看穿了冯桑丘的心思，变得格外谨慎，一下课便跟屁虫似的跟在齐阿牛身后。

既然朱一亮不敢落单，冯桑丘就无法实施复仇计划，这使他万分恼火。

就在他万分恼火之时，机会终于来临。

那天放晚学的时候，朱一亮刚扭动屁股往齐阿牛身边靠，就被班主任大声唤住了。冯桑丘见目标被老师留住，便借口拉肚子躲进厕所。直到太阳落山，朱一亮垂头丧气地走出校门，冯桑丘才从厕所探出头来。

面对冯桑丘愤怒的面孔，朱一亮的双腿开始发软，以至于尚未入梦就又尿床了。

朱一亮从冯桑丘愤怒的脸上预感到，对手不会轻易放过自己。他转动着眼珠不停地猜测，冯桑丘会采用什么样的手段对付他？是扇他嘴巴，还是用脚踢他？反正不管采用什么手段，只求他速战速决。

假如朱一亮只想用挨一巴掌或挨一脚，来抵消冯桑丘日积月累的仇恨，那他完全想错了。冯桑丘可没打算这么快解决问题，他吸了吸鼻涕上前揪住朱一亮衣领："你丢东西没有？"

朱一亮忙不迭地说："没丢。没丢。"

冯桑丘狠狠扇了他一巴掌："你没丢东西干吗造谣惑众？"

"我没……不是……不是……"

冯桑丘跳起来猛踢他一脚，踢完又是几巴掌：“什么是啊不是？”

朱一亮使劲忍着疼痛，可怎么忍都忍不住，那双抱在头上的小手已被冯桑丘打得通红。他只好一边哭，一边喊叫“共军优待俘虏”。

本以为被打成这样也该了结了，可是冯桑丘丝毫没有停战的迹象。

朱一亮边哭边用衣袖揩鼻涕，那张瘦弱的小黄脸被眼泪和鼻涕涂得又脏又黑。

面对朱一亮的求饶冯桑丘毫不动心，他左一脚右一脚狠狠地踢着朱一亮，问他凭什么跟在别人后边瞎起哄。

朱一亮没辙了只好如实交代，齐阿牛用三分钱买通了他。

冯桑丘气极了，使出全身力气再次向朱一亮扑去。他在朱一亮的脸上，仿佛看到了齐阿牛、姚二宝和沈气球，甚至看到了白老师。往日的屈辱和仇恨，如同烧开的粥锅使劲地翻腾。

冯桑丘挥舞着拳头向不断求饶的朱一亮猛打猛砸，直到对方杀猪般的嚎叫渐渐减弱，变成呼噜呼噜的抽气他才停手。

为此，冯桑丘受到学校记过处分。他那可怜的父亲在赔偿朱一亮医药费的时候，不幸听到儿子偷小刀的噩耗。这噩耗犹如晴天霹雳，使他对儿子失望到了极点。

冯桑丘尽情地哭过之后，反倒觉得心里敞亮了许多。他之所以默默忍受，就担心这事会传到父亲耳朵里，他不怕挨打，只怕父亲对他失望。

冯桑丘一夜之间变得无所顾忌起来，他在人群里窜来窜去寻找复仇机会。

当朱一亮重新走进教室时，他比从前更加畏首畏尾了。课余时间，只要冯桑丘一走进他的视线，他立即像只老鼠吱溜一下逃走了。看着朱一亮的狼狈相，冯桑丘觉得很开心很刺激。

20

金马公司比林列想象中大许多。一路上他暗暗担心，那边工作辞掉了，万一这边落实不了怎么办？没想到所有担心都是多余的。

事情进展相当顺利，林列被安排在综合管理部，负责检测和样板试验这一块；麦妮分在财务科工作。工资待遇不低，住宿条件也比预期的要好，麦妮和一名叫田甜的女孩同住，林列分到一个单间。看来马金玉并没有说大话，她所允诺的和没有允诺的全都兑现了。

林列一边收拾房间，一边和马金玉开玩笑："我的运气真好，找个老婆不但漂亮而且能干。在省城，我还担心你说大话呢！"

马金玉正忙着铺床单，转过脸嗔怪道："脸皮真厚，谁答应做你老婆啦？"

"你不做我老婆那怎么行啊？总不能眼睁睁地看我当和尚吧！"

马金玉说："你想当和尚也没机会，我不嫁你横竖有人愿意嫁。一路上我可看明白了，麦妮对你可是真心实意，她正巴不得嫁给你呢。"

林列连忙捂住马金玉的嘴："以后别再这么说，麦妮是我们俩的好朋友，我把她当成自己的妹妹……"

马金玉站直身子一本正经地说："在你心里是妹妹重要，还是我重要？"

"那还用说吗？当然是你，你是与我风雨同舟生活一辈子的人。"说着搂过马金玉在她脸上亲了一下，然后轻轻地说，"金玉，我爱你。"

马金玉的心怦怦乱跳，她好高兴好激动噢！期盼已久的时刻终于等来了。多少回在梦中被林列紧紧搂住，多少回梦醒失望得泪流满面。谁能想到幸福来得这么突然这么容易，一切顺利得让她不敢相信它真实存在。

尽管两人之间的窗户纸已经捅破，林列也已明确表了态，但马金玉仍旧担心到手的幸福会不翼而飞。她不厌其烦地想从林列那里得到确认，今生今世只爱她一个人。她问林列："万一哪天你觉得我不如麦妮好，会不会狠心离开我？"

林列笑道："傻瓜！你和麦妮是两个不同的概念。我爱的是你，爱情是其他情感替代不了的。麦妮是个好姑娘，她的遭遇很让人同情，但同情绝不是爱情。"

马金玉笑道："有你这句话我就放心了。不过，你能保证爱我一辈子吗？不管发生什么都不离不弃……"

林列为了让马金玉放心，就一本正经地表白起来："我会爱你一辈子，不管发生什么变化我都会与你相守一生。你放心，我会努力工作多挣钱，把我们的小日子过好。我设想了一个三年计划：第一年先把债务还清；第二年帮父母家人搞些基本建设；第三年开始营造我俩的幸福之巢。我要用我的肩膀为你遮风挡雨，决不让你为生计而担忧……"

马金玉感动得流下泪水："林列，我……我真是太幸福了！林列我太爱你了！"

林列紧紧抱住马金玉激动地说："我也是。"

麦妮在田甜的帮助下，一会儿工夫就把床铺整理好了。田甜非常热情，一会儿向麦妮介绍公司概况，一会儿拿出自己的物件让麦妮选用。麦妮感谢不尽，想不到自己时来运转，一下子碰上这么多好人。

田甜盯着麦妮看了又看，欣赏地说："麦妮你长得真漂亮，比电影明星还漂亮呢！"

麦妮听别人夸自己心里很感动："谢谢你看得起我。"

田甜忍不住笑出声："长得漂亮是天生的，谢我干吗呀？"见麦妮傻愣愣的样子，田甜断定她是个老实厚道的女孩，和这种人同住一个宿舍再好不过了。

两个女孩见面不一会儿，就像老熟人那样有说有笑起来。

收拾好房间，差不多到了吃晚饭的时候。

马家人为三叔接风去了。自从出了那件丑事，裴兰草被马家弟兄逐出家门，转走的二百万也已追回。有关离婚事宜仍在办理之中，裴兰草想多分财产，因马千里做了婚前财产公证所以不能如愿，裴兰草便死赖着不肯在离婚协议书上签字。

马聚被他爹送到深圳去了，名义上是去学习企业管理，实际上是外出避风头。

马金玉没有参加家人的聚会，她带着麦妮和林列去公司小食堂吃晚饭。刚跨进门就看见万雪涛和马昭在一处喝酒。

马昭看见堂姐连忙招手，万雪涛也友好地起身让坐。林列发现万雪涛看马金玉时眼神很特别，跟她说话也显得局促不安。

尽管林列和万雪涛都敏感地发现，对方与马金玉关系微妙，并为这种发现而烦恼，但这顿晚饭的气氛居然出乎意料地好，三个男人之间有许多共同语言，聊得最多的是篮球，原来他们三个在大学里都是业余球员。

林列说："企业公有制的时候，几乎每家工厂都能看见篮球架，改制以后这类设施就渐渐绝种了。许多民营企业宁愿花很多钱把厂区搞得像个公园，假山、鱼池、花台一应俱全。其实，不如辟出一块地建个篮球场来得实惠，员工们工余时间打个篮球，早晚跑跑步，偶尔搞些拔河比赛多好。"

在坐的人全都认同这个观点。

万雪涛说："有好想法就付诸实施嘛！"

马金玉对麦妮很照顾，不断招呼她多吃菜别拘谨。

麦妮非常感动，这种场合她有生以来还是第一次。在学校时，同学们喜欢周末聚在一起下馆子，谈天说地凑个热闹。她没钱，照例总是躲得远远的。

年轻人在一起特别容易沟通，天南地北时事要闻，气氛一下就热烈起来。分手的时候大家握手告别，仍觉得意犹未尽。万雪涛向麦妮伸出手说：“小丫头，初次见面，请你多多关照。”

麦妮觉得很好笑，我一个打工妹能关照你什么？可她还是毕恭毕敬地说：“好的。好的。”

21

林列第一天上班，由公司指派办事员带他把整个厂区转了一遍。参观生活区的时候看见有人安装篮球架，老板的想法居然和自己不谋而合，心里不由得一阵高兴。

回到办公大楼见董事长办公室门开着，就顺便朝里边瞥了一眼，发现里边的身影很像马金玉，连忙退回去看了看，没想到坐在老板椅上的人果然是马金玉。

林列的脑袋嗡地一响，心脏像挨了一刀，一种难以言说的疼痛立刻传遍全身。他的脑海里再次闪过柳叶母亲的嘲笑："你们是在截然不同的环境里长大的两种人，相互间很难适应对方的生活，就如同一条无法跨越的鸿沟……也许穷人过富人的生活很容易，反之则像脱胎换骨一样很难很难。"

林列觉得自己再一次遭到耍弄，那高高在上的马金玉装出弱小无助的样子，诉说她有多么离不开他，使他激发起充分的表演欲，慷慨激昂口若悬河，声称要用宽厚的肩膀为她遮挡风雨，不让她为日后的衣食所担忧。

想想真滑稽，坐在老板椅上的马金玉谈何风雨？凭你林列微不足道的力量又能为她做什么？就算你的肩膀再宽厚，在有钱人眼里也就是一副肩膀而已。

林列顿感自尊扫地颜面全无。这位马大小姐太会捉弄人，明摆着是企业老板，硬说是帮亲戚打工。分明大权在握，还假装求亲戚给我们工作机会。

当初林列和柳叶是在图书馆打工时相爱的，他们相互帮助苦中作乐。直到柳叶的母亲找他谈心，他才知道柳叶打工的目的只是为了接近他。莫非有钱人都这么无聊？

马金玉抬起头来，恰好与林列的目光对接，连忙站起身友好地笑道：“都参观完啦？”

此刻的林列，除了无地自容没有其他感觉，见马金玉向他走来慌忙掉头离开。

林列心烦意乱地坐在办公桌前，越想越觉得狼狈，甚至有些丢人现眼。马金玉私下会怎么想他？认为他是一个不知天高地厚的可怜虫？是一个把挣钱养家挂在嘴上的小家子男人？

依照林列现在的想法，恨不能立刻离开金马公司。可是省城的工作已经辞掉，再找也得有个过程。父亲不久前来了一封信，说儿子找到工作还债就有希望了，尽管乡亲们谁都不提还钱的事，但越是这样他越想尽早把钱还上。林列不忍心让老父亲失望，还清债务才是头等大事。除此而外，他还有许多无法丢开的东西，还有同来海城的麦妮，能撇下她不管吗？

正想着，有人走进来，把一摞玩具检测数据交给林列。

林列咬了咬牙，暂且把堵在心里的那团乱麻甩到旁边，专心致志地投入到工作中去。

面对马金玉的矜持，万雪涛一直不能理解。自己各方面条件都不错，双方父母也挺看好，她为什么不肯答应婚事？现在总算找到答案，马金玉早已有了意中人。

多年的梦想彻底破灭，这对万雪涛打击非常大，不但情感上无法接受，还严重挫伤了他的自信心，一时很难从失意中走出来。

从懂事起，万雪涛的周围就不乏阿谀奉承之人。那会儿他爸爸是国有企业的业务科长，手上的权力足以让儿子吃好穿好玩好。十一岁那年老爸下海办公司，一炮打响发了财。公司越办越大，仅十来年时间就积累了十几亿资产。

在员工们眼里，万家唯一的财产继承人万雪涛犹如金光闪闪的太阳光彩夺目。全厂上下谁见了他不顶礼膜拜？即便在大学里，他那与生俱来的优越感也丝毫不减。

万雪涛从小就喜欢马金玉，不仅因为她美丽聪明，更主要的是她与众不同的气质。两人同学十几年，家人希望他们最终能走到一起。然而，从小锦衣玉食的马金玉，偏偏最瞧不起纨绔子弟。

一直以来，父亲在万雪涛的心目中是个了不起的人物，天底下几乎没有他办不成的事情。然而在儿子的婚事上却表现得无能为力，尽管父亲多次找过马千里，甚至把当年帮他发家的话都搬了出来，也未曾达到目的。

昨晚从金马公司小食堂回到家，万雪涛只管躺在床上唉声叹气。急得他娘楼上楼下直打转，担心儿子会憋出毛病来。儿子是她的命根子，是她的全部希望。虽然很有钱，但钱并没有给她带来多大快乐。因为有钱她不再热衷于逛街买便宜货，就连食欲也不如从前旺盛了。

丈夫变成富人之后，围着他转的女人像苍蝇似的赶都赶不走，她的劝导对于丈夫来说，就如同一阵风似的不起任何作用。唯有儿子是他们的共同话题，是维系他们关系的一根纽带。

前段时间冯老板主动上门提亲，想把女儿冯依云嫁过来。两口子觉得盛情难却，况且冯家条件挺好就答应了。谁知儿子竭力反对，声称谁再提冯依云三个字他就出家当和尚！吓得两口子不敢再提此事，只是不知道如何向冯家交代。

吃完早餐，万达板着脸走进儿子房间喊道："瞧你变成什么样子啦！为个女人熊成这样，天下好女人多的是，不信你弄个亿万征婚广告，保证成群结队的美女让你挑。"

万雪涛说："你以为找对象是做买卖啊？即便买个世界小姐回来又有什么用？人和动物最大的区别是什么？人讲究感情你懂不懂？"

万达说："我不懂什么感情不感情，但我要告诉你，前天马千里彻底回绝我了，说他无能为力。从今往后你别再提马金玉三个字，省得让人家笑话我们死皮赖脸。”

父子俩争了半天不分胜负，恼怒的万达对儿子下了死命令：一不准再提马金玉，二振作精神把宾馆打理好，三准备和冯老板的女儿冯依云订婚。

万雪涛一听冯依云的名字，立刻像弹簧似的从床上跳起来，再次申明即使一辈子找不到老婆，也不和冯家大小姐订婚。

万达认为儿子是故意跟他赌气，冯家的掌上明珠相貌不差，家当也不比万家少。冯老板视独生女儿比命还重要，若不是女儿死去活来非万雪涛不嫁，他能屈尊上门攀亲？这么一想，他只好耐住性子继续劝导儿子。

万雪涛喊道：“我是人，请你们尊重我的感情！否则我肯定离家出走，这辈子不再回来。”

万达还想发狠，被老婆使劲推了一把。她低声下气地央求儿子千万别离开这个家，否则老娘就不想活了。

万达插话道：“你不为别的，也该为你娘作想。早点结婚给她生个孙子，省得她闲得没事总找我麻烦，成天神出鬼没像个侦察兵……”说到这儿发现自己跑题了，连忙言归正传。

一家三口，你一句我一句争吵不休。吵到最后万达同意儿子先自由恋爱，若半年之后仍无结果，就必须跟冯老板的女儿订婚。

22

金马公司门前是一条宽宽的水泥路，路南有一条三十多米宽的大河。河两边有树，有花，有草。每隔一段距离就有一个凉亭或花台，还有几处直通水面的石阶。一条鹅卵石铺就的羊肠小道，从东到西弯弯曲曲足有十里之长，在高大浓密的树木丛中蜿蜒向前。

麦妮给这地方取了个好听的名字，叫做河滨花园。

刚到海城的第一个星期日，林列和麦妮在公司旁边的小面馆吃完早饭，沿着河滨花园鹅卵石铺就的小道往前走。当她发现伸向水面的石阶时高兴得跳起来。这地方太美了，三面环树一面向水，远看就像一把巨大的太师椅摆在那儿。

麦妮拉着林列坐在离水最近的石阶上。这儿真安静，听着鸟语闻着花香，随手捞起水中嬉戏的小鱼。麦妮从未经历过这样幸福的时刻，她无限感慨地喊道："生活真美好，要能永远这样该多好啊！"

林列怕她提及感情之类的事就主动岔开话题，谈些民营企业管理及雇员雇主的关系。

麦妮说："现在社会上存在仇富心理，许多人觉得第二代富人和过去的资本家差不多。他们理直气壮地挥金如土，追求时尚华而不实。他们瞧不起穷人，不懂得尊重劳动者。在他们的眼里，以为有钱就有一切。有人甚至不知天高地厚夸下海口，要把市政府买下来。"

林列不否认这种现象存在，但大多数年轻富人还是积极向上的。林列认为中国的企业家并不好当，改革开放三十多年，财富增加了十几倍，主要是企业家们的功劳。他们把劳动、资本、技术、市场等因素有效地组合起来，主观上是为了赚钱，但客观上为社会创造了巨大的财富，使绝大多数人的生活得到改善。

社会上有些富人观念不正确，把自己当成救世主，甚至做了出格的事情，他们必然会为不正确的理念付出代价。说到底，我们的社会主义制度是先进的，法律制度是健全的。

当麦妮提到马金玉时，林列神情有点儿暗淡，他把马金玉的热情友善理解为施舍与怜悯。

马金玉长时间隐瞒富人身份，装出小鸟依人的无助神情，恰好和柳叶如出一辙。无论她是一时冲动还是好奇心驱使，这种没有根基的关系都不会牢靠。就像柳叶那样，一旦找到更好的精神寄托，就会义无反顾地离开他。

假如说柳叶和马金玉之间存在差别，那就是后者带有感恩成分。而感恩肯定不是爱情，同样不会维持多久。林列不想再度陷入情感纠葛，只能再一次面临痛苦的抉择，强迫自己淡忘这段海市蜃楼般美好的情缘。

这天上午林列在楼梯口遇见马金玉，礼节性地点点头就走了。

马金玉诧异地问道："你忙什么呢？连句话都来不及说？"

林列边走边解释："我手上工作比较多，正忙着呢。"说完这话已跨上三楼。

马金玉转身跟着林列走进办公室，笑眯眯地问道："工作怎么样？还忙得过来吗？"

林列见她礼贤下士的样子就说："其实你大可不必隐瞒身份，帮亲戚打工未必能博得别人同情。这里没有王子，所以没必要装扮成灰姑娘。"

马金玉觉得这话挺刺耳，尽管生气仍挤出笑容说："怎么啦？我哪里对不起你了？"

林列说："你对我的好超出了雇佣关系。知道的说你广交朋友讲义气；不知道的还以为你故意在雇员面前显示大家风范呢。”

马金玉急了：“林列，你怎么这样狭隘地看待问题？为亲戚打工还是为自己工作，那只是一种形式而已，何必看得这么重？”

林列冷笑道：“我俩站在不同的角度，所以看待问题的眼光就不一样。我主张真诚待人，同样希望别人能够真诚待我。你是总裁，是金马公司的财产继承人，你有权去做别人做不到的事，但你无权捉弄人。”

马金玉脸涨得通红，泪水夺眶而出。她委屈地辩解自己并非不真诚，更没有故意捉弄谁。在亲戚这儿打工是事实，当总裁又怎么样？说到底还是为三叔打工。要说是金马公司财产继承人，这句话不假但有条件，必须以婚姻为代价，凭你林列能理解吗？说完这话扭头就走。

林列站在原地半天没回过神来，马金玉的话十分诚恳，根本不存在隐瞒和捉弄人的意思。自己怎么变得如此狭隘和小心眼，莫名其妙就伤害了马金玉，辜负她的一片好心。

我这是一朝被蛇咬，十年怕井绳。林列决定找个合适的机会向马金玉赔礼道歉。

人的感觉就像变幻莫测的天气，刚才还阴云密布，一会儿又阳光明媚了。心情一好劲头也来了，林列赶紧拿起桌上的资料忙起来。

23

傍晚，马金玉心事重重地走出总经理办公室。上午已对林列作过解释，消除了他心中的误会，原以为他会主动前来沟通，说上几句安慰话，可一直等到现在他都没露面。

得罪人连句道歉的话都不说，细想一下也不能全怪林列，人家初来乍到想法多些很自然。我没把身份告诉他也有不对的地方，可他哪能理解我的苦心，我这么做就是担心他会拒人千里，相处二十多天早就看出他自尊心极强。

事到如今，还是主动找林列把话谈开，他若不喜欢我当总裁，也可以改做别的工作嘛！

林列从食堂吃完晚饭出来，慢吞吞地边走边想，采用什么形式向马金玉道歉？写信？不行，转一圈最早三天收到；发短信？也不行，一句两句说不清楚。打电话约她出来？时机还不够成熟，如果她正在气头上一口回绝我怎么办？最好能在路上遇见她，随便打个招呼……

正想着，身后传来急促的脚步声，一声甜美的喊叫使林列兴奋不已。还是马金玉宽宏大量，主动和我恢复邦交了。他欣喜地回头一看，是麦妮。

“干吗呀？像霜打了似的？”麦妮笑着问道。

林列见麦妮手里拿着饭碗，碗里放着半块馒头就笑道：“怎么？还留了夜宵？”

麦妮说同宿舍女孩田甜节省得很，夜班回来什么都不吃就睡了，久而久之胃肯定受不了。她将晚饭省下的半块馒头带回宿舍，等田甜夜班回来饿了，用开水一泡就能吃。

林列问麦妮工作怎么样，麦妮兴奋地说："活儿太轻松，不过意就把楼梯上下擦了一遍。"

两人边走边说，不知不觉走到林列的宿舍。麦妮见茶瓶空了，就忙着帮他打开水去。

林列心慌意乱地坐在床边，既要考虑如何向马金玉道歉，又要设法妥善化解麦妮的误会。

麦妮打来开水，又拿起扫帚扫地。扫门背后的时候，门啪地一下自动关上了。

恰好马金玉走过来，见门关着便有些踌躇，正准备上前敲门却听麦妮在说："脏衣服别乱放，记住挂在门后挂钩上，我好帮你拿去洗。"

只听林列说道："记住了，管家婆。"俩人随即大笑起来。

马金玉像被火烫着了，尖锐的疼痛使她迅速逃开，心里那个难受啊无法用语言形容。这一刻问题总算有了答案，林列之所以冷淡我，因为他更喜欢麦妮。他深爱着麦妮却不好意思直说，俩人明明打得火热他偏不肯承认，一口咬定只把麦妮当做妹妹看待。

你骗谁呢！打算骗到什么时候？马金玉难以相信自己心目中那个英俊潇洒、斯文儒雅、知识渊博、成熟稳重的完美男人是个伪君子，是个口是心非的懦夫。

上午天气微凉。马金玉坐在老板椅上看合同，听到敲门声漫不经心地说了句："请进。"

见来人没有反应就问了一句："什么事？"抬头见是林列，想起昨晚的事忍不住拉下脸冷冷地说："找我有什么事？"

林列没料到马金玉会如此冷漠。昨天她还振振有词说身份地位、贫富差距不会影响他俩的关系。而事实并非如此，在不同环境中养成的习惯、说话语气以及待人接物的态度都不一样。也许她还没感觉到呢，别人已经难以接受了。

林列一夜没睡好，犹豫再三才走进总裁办公室。还想问她昨晚为何不接电话，想不到对方的态度这么冷淡。

此刻，屋里的气氛与林列预备要说的话格格不入，他只好改口说：“澳大利亚的客户要求下个月发货。”

林列公事公办的口气令马金玉颇感失望，随即用同样的语气回道：“秘书说过了，计划书也已签发。”

林列觉得自己像个小丑，忙说：“噢，我忘了。那就不打搅你了。”说完快步跨到门外。

林列的冷淡使马金玉的心猛地一抽紧，泪水控制不住地流下来。

办公室里空无一人，只有墙上的挂钟在机械地运转。林列坐在办公桌前将两手插入发际，沮丧的心情使他对任何事都提不起兴趣。他想不明白自己为何如此情绪化，就因为总裁对我态度冷淡吗？其实对谁冷淡不冷淡那是她的权利，我有什么资格要求她对我热情洋溢？就算我帮过她一回忙，也犯不着让人家以身相许吧。

别再想入非非了！林列握紧拳头下决心要把高高在上的马金玉从头脑里赶走。他在办公室里转了一个圈憋足劲喊道：“马大小姐，你有什么了不起！我不在乎你……”

恰好马金玉推门进来，听了这话一时进退两难，站在门口愣了半天才说：“林列，我哪儿伤害到你啦？”话一出口已是泪眼汪汪。

林列一个圈子正好转到门旁边，收住脚步恰好与马金玉来了个面对面，顿时慌得手足无措。刚才的言行举止实在太掉价，活像个无赖似的。

马金玉擦掉脸上的泪水说：“我知道你不喜欢我，但你可以直截了当说出来，犯不着这么为难，都把自己逼出精神病了。”

林列满脸通红连忙解释：“对不起……我刚才是吃不到葡萄说葡萄酸呢！”

马金玉哭笑不得地说：“你也不用再装下去，你和麦妮好那是你的自由，没必要躲躲闪闪。我真心祝福你们。”

林列喊道："你误会了，我和麦妮只不过是……"

"算了，没必要继续骗我。"

"谁骗你了？你不想和我交往就直说，犯不着乱点鸳鸯谱。"

听了这话马金玉忍不住抽泣起来："你自己不想跟我交往，反要倒打一耙。"抬头见林列急得额上青筋暴起就说："我没有冤枉你，昨天你和麦妮在宿舍说笑，我怕打搅你们就知趣地离开了。"

林列想了想笑起来："噢，对！对！麦妮过来帮忙打扫卫生，我趁机表明态度动员她做我妹妹。她听完特别高兴，然后满脸幸福地走了。人家原本只想做我妹妹，咱俩没事找事硬要往别处想。"

这回轮到马金玉发呆了，凭她女人的直觉，麦妮不可能仅仅想做林列的妹妹。

林列见对方不开口就问："昨晚我给你打过好几个电话，你干吗不接？"

马金玉掏出手机，上面果然有好几个未接电话。于是破涕为笑："昨天我失魂落魄，下班手机都忘记拿了。"

冰释前嫌，林列顿时满面春风，他真诚地向马金玉道歉，那天不该对她冷嘲热讽。正因为害怕失去她，所以才变得三不搭五，他保证今后再也不会那样了。

马金玉笑道："但愿如此。"说完约林列下班后在河滨花园见面。

深秋的傍晚，天边满是彩霞。林列和马金玉并排坐在荷花塘边上，先是争着作检讨，接着表决心谈人生，你一句我一句谈得十分默契融洽。

林列问马金玉最大的兴趣是什么，马金玉说探索大自然的奥秘，特别是对人类至今未解的谜更感兴趣。很想去人迹罕至充满怪异的地方看看。

见对方的兴趣爱好和自己相同，林列无比激动地说："我一直梦想有朝一日能够身临其境，感受体验大自然的伟大与神秘。考大学时我第一志愿是考古学，可惜被历史系录取了。"

马金玉更加坚信自己眼光正确，在感情上林列是可以信赖的男朋友，事业上是志同道合的好伙伴。马金玉喜不自禁地抓住林列的手喊道："林列我爱你！"

林列说："我也是。"

马金玉嗔怪道："什么你也是，我也是？难道你只会说这一句？"

林列放开嗓门大声喊道："马金玉，我爱你！"

两个幸福的情侣，彼此有说不完的话要向对方表白，不知不觉夜很深了。两人约定等有时间就出发，一边旅游一边探险，争取用业余时间走遍祖国神奇的山河。等年老退休后两人合写一本书，留给后人欣赏。

林列说："这是我俩的共同目标，必须依靠自己的能力完成这个目标，行不行？"

马金玉伸手与林列击掌盟誓，共同约定绝不反悔。

月亮挂在高空，这是一个月光如银的夜晚，是林列和马金玉有生以来最幸福的一个夜晚。

24

海城的老板们见到面都是嘻嘻哈哈挺客气，骨子里却在相互攀比暗中较劲。先是大打价格战，你降价，我比你降得更低，弄到最后利润少得做不下去再相互埋怨。

到了年底各家工厂抢着挖人，条件抬得太高，没法兑现就打赖，员工们为此怨声载道。

有的企业老板，担心自家的员工被人挖走，就借故不结清工资，想用拖欠劳务费的手段留住员工。部分员工有心离开又怕拿不到工钱，暂且不敢跳槽也是出工不出力；有的员工索性放弃余款远离此地。

久而久之，海城的企业与企业之间，老板与老板之间，老板与员工之间相互扯皮耍赖不讲诚信，要想办成一件事得费上九牛二虎之力。不少企业年年换人，走了一批又来一批，反正网上招聘很容易。

频繁换人最遭殃的是设备，生手操作经常出差错，抱着临时观念谁还去护理设备？看上去明里讨了巧，其实暗中吃了亏。可谓大账不算算小账，抓了芝麻丢西瓜。

自从马金玉来到金马公司，在管理上进行全面改革。她既不挖人也不抢别人生意，企业不但不缺员工，订单还源源不断。

业内人觉得奇怪，纷纷上门取经。

马金玉笑着说："我也没有特别的经验，就是三个字：讲诚信。"

在马金玉和万雪涛的带动下，海城大大小小的企业渐渐上了规矩，同样一件事原来费尽心机和周折，现在一纸合同就搞定了。

万达被冯桑丘追得没辙了，只好开着宝马车来到金马玩具公司。

走进办公大楼，万达显得颓废而疲惫。儿子的婚事把他搞得焦头烂额，雪涛态度坚决没有商量余地；冯老板隔三差五打来电话，虽不直接提那件事，但谁都能听出人家正着急等回音呢！

老这么回避拖延也不是办法，想来想去又没个好主意，只好硬着头皮再找马千里。还是那句话，只有雪涛和金玉订了婚，冯家千金才会放弃非雪涛不嫁的念头。

马千里毕恭毕敬地为师兄让座倒茶，然后露出一脸的无奈与愧疚，说他一直弄不懂金玉的心思，现在总算看出点蛛丝马迹。她和新来不久的员工走得很近，小伙子名叫林列，大学刚毕业，曾在省城救过她的命。

万达笑道："救命之恩肯定要报答，过河拆桥的事咱不能做，但也不一定非要以身相许呀！婚姻大事不是儿戏，没有共同语言和类似的生活经历及习惯，怎能天长地久？"

马千里听出万达的话外音，自然不敢过河拆桥。明确表示自己并不赞成金玉和山村野孩子交往，他不仅要做金玉的思想工作，还要给他二哥再施加一些压力。

万达露出笑脸说："马万两家合作了几十年，关系一直很融洽。我希望能够继续发展下去，共同规划未来的宏图大业。"

"那是。那是。"马千里的态度十分诚恳。

"其实，想要跟我万家结亲的人不在少数，可我儿子偏偏看中金玉了，死活不肯答应别家的婚事。冯桑丘你是知道的，我下海那阵他帮过我不少忙，而我又是个滴水之恩当涌泉相报的人。我不忍心直截了当回绝冯老板的好意，万不得已才求你帮忙解围。”

马千里无话可说，夹在两难之中滋味不好受，有心答应却做不了金玉的主，回绝吧又很难张口，权衡利弊还是先用好话把师兄打发走再说。

万达离开后，马千里陷入深深的烦恼之中。自从女儿失踪之后，妻子时常精神恍惚，非要见到金玉情绪才能稳定。他曾多次跟二哥协商想过继金玉，但二嫂死活不舍得。后来金玉的哥哥留在部队，就更没理由提这事了。金玉这孩子从小心地善良，只要三婶一发病，她放了学就会乖乖地来到三叔家逗三婶开心。她既丢不开自己的父母，又舍不得三叔三婶，只能不顾劳累地来往奔波于两家之间。

在马千里的内心深处，一直把金玉当做自己的亲生女儿。相依相伴这么多年，怎舍得委屈为难她？可是万达是自己的大恩人，人家愿意与马家结亲原是好意。再说雪涛那孩子他是看着长大的，偌大的家产他一人继承，这么好的亲事哪舍得轻易放弃？

可惜金玉不理解他的意图，该说的话全都说了就是不肯改变主意。住院那会儿他曾下决心不再干涉金玉的婚事，可她也不该爱上一个打工仔啊。放着阳关道不走，偏要钻那死胡同，作为长辈怎能睁着眼睛装瞎？即便没有万达催着，他也不允许金玉作贱自己。这人啊一旦犯傻，没准就傻到底了。

几次交锋过后老马认定，金玉在婚姻大事上绝对是铁板一块。既然她那边森严壁垒无法击破，不如掉换对象另做工作，不信那小伙子也和她一样死心眼。

林列放下电话立刻来到董事长办公室。

马千里一见到他，就开门见山地询问他和金玉的关系。

林列没料到董事长会提及此事，一时唐突不知如何回答。转念一想反正迟早要面对，不如把想法亮出来，明明白白告诉他自己真心实意爱着马金玉，希望得到长辈们的祝福。

马千里斜着两眼盯对方看了许久，才慢条斯理地说：“你爱金玉是不错，可你拿什么去爱她？金玉从小锦衣玉食惯了，离开优越的生活环境根本无法生活。”

林列说：“我爱马金玉，她也同样爱我。只要两个人真心相爱，其他问题并不重要，即便粗茶淡饭也觉得香甜。”

马千里对这些话不以为然。他认为一个过惯穷日子的人，突然去过有钱人的日子，会很舒适很自然，反之就不容易适应了。物质匮乏的生活不但不会产生幸福，还会让人感到异常痛苦。婚姻在这种状态下是无法维系很久的。

“林列啊，你救了金玉的命，我们一家子都感激你。如果你真心为她好就该放开手，让她安心嫁给万雪涛……”

林列疑惑地望着马老板，似乎不相信他那一长串话的真实性。

马千里继续说：“我说的都是真的，目前金玉左右为难拿不定主意，你好事做到底成全她嫁给万雪涛。其实，她认识你之前已和雪涛相爱好几年了……”

林列走出董事长办公室的时候，失望和沮丧达到顶点，一直为之担忧的事终于临头了。董事长说马金玉目前正处在两难之中，既想嫁给万雪涛，又舍不得丢开林列；想跟他继续交往，又怕失去富裕的生活。

董事长还断言，即便马金玉最终嫁给林列，他们也不会幸福。原因是，两个人在截然不同的环境中长大，除了一时的浪漫，不可能长久过平淡的生活。爱情是什么？是短暂的激情而已，当你面对现实问题时，爱情在转瞬之间就会丧失光华。到那时，除了相互埋怨没有其他内容。与其这样，何必执著？

林列觉得马千里的话很耳熟，柳叶的母亲曾经都说过。自己爱马金玉爱得很深，要想放弃肯定会无比痛苦，但正如董事长所说长痛不如短痛，明知无结果何必再继续？

自己没有能力给予对方优越的生活条件，为何还要眼睁睁地看着她失去早已习惯了的富裕生活？下决心放弃才是最明智的选择，爱一个人就该让她幸福。爱是自私的，但真爱能够超越自私。

林列开始寻找分手的理由，寻找马金玉身上的缺点，以此来抚慰内心难忍的痛苦。可是，恋爱之中的人很难找到对方的缺点。在林列眼里，马金玉的缺点也是那么可爱可亲。

既然答应了马董事长，就必须按他的话去做。然而，许多事情常不以人的意志为转移，你越想舍弃那份感情，反而更加刻骨铭心。

面对如此境地，林列真的没辙了。

25

大块白云在天空移动，地面上的光线忽明忽暗。

今天是厂休，吃完早饭马金玉去了林列的宿舍，见他心事重重就约他出去散散心。没想到对方竟是一脸的不情愿，推三阻四找了好几个理由不愿意赴约。

马金玉猜不透林列的想法，心里好一阵难受。既然关系已经明确，干吗还这么生分？你要是遇到困难和麻烦可以跟我说呀，两个人想办法总比一个人强。

来到厂门外，林列干脆停下脚步。

马金玉闷葫芦似的，赶紧问他碰上什么大事情了。

林列挤牙膏似的回答，支吾搪塞过去又无话可说了。

冷场带来的尴尬让人觉得窒息，马金玉为了打破僵局就没话找话说。可惜对方不愿意配合，你问一句，他答一句，吝啬得连一个字都不想多说。应付了十几分钟就借故走掉了。

今天全厂放假，他故意做出繁忙的样子，其实忙不忙马金玉心里有数。

想到自己总这样低三下四地迁就他，马金玉心里酸溜溜的。

这家伙实在太过分，上周还相亲相爱好得不得了，一夜之间判若两人。他为什么说变就变，中间连一点过渡都没有。过于情绪化可不是好事，这回决不能再迁就他了。

第二天上午，两人在办公大楼门前相遇。马金玉决定用同样的态度对待林列，让他也尝试一下被人冷落是啥滋味。于是，她故意摆出盛气凌人的样子，目空一切地从他身边走过。

马金玉的傲慢使林列很快冷静下来，他终于理解了董事长说过的话。马金玉过惯了有钱人的生活，时不时就会端出大小姐的架子，你林列如果不具备足够的应付能力，你们的感情也就到头了。

周二上班，林列六神无主地坐在办公室里，原本很顺手的工作怎么都做不好。马金玉的表现很反常，她是故意气我，还是偶尔露峥嵘？

咳！管她呢！既然下决心分手，干吗还在意她的举动？

即便如此，林列仍然左右不了自己的情绪，马金玉身上难得一见的冷淡令他无法接受。

胸口越堵越厉害，注意力几乎全集中到她身上，就连手边的设计图纸也布满了马金玉三个字。

这种状态怎么工作？不如找她当面谈一谈，确定马千里所说属实，再分手也许好受一些。

林列刚走到总裁办公室门口，就被尖锐的训斥声吓了一跳，细细一听吼声来自马金玉。一个老者低沉的语调里透着哀伤，好像在苦苦哀求她什么。面对哀求马金玉毫不怜悯，用更大声的呵斥回敬了老人。

林列感到愤愤不平，失望之余便是一阵痛心。谁给她这么大的权力，用如此恶劣的态度对待一位乞求帮助的弱者？就凭你口袋里的钱比他多吗？

马金玉呀马金玉！你的高傲无处不在，而傲慢恰恰是最虚伪的表现！

林列正想进去说句公道话，却见老头苦着脸走出来，无可奈何地叹了一口气，蹒跚着脚步离开了办公大楼。

林列的心被深深刺痛了，他终于看清了马大小姐的本质，她敏感、苛刻、挑剔，甚至冷酷。在这一刻里马金玉的缺点暴露无遗，深藏在林列心中的温柔女孩瞬间模糊变形，就如同那张被水浸透的写有电话号码的纸条，慢慢失去原样变得面目全非了。

经历痛苦挣扎之后，林列勉强摆脱了缠绵的感情纠葛。他庆幸自己撞见了这个真实场景，窥视到马金玉深藏不露的真实一面。否则凭他下多大决心，也难以舍弃对马金玉执拗的爱。

下班之后，林列和员工们在球场打篮球。只有把时间安排得满满的，才不会没完没了地去想马金玉，想她不为人知的双重性格。

马金玉走到球场边，看见麦妮正为林列的精彩投篮而喝彩，她的心就像被针刺了一下。说心里话，这对恋人无论外貌还是性格都很般配，在麦妮面前林列的傲慢从不表露出来，更别说乱发脾气了。他俩在一起的时候林列很放松，想大声说笑就大声说笑，无论吃相多差也丝毫不加掩饰。这说明什么呢？只能说明麦妮在他心中的位置比我高，所谓配合默契互不设防也就是这样了。

马金玉恨死自己了，在爱情问题上她好像被施加了魔法，既不肯按三叔的意图心平气和地嫁给万雪涛，又不能以自己的意愿好好地爱林列，甚至无法为维护尊严而潇洒地放弃。

球赛结束时马金玉才注意到，比赛对方是万氏公司的员工。她懒得过去打招呼，便慢吞吞地转身离开了。

没走几步就听到响亮的训斥声，回头一看，万雪涛正冲着麦妮瞪眼喊叫：“你算什么拉拉队呀？直着嗓门尖声怪叫，严重扰乱了我的注意力。下次只要有你在场，我们就拒绝比赛！”

麦妮吃了一惊，眼珠转来转去想不起来自己做错了什么，愣了一会反驳道：“你这人真是的，自己输了球还把责任推到别人身上。我喊我的，你打你的……”

万雪涛靠前一步说：“小丫头不虚心接受意见还强词夺理，你必须向我赔礼道歉！”

林列听见吵嚷急忙走过来，友好地把手搭在万雪涛肩上说：“打着玩呢，干吗这么认真。”

万雪涛说：“这小丫头声音太尖锐，我几次投篮都没中。这是以往从没有过的失败因素，所以要好好总结一下经验教训。”

林列今天发挥得太好了，特别是两个三分球简直精彩透顶。麦妮一会儿拍手，一会儿喊加油，整场球赛她一直沉浸在兴奋之中。没想到乐极生悲，散场时碰上个不讲道理的万雪涛，平白无故训斥了她一通。

麦妮红着脸看着万雪涛，想为自己申辩又不敢顶撞他，想开溜又怕对方不放她走，灰头土脸地等着挨训斥又觉得挺难为情，只得自我解嘲地小声说道：“真是的，他投篮的时候我又没吱声。没见过哪个球员输了球，跑到场下指责球迷的。”

万雪涛见她嘀嘀咕咕，还想继续拉住她论理。万氏公司的人劝他说：“算了，算了，大人不计小人过。小姑娘吓得快要哭了。”

万雪涛瞟了一下麦妮湿润的眼眶，这才理直气壮地换衣服去了。

麦妮悻悻地离开球场，抬头看见马金玉在前边走，就兴奋地追上去笑道：“马总，你也来看球赛了，今天打得真精彩。”

马金玉见是麦妮便停住脚步。才见她被万雪涛无缘无故训了一通，离场时还神情沮丧，一眨眼就把不愉快忘得精光。马金玉不得不羡慕麦妮豁达大度的个性。她生活条件那么差，可她总是那么乐观，成天快快乐乐的，周围的人受她感染也跟着快乐起来。

想自己这段时间经常自寻烦恼，特别是与林列重逢之后，好像越发小心眼起来。他的一句话一个眼神都会影响她的情绪，随着他的表情变化时而兴高采烈，时而又变得心烦意乱郁郁寡欢。

26

望着金玉日渐憔悴的面容，马千里心里充满了怜惜与自责。是他亲手拆散了这对真心相爱的恋人，才会出现眼前这令人心酸的场面。原以为让林列自动退出是为金玉好，没想到她会沮丧到这等地步，就连一辈子不嫁人的话都说出口了。

面对金玉的痛苦马千里心里七上八下，难道真是我做错了吗？我不顾及金玉的感受，把她当成报恩的礼物？其实，拆散她和林列还是为她好呀！

傍晚下班时分，天空布满了黑色的云团，不一会就下起瓢泼的大雨。

马金玉站在楼梯口等到林列："有空吗？我想和你谈谈。"

林列态度冷淡推说自己没空。整个说话过程他几乎没朝对方认真瞧一眼。

马金玉平白无故受此冷遇，心里不由自主涌起一片愤怒。而愤怒的念头只在她脑海里闪了一下，就被理智的冷水扑灭了。她踌躇了一下说："那我明天在老地方等你。"

林列边走边回答："明天我还要加班呢！我得挣钱养活自己，还要负担年迈的父母，没空陪你海阔天空。"

马金玉委屈地喊道："你可以不理我，但你总得把话说明白啊！"

林列咬咬牙："该说的我都说清楚了，最后再诚心诚意劝你一句，多为自己的前途和幸福想一想。生活是实实在在的，并非你想象中的那么浪漫。"

马金玉说："我知道自己需要什么，我也懂得幸福是怎么回事。和一个不爱的人生活一辈子，即便物质条件再丰富也未必……"

林列打断对方："这句话正是我想对你说的，我不喜欢表里不一的人，更看不惯颐指气使动辄训人的女孩。你有丰富的物质条件和优越的生活环境，但你所缺乏的正是我最需要的信心和爱心。"说完转身离开大楼冲进雨中。

马金玉事先没料到，林列会抛出一大堆不着边际的话作为断交理由。他干吗不把藏在心里的真实想法说出来？他可以直截了当告诉我，他爱的是麦妮不是我，也许那样会好受一些，不必反复在自己身上寻找根本不存在的原因。

马金玉既伤心又委屈，自己全心全意地对待他，到头来一片真情换来的却是一大堆冷嘲热讽。自己到底错在哪里？有钱难道是罪过吗？

马金玉慢吞吞地走进雨幕中，任凭如注的雨水浇得她浑身透湿。

当马千里将雨伞举到金玉头上时，她再也控制不住满腔的悲哀，回身扑进亲人怀中放声大哭："三叔求你帮帮我！事情怎么突然变成这样啦？"

一声凄凉的呼喊使马千里心中一颤，他感到自己的心揪成一团，难以忍受的尖锐疼痛瞬间传遍全身。事先他完全没有估计到，金玉会痛苦到这种程度。

是谁夺走了金玉的幸福？是谁让她如此忧伤？不正是她最最信赖的三叔嘛。林列之所以如此冷漠，就因为他连续做了两次工作，是他马千里亲手策划了这一切。

看着金玉痛苦的眼神，马千里再次下决心放弃。为了找回从前那个快快乐乐的金玉，他不但要果断地回绝万老板，还要反过来做林列的工作，让有情人终成眷属。

第二天上班，马千里在老板椅上刚刚坐定，就抓起电话通知林列来董事长办公室。

林列边走边想，上周马董事长给他一张支票，被他严词拒绝，他表示自己不会妨碍马金玉的幸福生活，更不会扰乱她的锦绣前程，董事长您尽可以把心放到肚子里去。

看样子，老人家的心至今还停留在肚子外边。

我已经按你的要求做了，你还有什么不放心的？难道要我写下保证书不成？其实，你大可不必这样做，我正在考虑辞职离开金马公司呢。

跨进门林列感到有点儿出乎意料，马千里的态度与上两次截然不同，不但客气地让座，还对他的工作生活表示了极大的关心。

如此反常的热情，使得林列有些忐忑不安，他猜不透董事长葫芦里卖的什么药？不过，连最坏的结果都想到了，还有什么好担心的呢？

马千里干笑两声言归正传：“按理说我并不同意你和金玉谈恋爱。但是，我发现你俩是真心相爱，所以我说服自己答应你们继续交往。条件是你必须答应我，一辈子不让金玉受丁点儿委屈。”说完朝林列瞟了一眼，等待他惊喜的反应，看他感恩戴德的表情是不是很夸张。

没想到对方除了惊讶，并无半点感激之情。

马千里见对方不说话，以为他大喜过望一时怔住了，谁知对方的回答完全出乎他意料。

林列回答得很干脆，说他做不到。因为谁都无法让一个脾气很足的人，一辈子不受丁点儿委屈。从小到大不乏宠爱的大小姐，以为天下的人都应该围着她转，稍不如意就觉得受了委屈。凭我这样的小人物，怎么可能把委屈一词从她的字典里除掉？也许有人能做到，但我肯定不行。

一席话使马千里异常失望，眼前这个年轻人心性太高，居然针锋相对一着不让。声称他做不到的事就不会答应，暂且敷衍等于是欺骗。

马千里冷笑道：“你还是别找借口为好，我从小看着金玉长大，她是什么性格我还不知道吗？家里那么多孩子数她最善良最讲道理，你居然套用什么大小姐脾气来贬低她。你以为我不知道你脚踩两条船？这边跟马金玉谈情说爱，那边又和一个叫麦妮的女孩亲亲热热……”

无中生有的话使林列异常恼火，忍不住反驳道：“你是金马公司的董事长，你有权调整我的工作甚至炒我鱿鱼，但你无权干涉我的婚姻。我不想解释你所谓的脚踩两条船，但你可以让马金玉从此别理我。我也再一次向你保证，从今往后不再靠近她那条船！”

马千里竖起两眼朝林列看去，只见他表情凝重的脸上庄严而肃穆，很容易让人联想起慷慨赴死的英雄人物。

好你个小兔崽子！面对不知好歹的年轻人，马千里气得脸色发白。既然说不到一处，索性请他滚蛋！

走出董事长办公室，林列突然清醒过来，自己这是怎么啦？为何用恶劣态度去对待一个生病的老人？伶牙俐齿地让长者无言以对又算什么本事？他马千里愿意接纳我是他的好意，说明他已经改变想法，不管我和马金玉最终能否走到一起，都应该表示感谢才是。

仔细想想，这段时间之所以不能心平气和，仍旧是自卑心理作祟，觉得自己太穷，高攀不上有钱人。既怕承担傍富的坏名声，又丢不开马金玉。尽管在内心把她描绘得可恨可恶，但记忆里的马金玉仍旧那么可爱，那么让人无法忘怀，真希望马金玉只是三叔厂里的打工者。

下班后麦妮来到林列的宿舍，见他垂头丧气的样子就笑道：“世界末日到了吗？要不然干吗这么沮丧。”

林列勉强笑了笑，凭她麦妮哪里知道失恋的烦恼，爱得越深痛之越切。为图一时之快，回绝了马千里的好意，现在再想回头太难了。

麦妮的乐观主义总能感染别人，随便你怎么不愉快，都能被她的快乐情绪所影响。和麦妮说了一会话，林列的心情自然而然好起来。

麦妮邀林列去小饭馆吃面条。面刚端上来就帮他挖了一大勺辣椒酱，把面条染得通红通红。麦妮介绍说这是她总结出来的经验，只要死劲吃上一碗辣面，坏心情马上就被赶跑了。

这碗辣面对消除林列的烦恼并未奏效，反而使他想起第一次和马金玉外出吃饭的事。那天面刚端上桌，他就给马金玉碗里加了一勺辣酱，辣得她眼泪都流出来了，但她还是咝啊咝啊地把面全吃了。事后才知道马金玉从不吃辣。从那天起她每天练习吃辣椒，为的就是尽快适应林列的生活方式。

27

月亮挂在蓝色的天空，夕阳的余晖尚未完全褪尽，整个天穹美妙迷幻，不由得让人生出置身天外的感觉。

周末傍晚，金马公司的员工兴高采烈，公司在这个时段经常会安排一些娱乐活动，比如唱歌、球赛、放电影呀什么的。

下班后的田甜，回宿舍收拾了一下，就拉麦妮看球赛去。

麦妮听说是与万氏公司的球员比赛，立刻联想起没教养的万雪涛，那天平白无辜地当众挨训，此刻想起来还心有余悸呢！麦妮不想招惹是非，干脆找了个借口推辞不去。

田甜知道麦妮喜欢篮球，这才主动要求陪她看球赛去，没想到她今天兴趣全无。

见麦妮不去，田甜也打了退堂鼓。

麦妮又反过来动员田甜去为本厂球员鼓劲，还让她看完把赛况详细告诉她。

田甜犹豫了一会，独自往食堂后边的球场走去。其实，她哪来心思看球赛啊，昨天姑妈打来电话说爹的病情又加重了，明天一早她还得赶回家去。

田甜一边看球赛，一边担心爹的病情，心里觉得乱糟糟的。

中场休息时，万雪涛在场下四处乱窜，眼珠转来转去不知道想搜索什么。

不一会儿下半场比赛又开始了，万雪涛的劲头远不及上半场来得勇猛。而他个人的懈怠竟然影响了整个士气。

散场时万雪涛走到田甜跟前问道："喂，你怎么一个人来看球赛啊？你的狐朋狗友呢？哦，不是。你的同伴呢？"

"你说谁呀？"

"就是尖着嗓门喊叫的小丫头。"

田甜明知对方指的是谁，故意说："我不知道你说的谁。"

万雪涛喊道："麦妮！我说的是麦妮，她怎么没来？"

"她怕影响你投篮，所以不敢来了。"田甜说完离开了球场。

回到宿舍，田甜把刚才那番对话学说了一遍："那个无赖还想找你碴呢！"

麦妮不由自主地拍了拍胸口，暗自庆幸今天没去看球赛，否则有可能再次受到对方指责，因为这场球赛他们又是输家。

想想觉得好笑，那个叫万雪涛的年轻人，看上去那么大个儿，竟是这等小肚鸡肠，事情都过去那么久了，他还念念不忘要报复我。

林列对电话铃声特别敏感，不管是座机还是手机一响，他都会迫不及待地接听，听完照例又是失望透顶。月初他和马金玉约好，这个月的最后一个星期天若不加班，他俩将进行一次短途旅游。可自从那天雨中分手他就再没见过马金玉，拐弯抹角一打听才知道金玉出差了。

连续几天的别离，使林列的傲气消耗殆尽，事实证明他根本离不开马金玉。

林列失魂落魄地盼望马金玉回来，每隔一会儿就不由自主地朝公司门口看，希望她的车突然开进工厂大门，再看着她慢慢从车里走出来。可惜白等了好几天也未能如愿。

直到昨天下午，马金玉的身影才出现在公司大楼里，那一刻似乎有一道耀眼光亮从她身上射出，照亮了林列晦暗焦灼的心。

按惯例，马金玉每次出差回来总会给他打电话，但这回例外，足足等了半天也没有接到她一个电话。

手机铃声特别悦耳，林列激动地一把抓起，原来是电信局告知余款。

马金玉呀，马金玉！你就不能借口工作上的事给我打个电话？给我一个机会问你去不去郊游？即便你不想做我女朋友，也不至于连普通朋友都不交了吧！

时间像蜗牛似的缓慢爬行，林列越发显得焦躁不安。他后悔那天在雨中对马金玉说的一席话，更后悔对董事长说，从今往后不再靠近马金玉那条船。

临下班的时候电话铃再次响起，已不抱任何希望的林列懒洋洋地抓起电话："找谁？"

"是我。"马金玉的声音。

对方接下来讲了些什么，林列一概没听清楚，只知道马金玉约他下班后在厂门口等她。此刻，林列再也控制不住内心的激动，他像打了兴奋剂似的喊道："行！行！我知道了。我在厂门口等你，不见不散！"

夕阳的余晖给万物镀上一层金色，晚霞倒映在河水中格外美丽。

马金玉见到林列，没像从前那样笑容如同盛开的花朵。她淡淡一笑平静地说："这几天我独自静下心来认真思考，总算想通了一些问题，感情不能勉强，不属于你的即便得到也不真实。林列，咱们好聚好散吧，也许还能继续做朋友。"

林列一听这话，失望得连气都喘不匀了。原以为兴冲冲地赶来重修旧好，谁知对方却没这个意思。他想挽回局面请求马金玉原谅，但自尊心又不允许他有乞求的嫌疑。于是，他微微点了点头沮丧地转身离去。

走了两步又回过头来，与马金玉异口同声地说："上回约好的短途旅游就算自动取消吧。"说完这句话，两人望着对方再次同声说："是吧？"说完忍不住笑起来。

林列说："即便是普通朋友，也可以结伴出去走走。"

马金玉说："你要愿意，我们就按原计划执行？"

林列说："当然，不管怎样我们得说话算数。明天先跑短途，等年底有空闲我们就跑长途，你说怎么样？"

马金玉说："行！我听你的。"

林列一激动就伸手和马金玉击掌，击完掌又无所顾忌地说笑起来，好像什么事都没发生过。爱情是个神经病，根本不按规律和计划行事，预备好的一大堆话居然一句没用上。

各自倾诉完离别之情，甜蜜与温暖重新溢满心头。

马金玉将头靠在林列肩上，两人静静地看着如画的美景，静静地享受爱的甜蜜。

沉默了好久，马金玉突发奇想："林列，我教你开车吧！现在离年底还有两个多月，我负责教会你开车，到时候咱们出去就更加方便了。"

"行！就按你说的办。不过，你可别嫌我笨。"

"你笨？你笨我就是傻子了！"

第二天上午，马金玉开始教林列开车，林列只学了一小时就基本掌握了要领。

马金玉喜出望外夸他聪明好学肯钻研，而且想象力丰富。她建议林列试着搞些创新，为公司设计上档次的新型玩具。

这话正合林列心意，他早发现工厂生产的玩具款式老套陈旧，正打算在设计上动动脑筋。

黄昏来临的时候，沉浸在爱情甜蜜中的情侣才动身回去。两人坐在车里相互凝望、轻松说笑，幸福就像花儿一样。

在这幸福的时刻，马金玉觉得曾经压得她喘不过气来的情感伤痛，一下子变得很轻很轻，轻得就像夕阳旁边丝丝缕缕的浮云一般。

28

田甜星期天回了一趟家，到厂后情绪十分沮丧，夜里睡在床上不住地翻身，还断断续续地唉声叹气。

第二天傍晚，麦妮望着田甜愁苦的脸问道：“田甜，你好像有心事？遇到什么困难了吗？”

田甜苦笑一下说：“没什么，可能是身体不太舒服吧。”

麦妮听了这话更加紧张，坚持要送田甜去医院看病。

田甜被麦妮的真诚所感动，就把憋在心里的话和盘托出。

田甜原本有一个幸福的家，早年爹在机械厂当修理车间主任，母亲在厂里做会计，一家子生活过得挺好。

田甜考入初中那年，县机械厂破产倒闭了，父母两人一账算清拿到八万多块钱。

爹有很好的技术，车、磨、刨、铣样样精通。他和田甜娘一商量买回几台机床，为私营小厂做加工业务。

那会儿私营企业刚刚兴起，各种类型的小厂像雨后春笋般快速建起。田家小作坊加工活多得来不及做，于是贷款扩建厂房，还添置了几台数控机床。这年年底就净赚了上百万，雇员也由四个增加到八个。

爹无须再亲自干活，每天忙里忙外联系业务，购买材料、送货取货，忙得不亦乐乎。母亲负责内部管理，既管账又管人，倒也得心应手。

如此干了五年，田家的机械加工厂有模有样了，爹的心也随着工厂规模日益壮大。

当年镇上的一些小工厂已发展成大公司，资产也由当初的百万上升到千万。田甜的爹看在眼里急在心上，恨不能一夜之间赶上超过他们。

就在这时，从韩国来了一位资产雄厚的大老板，租下开发区两排大厂房，投资办起一家中等规模的纺机厂。

一天，大老板找到田甜的爹，让他停下手中的零散业务，全力以赴为纺机厂加工配件。

一心想当大老板的爹似乎看到了希望，未假思索就点头答应了。

娘不想放弃原有的业务，毕竟都是处熟的老客户，为此还和爹争执了好几天，吵到最后也没能把爹拉回头。

爹被纺机厂诱人的加工费所吸引，用高额工资招来熟练工，十二小时轮流两班翻。

干了两个月，纯收入五十多万元。爹一高兴，就将剩下几家老关系全部推掉，一屁股坐到纺机厂来料加工活上。

第二年春节刚过，纺机厂老板提议废除来料加工形式，改成乙方自购材料加工配件，然后返销到纺机厂。

这种形式听起来很不错，虽然承担了废品损耗率，但利润比来料加工高出两成。如此优厚的条件摆在面前，爹一句话没说就欣然接受了。

那年田甜在县城读高二，过着不愁吃穿、不愁钱花的富裕生活。那时候她想要什么爹就给她买什么，光一架钢琴就花了三万多。

爹常说："我拼命挣钱干吗呀？还不都是为了你，这份产业保你一辈子不愁吃穿。将来我和你娘老了干不动了，你雇几个人为我俩养老送终就行了。"

那时候的爹，决计想不到女儿会以打工为生。田甜也从未想过，自己这辈子还会为生计奔波劳顿。

一年后，纺机厂的周转资金突然出现问题，拖欠货款成了家常便饭。原本每月结一次账，这回满三个月也不提结帐的事，爹跑了几趟只拿回零星货款。

母亲不同意继续送货，父亲笑话她胆子小见识短。还学着纺机厂老板的腔调，拍着胸口说："我这么大的厂竖在这儿，还能赖掉你区区一两百万货款吗？"

家里的库存很快用完，最后一点存款也购买了原材料。然而，一批批配件拖过去，资金却迟迟不能返还，爹只好四处借贷赊账。

眼看着雨天驮稻草越驮越重，爹也着急了，明知不能再往无底洞里扔钱，可又担心前面投下去的钱拿不回来，只好用厂房抵押贷款继续供货。

纺机厂老板见几家供货方态度不积极，索性把价格又抬高一成，并且再三拍胸口保证，只要外汇到账立刻结清全部货款。

爹经受不住诱惑，一边喊着"舍不得孩子套不到狼"，一边把家中最后一张房产证拿到银行抵押贷款。

直到最后一批材料用完爹才突然醒悟过来，在家咬牙切齿地吼道："我现在就去要钱！再不给钱我就不供货了！不给钱我就赖在他厂里不回家！"

没等爹跑到目的地，纺机厂那边的噩耗就传来了——不得了啦！韩国老板卷铺盖逃跑了……

爹听完这句话感觉眼前一黑，魂魄好像飘离了驱壳。

娘赶到医院的时候，爹在哈哈大笑，让娘准备一辆卡车，把要来的货款拖回家去。

娘气极了，对准爹的笑脸就是一巴掌。那一巴掌不但崴了她的手腕，也把爹满脸的幸福打得一丝不剩。

动作快的人抢光了厂方剩余物资。爹在医院躺了一天，去得迟什么都没拿到，他斜着血红的眼睛冲执法人员吼道："拍卖厂房还我的钱！"

回答说：厂房是租赁的，只有使用权。

"那就赶紧逮捕他呀！"

执法人员苦笑道："此人已逃到境外去了，抓捕他有一定的难度。"

爹听完哈哈大笑，从此和医院结了缘。

债权人纷纷上门要债，员工们也隔三差五要求结算工资。田家值钱的东西都卖光了，包括母亲的首饰，也包括田甜的钢琴。

辛苦多年创下的家业，眨眼工夫消失殆尽，还欠下许多债务。母亲又气又急患了脑溢血，幸好抢救及时，落下了半身不遂的后遗症。

为了给母亲治病，田甜只好厚着脸皮向亲戚借钱，当初来往频繁的亲戚们，此刻正想方设法躲避他们呢!

望着一贫如洗的家，田甜放弃高考来到金马玩具公司打工。

消息传到母亲耳朵里她旧病复发，没来得及送到医院就去世了。

父亲彻底疯了，他常常问女儿：“你娘是不是到韩国要钱去了？钱要回来堆在哪里最保险呢？”

田甜讲完自己的家事，禁不住深深叹了一口气，抬起头朝麦妮看去竟也是泪痕满面。

29

恋爱是个没有规律可循的东西，动不动就来个出乎人意料的变化。以为要终结的感情，突然峰回路转；正要为美好的前景庆贺，危机又出现了。也许它太美好了，所以才显得特别脆弱。

林列和马金玉的关系僵化了一个多月，说缓解就缓解了，似乎没留下任何痕迹。可是，幸福甜蜜的美好时光没过多久，又发生了翻天覆地的变化。既然情深意切，谁都丢不开对方，为何还会如此脆弱？说到底这事还是出在麦妮身上。

两周前麦妮接到通知，让她去包装车间工作。麦妮以为是调到车间搞核算，便兴高采烈地前来报到。

刚跨进车间大门，戚三就阴阳怪气地招呼道："首长好！您老是干部下放劳动，还是发配一线劳动改造啦？"

麦妮赔着笑脸毕恭毕敬地问道："请问师傅贵姓？"

戚三旁边的一个员工抢着回答："他姓麻！"

"您好，麻师傅……"

没等麦妮打完招呼，戚三就直着嗓子嚷起来："小丫头片子，你也敢损我是不是？"

车间主任江凯走过来说："他是你师傅，你不能直呼他三麻子，应该尊称他为三广林子！"

麦妮心想，三广林子听起来像个日本人，他怎么成我师傅了？想了想问江主任：“那我的工作是？”

老江说，车间差个搬运工，老板点名调你过来救急呢！

麦妮觉得很好笑，六百多人的工厂差一名搬运工，居然选中我这个大力士了。不过好笑归好笑，麦妮二话不说穿上工作服就干起活来。

戚三等人看着麦妮的背影议论纷纷：小丫头不知道得罪谁了？这架势明摆着，不被整垮不罢休。幸好马聚不在，要不这张漂亮脸蛋准逃不过色狼的爪子。

“她好像是马金玉带回来的，好好的怎么又整起人家来了？”

戚三说：“马家没一个好东西！别看她马金玉见人笑眯眯的，也就是笑面虎一个。有钱人的心全他妈的黑透了！”

小李喊道：“总有一天把暴发户统统拉去批斗！”

老江跑来制止：“胡说什么呢？都干活去！”

戚三眨了眨眼睛幸灾乐祸地笑道：“您哪，就等着看好戏吧！”

江凯说：“上回的好戏你没演结束，就被你老婆扯住耳朵拖回去了。”

戚三得意地喊叫道：“那天要能让我把门踢开，准让那对狗男女大曝光，马老板的绿脑瓜也不至于被省城的医生划一刀。”

车间里一片嘻嘻哈哈，幸灾乐祸的情绪使人控制不住兴奋。其实，多数人与马千里并无怨恨，但从众心理驱使他们主动加入进来。

麦妮扛着五六十斤重的大纸箱，一趟趟在车间里穿行。货物堆得像山一样总也搬不完，累得她呼呼直喘粗气。无论多忙多累反正没人帮她，在人们异乎寻常的眼神里，麦妮觉得自己像个另类，像个劳改犯。

吃完晚饭，麦妮刚倒在床上便睡着了。一觉醒来浑身像散了架似的疼痛，偏又来了例假，真想多休息一会儿，可她哪敢啊？那恶鬼似的戚三没完没了冲她吆喝，恨不得挥舞皮鞭催她干活才好。这人心都是肉长的，三麻子为何如此狠毒，我又没得罪他犯得着这么凶嘛？

算了，还是咬牙拼命干吧，受人家雇佣就得听人家调遣，好歹一个月拿一千五百块钱工资呢。麦妮忍着疼痛走进车间，继续当她的搬运工。

今天是周末，马金玉跟林列约好明天继续学开车。

林列试探地问马金玉能否让麦妮跟着一起学。马金玉不假思索地笑道：“喊她来吧，反正我一个徒弟是教，两个徒弟也是教。”

林列给麦妮打了好几个电话她都没接，干脆去财务科找她，一连去了两次都没见她人影。这个鬼丫头跑哪去啦？八成又去打扫厕所了，干脆等下班以后再联系。她要知道学习开车不知有多高兴呢！用她的话说，多一门技术等于多一个饭碗。

林列放下电话继续设计图纸，这段时间他正忙于设计新型智能玩具，越干越有成就感。看着图纸突然想找个旧样品比照一下，就起身往后排车间走去。

来到包装车间，门前停着一辆五吨卡车，司机正在车上码放货物。一个工人扛着装满玩具的纸箱往车上放。那人看上去个头不高，身材纤细得像个女人，却要用柔弱的肩膀扛那么大的箱子，有点儿像蚂蚁搬运食物似的。

林列心想，车间主任怎么搞的，干吗不安排几个大个子搬运？这小子也真傻透顶了，怎么没想到先用小车把货物推到卡车旁边，然后再往上搬也好省些力气。

傻小子蹒跚着脚步来到车前，举着箱子的手臂有些颤抖。林列急忙上前凑了一把劲。那员工放下大纸箱感激地回过头来说了声：“谢谢你！”

林列朝对方一看，先是大吃一惊，然后就大笑不止：“你出什么洋相啊？谁让你来这儿当搬运工啦？车间里的师傅也太把你当个人才了。”

麦妮觉得眼眶里有泪水往外涌，便使劲转动眼球不让泪水掉下来。她抓下头上的帽子抹了一把汗水笑道：“小瞧我是不是？我的力气可大了。”

林列要拉麦妮离开，准备告诉她明天学开车的事。麦妮一反常态，固执地不肯离开。林列知道她有难处，就跑进车间找人接替她。一眼看见三麻子坐在车间门口，就跟他说：“师傅，能不能把麦妮替换下来？”

三麻子冷笑道：“凭什么让我换她？大家都是来打工的，都是亲娘生亲爹养，凭什么就该我当搬运工？再说了，这是马总特意为麦妮安排的活，别人可不好代替她干。”

林列从三麻子嘴里得知，麦妮已经在车间干了两周搬运工，而自己忙于新产品开发，也没发现她的变化。

林列跨进大门径直往里走，找到车间主任江凯就跟他论理。

江主任为难地说：“你也不想想，我有多大本事能安排财务科会计来车间干活？上头没安排，我敢指名道姓让她来当搬运工？”

林列气得脸色发青，想不到马金玉是这样一个人。只要她心里的那块疙瘩不解开，就不可能正确对待他与麦妮的关系。她认为我对麦妮不错，担心我移情别恋，所以背地里耍手段逼迫麦妮离开。一个女孩子存有这种心计实在太可怕！

林列怒气冲冲要找马金玉说理，被麦妮一把拉住说：“你千万别误会马总，是我自己要求来车间工作的……”

“你要求的？你要求打扫厕所我倒信，要求当搬运工我能信吗？”

林列冲上三楼恰好遇见走过来的马金玉，她笑容可掬地问道：“你急急忙忙干吗去呀？”

“找你呢！马总，你要有什么不愉快尽管冲我来，何苦虐待一个可怜的女孩？她身体那么单薄，你竟然安排她去干搬运工，而且……而且……”

林列越说越激动，引得大楼里的员工探头探脑地看热闹。

一个男人这么爱冲动，尚未弄明白怎么回事，就不分场合地冲我喊叫像什么样子？马金玉正急着要去税务局，因此说了句：“莫名其妙。”便冲下楼梯。

林列转身跟下去：“你不解决问题，干脆解雇我们算了！”

马金玉不愿在大庭广众之下争辩，但还是停住脚步问道：“发生什么事了？”

林列准备责问她：发生什么事你还不知道吗？不是你一手策划的吗？可话到嘴边忍住没说，耐住性子把麦妮的事说了。

马金玉皱了一下眉头说：“这事由我来处理。”

说完急急忙忙走了。林列看着她的背影满心疑惑，这位气质高贵的企业高管，还是那个在医院精心护理我的纯真女孩吗?

马金玉从税务局回来天快黑了，急忙来到三叔家，问他知不知道一个叫麦妮的员工。

马千里想都不用想就说："怎么不知道，就是经常和林列在一起的女孩嘛。"

金玉问："您和那个女孩有仇吗？"

马千里说："有仇倒谈不上，只是看她不顺眼。小小年纪充当第三者，破坏别人的好姻缘。反正，谁让我们金玉不幸福不愉快，我就让她不舒服，让她自动滚蛋！"

马金玉终于弄明白是怎么回事，同时也理解了林列为何这样急躁。私营企业用工不规范，雇主经常随心所欲调用员工。三叔因看不惯麦妮与林列走得太近，就采用不人道的方法惩治她。若是换了别的女孩，也许早就被他逼走了，可麦妮不一样，她的坚强和韧性一般人无法相比。

车间主任为了完成使命，把车间里的小推车全都藏起来，两个搬运工也都放了假。这样一来，所有的重活都落到麦妮一个人身上，她没办法应付只好加班加点干。这么做还嫌不够，又委派刺头儿三麻子死死盯着她，想利用三麻子的蛮横刁钻将她逼走。

没想到，麦妮善良宽厚的秉性和任劳任怨的精神，感动了车间里所有员工，也感动了牢骚满腹的三麻子。

三麻子的左眼曾受过伤，在进行玩具抗震试验时，被崩裂的一小块塑料皮刺红了眼球。从那之后他总以功臣自居，动不动就发牢骚："老子为公司受过伤，谁敢把我怎么样？"

眼睛原本无大碍，他却成天嚷叫视力不好，公司就安排他在车间里搞搬运。这下可捅了马蜂窝，三麻子在装满水的加仑桶里倒了点气油，当众浇在自己身上，然后抓着打火机要自焚。那个闹腾劲啊，震撼了十里八乡。

马千里不想跟他多啰唆，就吩咐车间主任对他不作要求。原本那些活两个人干正好，落得三麻子闲得没事成天怨天尤人骂大街：“该死的暴发户，吃人不吐骨头的剥削阶级！钱多了当心惹祸，保不准哪天咔嚓一声被歹徒谋财害命……”

车间里有人忍不住笑话他：“幸好你三麻子破产破得早，要不然早在十几年前就被害死了，这会儿说不准已转世投胎躺在猪圈里享清福呢。”

三麻子不买账，只管以疯作邪瞎闹腾。马家人睁一只眼闭一只眼，譬如救贫济困献爱心。时间一长，连三麻子本人都误以为，他是金马玩具公司的大功臣了。

30

今天活儿特别多，麦妮忙得连午饭都没时间吃。三麻子见车间人都走光了小丫头还拼命搬个不停，就认为麦妮是装样子给人看呢！

嘿！想博得我同情你就大错特错了，我戚三这辈子从没同情过谁，就如同别人从未同情过我一样。今天不逼你鬼丫头干趴下拔腿走人，江主任他怪我戚三没本事。

吃过中饭，戚三照例要睡个午觉，即便天气转冷了他依然如故。刚把鞋蹬了竟又突发奇想，不知麦妮这会儿在干什么？肯定去食堂吃饭了，人都走光了她自然不用再装模作样拼小命。不如看看去，趁机讽刺她几句也是好的。

他踢拉着鞋走出家门，到食堂一看人都走光了。嗯，小丫头肯定回宿舍去了。速度倒是不慢，说不定我们前脚下班她后脚就溜走了。

戚三离开食堂时，看见靠窗口的笼屉里有几个早晨卖剩下的馒头，就顺手牵羊拿了一个。食堂师傅冲他吼道："贪小便宜的戚三麻子！你来去不空手啊！"

戚三笑道："许你偷，就不许我拿？"

那师傅骂道："该死的三麻子！快去招待所房间查点一下，看你家婆娘在不在里边！要在的话，给个馒头犒劳犒劳。哈！哈！……"

戚三一边骂一边向外走。为了那次捉奸的事，他被整得里外不是人，老婆一生气就张嘴骂他，外人一高兴少不了要取笑他。戚三受了奚落心里不自在，就采用堤内损失堤外补的办法化解不良情绪。

此刻戚三心里又不痛快了，他决定把这份不痛快转嫁到麦妮头上，只要花点力气使一下坏，准让小丫头哭着回去。

戚三洋洋得意地往车间走去，他要把麦妮辛辛苦苦搬过去的一箱箱玩具再悄悄搬回去，等她下午上班到车间一看，不傻眼才有鬼呢！

哈！哈！哈！戚三想象着麦妮目瞪口呆的傻样子，忍不住笑弯了腰。

跨进车间大门戚三自己先傻了眼，只见小丫头满脸通红，衬衣被汗水浸得透湿。她扛着沉重的箱子步履艰难地往前走着，两条腿明显看出正在发抖。

号称铁石心肠的戚三心里忍不住悸动了一下，鼻子眼里感觉酸酸的。一路上精心预谋的恶作剧，顿时丢到了九霄云外。

麦妮听见响动急忙转过脸，见到戚三麻子情不自禁打了个寒噤，慌忙挤出一脸笑容说："戚师傅您放心，我会抓紧搬好的，保证不耽误车间工作。"

戚三麻子从没见过这样的笑容，那是无奈的笑，是苦笑，还是讨好的笑？反正这种笑比哭更悲哀更凄凉。

麦妮的笑容刺痛了三麻子。人心都是肉长的，我凭什么要欺负一个可怜无助的小姑娘？我自己也有孩子，万一别人也这样对他怎么办？还是积点儿德吧。

这样想着，三麻子便情不自禁地把手里的馒头递过去："歇会儿，吃点东西吧！"

麦妮迟疑了一下伸手接过馒头，两行热泪顺着脸颊流下来："戚师傅您对我太好了！您利用自己的休息时间给我送午饭，真让我过意不去。我太感谢您了！"

三麻子这辈子从没接受过别人真诚的感谢，听她这么一说反倒不好意思起来。他给麦妮倒了杯水，让她坐下慢慢吃。

麦妮使劲咬了几口馒头，猛喝了几口水笑道："这几天我一直在反省自己，肯定是我哪方面做得不够好，车间里的师傅才不喜欢我。也许是我搬得太慢，拖了大家的后腿……"

三麻子一怔说："不是这样的。其实大家心里都很喜欢你，只是……只是……他们这么做就是表示喜欢你，打是亲骂是爱嘛！"

麦妮咧开嘴笑起来，笑得那么灿烂，那么轻松。

麦妮坚韧和乐观的性格赢得三麻子的同情，她的真诚和感恩之心也深深感染了三麻子。人活在世上能够让别人为你感动，由衷地对你说一句谢谢，其实是件很好的事，一声感激足以抵充你全部付出。

从那之后戚三没再为难过麦妮，他不再像催命鬼似的对她使坏。有一回货物太多，即便不休息也没法干完，三麻子就利用下班时间帮麦妮一起搬。为此，车间里的员工都说，三麻子变得有人性了，铁树也要开花了。

这事被老江知道后，哭丧着脸责怪三麻子："你充什么好人？整治麦妮这么好的女孩，你以为我心里好受啊？我不也没办法嘛！她不辞职走人，我车间主任的位置就保不住！"

三麻子顿足喊道："国家再不立法，就要出人命啦！"

马金玉很难想象三叔为了侄女的幸福，残忍地对待一个无辜女孩。究竟是三叔对她的爱太深厚，还是对她的爱太自私？反正不管怎么样，偏离了人性和道德底线都是可恨的。

马金玉耐心做三叔工作，让他收回成命把麦妮调回财务科。但马千里就是不肯点头答应，他觉得金玉太善良，面对自己的情敌都心慈手软，将来怎么掌管金马公司。

马金玉认为，一个企业家首先要有仁爱之心才行。林列之所以值得她全心全意地爱，是他刚正不阿的秉性和见义勇为的精神，以及一颗善良的同情心。假如林列果真脚踩两只船，也就不值得她去爱了，即便被麦妮夺走也不可惜。

金玉告诉三叔，麦妮是个可怜的女孩，从小到大受尽苦难和折磨。好容易逃到金马公司，我们不但不帮她，反而让她的境况雪上加霜，这也太不人道了。

马千里不以为然地说："可怜之人必有可恶之处。连父母都不喜欢，想必也好不到哪去。”

任凭金玉如何劝说，马千里就是不答应，说堂堂董事长朝令夕改还有何威信可言？在金玉的坚持下，他勉强答应不再让麦妮干搬运活，先留在车间搞包装，两个月之后再作调整。

第二天一上班，马金玉就给包装车间主任江凯打电话，要他立即帮麦妮掉换工种。完了让他喊麦妮听电话，准备在电话里安慰麦妮几句，告诉她很快就能调回财务科。

车间主任找了一圈没见麦妮人影，马金玉有些不放心，撂下电话就往宿舍区跑。她猜想麦妮一定是病了，超强度的体力活将她压垮了。

三叔啊，三叔！你再想帮我也不能把别人往死里整啊！人的感情真的很复杂，一惯善良的三叔像只孵蛋母鸡，为了她这个蛋宝宝居然不择手段起来。

得知麦妮不在宿舍，马金玉急忙给林列打电话。

林列气急败坏地赶过来，说他早料到会出状况，箍紧必炸嘛。

田甜也觉得奇怪，说她夜班回来就没见到麦妮。

麦妮的行李没有动，背包和洗漱物品不见了，这说明她出了远门，十有八九是去省城另找工作了。医院的活儿早已辞掉，她还能找到合适的工作吗？早知如此当初真不该动员她过来。可怜的麦妮，独自一人吃了那么多苦，连一句怨言都不说。

林列一言不发默默地走回办公室。他心里非常难过，恨自己无力保护麦妮，否则她也不至于被逼到无路可走的地步。

让林列想不明白的是，一个善良厚道积极向上的女孩，为何会遭遇那么多灾难。就眼前的事情来分析，明摆着是马金玉一手策划，除了她谁会生出伤害麦妮的念头？

林列深深叹了一口气，无可奈何地忙起手上的活儿。新设计的玩具已快成型，很快就能投入到样品试制阶段，只有拼命工作才能暂且忘掉揪心的烦恼。

31

冯桑丘把生意客户打发走之后，仰身躺倒在老板椅上闭目养神。连续几晚没睡好觉，血压直线上升居高不下，想克制住情绪却很难做到。女儿的婚事搅得他心烦意乱，想起往事越发后悔不迭。

冯桑丘大学毕业分配到企业工作，当年就研制开发出好几个新产品。

两年后他从技术科长升迁为副厂长，不久便坐到工业局副局长的位置上。

副局长当了一段时间觉得没劲，主动要求调离局机关下企业去当一把手。恰逢县城前进机械厂急需当家人，他的申请顺利得到批准。

刚上任，冯桑丘就来了个三板斧，首先整顿秩序订立制度；强调产品质量细化工资定额，让劳动与效益直接挂钩；开源节流堵住漏洞，工厂很快有了起色。当员工们拿到丰厚的奖金时，都异口同声地夸奖新厂长领导有方。

企业得到迅猛发展，冯桑丘个人也得到应有的奖励，连续几年被评为优秀企业家、五一劳动奖章获得者，还享受到国家的特殊津贴。

当荣誉称号一个个接踵而来的时候，冯桑丘的内心也发生了巨大变化，原本独断独行的作风更显张扬。为数不多的班子成员，为了自身利益曲意迎合，发展到后来，竟成了聋子的耳朵。

冯桑丘的独立王国在没有制约的情况下迅速形成，他大权独揽无所不能。无形中人们对这位一言九鼎的人物敬畏三分。有人私下里把他总结为，决策一言堂，权力一把抓，用人自己定，花钱笔一划。

在这种状况下，大权在握的冯桑丘越发神话起来。一些姿色不错的女人开始跃跃欲试，想利用自己丰富的身体资源，与他手中的权力做交易。

开头并不顺利，尽管美色对冯桑丘有着极大的吸引力，但他一想到妻子张小莹，那份因冲动而沸腾起来的热血就会迅速冷却下去。

冯桑丘苦苦坚守了一年多的情感防线，最终还是被突破了。突破防线的狙击手是裴兰草，她瞄准冯桑丘的软肋，击中了他的要害。

裴兰草在情感上很不专一，但她追求的目标却从未改变，脑袋瓜被钱欲塞得满满当当。不少人想方设法走她的后门，敲门砖自然是花花绿绿的钞票。裴兰草只奔一个钱字而去，却不知凡事一通到钱上，简单的事情也会变得复杂起来。

为了钱，裴兰草隔三差五在枕头边向冯桑丘发送秘密情报。鬼迷心窍的冯桑丘将嘴一歪，心腹们便按照旨意，对批着羊皮的狼们进行毫不留情的打击；而对裴兰草褒奖的好人，则毫不吝啬地给予嘉奖。

裴兰草的情人华其良破格升为外协办主任。此事曾两度轰动全厂，一次是华其良粉墨登场走马上任；另一次是华其良原形毕露锒铛入狱。

在冯桑丘的庇护下，裴兰草捞钱的欲望近乎疯狂，动辄向协作单位或个人索要贿赂，甚至伙同他人盗卖商品标识；她还经常虚开巨额发票在厂内报销，发票上只有冯桑丘一人签字。

类似的事做多了冯桑丘难免会担心，忍不住的时候就提醒她：“你不按程序来，每次都让我先签字，别人会疑心其中有鬼。”

裴兰草理直气壮：“别人还疑心我跟你睡觉呢！如今我面子里子都丢光，再不弄点钱就真的一无所有啦！”

冯桑丘欲言又止，暧昧关系就像一条无形的锁链，一头牵住他的脖颈，另一头握在裴兰草的手心里。况且，华其良三天两头往他家搬运东西，那钱也不是从天上掉下来的。

裴兰草明目张胆地从油锅里伸手捞钱，大大刺激了周围人对钱的敏感度，这种疯狂像瘟疫一样影响了一大片人。在她的带动下，原本有贼心没贼胆的人纷纷伸出黑手；躲在暗处小打小闹的人，也无所顾忌地跳到前台。

歪风邪气一旦盛行，正气就受到打压，企业眨眼变得是非颠倒。善良正派的人被说成庸才，老实本分被贬为无能；偷吃扒拿的人相互包庇互通有无，搞婚外情的人自称为风流倜傥、潇洒神气，还自吹这就是能力、魅力、精力的象征。

钱这东西有时真的很神奇，一旦对谁施了魔法，谁立马就会变成钱疯子，有了一万想两万，有了两万想十万，有了十万想百万，有了百万想千万……

欲无止尽的冯桑丘十有八九被钱施了魔法，为了扩大行贿队伍，他无所顾忌地把厂里的产品配件，分解到五十多家小厂加工。丰厚的利润令众多私营企业争相抢夺而唯恐不及。小老板们隔三差五往冯桑丘家里跑，光过年的红包就让张小莹数钱数得手抽筋。而分布全国网点的销售员们偏要忙中添乱，走马灯似的往冯家送钱送物。

尽管收礼受贿工作量很大，但张小莹干得非常认真，虽然多数时候记不住行贿人的姓名，但能够分得清男女性别也就难为她了。

红得发紫的冯桑丘，在独立王国里说一不二、颐指气使，当年的造反派霸气，在这种氛围下更显张扬。为了稳固自己的绝对权力，长期以来他不断精心布局，使班子成员永远处于勾心斗角的关系之中。今天拉他打你，明天拉你打他，反正有人甘愿充当打手。谁要是对他的霸道有半点不满，他就会发动心腹群起攻之；或者借口对方不配合他工作，要求上级部门将其调走。

在前进机械厂这座山头里，无论是谁，只要违背了冯桑丘的意愿，就注定会大祸临头，无中生有的脏水将泼得他晕头转向。在这块污染严重的土地上，怪现象比比皆是：说人是非者自身劣迹斑斑，被说者反倒是清清白白；偷吃扒拿者贼喊捉贼，洁身自好者则成天担心被讹传丑闻。

正当冯桑丘暗自庆幸财色双收之时，他称王称霸的日子终于走到尽头。曾经的一统天下摇摇欲坠，耀眼的辉煌只是过眼烟云。员工们很少再见到冯厂长慷慨激昂，他不再热衷于召开全员大会，不再将会场作为整人的平台。

前进机械厂最终未能逃脱破产的命运，它在经历了大起大落之后退出历史舞台。

裴兰草举荐的大能人华其良，因为吃相太差被请进纪检会，三天后关进拘留所。他挤牙膏似的交代自己的罪行，顺便把冯桑丘供了出来……

32

麦妮坐在火车上静静地看着窗外，只见青山绿树飞速向后退去，置身在大自然的美景之中，人的心情也会变得愉快起来。

那晚上完中班，刚跨出工厂大门手机就响了，得知易老师因心脏病复发倒在县城医院门诊室。医生从易老师的记事本上见到这个号码就给她打了电话，院方已发出病危通知单，希望家属尽快赶来。

麦妮接到电话什么都顾不上，给门房留下一张假条就离开了金马公司。

在医生的全力抢救下，易老师的性命总算保住了。医生说病人必须尽早安放心脏支架，否则再次发病也许就无回天之力了。

做手术当然好，但自费部分就需要两万块钱。易老师一生没有积蓄，她节衣缩食省下的钱全都接济给麦妮这样的贫困生了。

麦妮日夜陪伴易老师，直到她病情稳定才放心。为了治愈老师的病，麦妮想去街头筹集资金，被易老师坚决制止了。她劝麦妮赶紧回海城上班，万一被爹发现肯定会逼她出嫁，到那时再想逃跑就难了。

麦妮别无他法只好含泪道别。她在心里酝酿了一个计划，回海城拼命干活，尽快为老师挣下这笔救命钱。

走出省城火车站，麦妮步行前往不远处的公共汽车站。刚走到售票大厅门口，就听到身后有人喊她。麦妮吓了一跳，不顾一切地拼命往前奔跑。在这人生地不熟的地方，除了爹谁会知道她的名字？

身后的脚步声越来越近，麦妮背着包没命地往车站里边钻，被乘警一把拦住要她出示车票。麦妮没票只好退出检票口，东张西望地搜寻可疑的面孔。

突然一个冒失鬼冲到她面前喊道："你发什么神经啊？跑得比兔子还快！"

麦妮抬头一看果然是个熟人，此人名叫万雪涛，是马昭的好朋友，曾与她有过两面之交，一次是在食堂同桌吃了顿晚饭；另一次是球赛结束要找她算账，嫌她喊叫的声音太尖锐，影响他投篮了。

麦妮得知来人不是爹，长长地松了一口气："你追我干吗？最近两次球赛我可没去看。"见对方只顾喘气她又补充道："以后看球我不说话总行了吧。"

万雪涛愣了一下突然大笑起来："你记性真好，那天的事我已经不追究了。我问你，看见我干吗没命地飞奔？我是鬼吗？"

麦妮有些哭笑不得，我跑我的路关你什么事？我喊加油影响你投篮，我跑路又碍你什么事啦？转念一想独自在外还是退让一步为好，所谓光棍不吃眼前亏，于是她赔着笑脸说："对不起啦！下次看见你不跑就是了。"说完继续往售票处走去。

万雪涛追上她问道："你去哪里？是回金马公司吗？"

这人怎么回事啊？麦妮停住脚步说："我已经赔礼道歉了，你干吗还缠住人家不放？"

万雪涛滑稽地一笑："缠住不放？就凭你这副模样？我见你可怜想让你搭个便车，多少也能省下几十块钱车费。"

麦妮只当没听见继续朝前走。走了两三米突然停住脚步，这家伙的话挺有诱惑力，七十块钱不是小数目，能省则省了。见万雪涛仍旧跟在身后就试探道："让我搭便车，有什么条件？"

"没条件，只要你别把我当坏人就行。"

麦妮疑惑地朝万雪涛看了两眼，迟疑不决地跟着他走出售票大厅。见正前方停着一辆卡车就讨好地说："要是驾驶室坐不下，我就坐到上面车厢里。"

万雪涛说："你敢坐，我还不敢开呢！"说着话只管朝前走。来到一辆豪华轿车前，将手一伸，"叽"地一声车锁就开了。

麦妮惊讶地站在车前，她没有想到会搭乘这么好的便车。噢！这家伙原来是个司机，难怪流里流气的像个老江湖。

麦妮刚打开后排座位的门，就被万雪涛喝住了，要她坐到副驾驶位置上："你躲到后边干什么？怕我开车水平不高是不是？真是个自私自利的胆小鬼！"

"你喊什么呀！当心老板生气跑过来骂你一顿。"

万雪涛双眼一竖："谁是我的老板？上帝称老大，当数我老二。这世上敢骂我的人还没生出来呢！谁敢做我的老板呀？这车是我自己的。"

麦妮不由得伸了一下舌头，原来这个目中无人的无赖是个赶时髦的公子哥。

车行驶了两个多小时，来到一家豪华饭店前，万雪涛打了一个弯将车开进饭店停车场。麦妮以为他要方便一下，没想到他提出要去用餐。这人真怪，离海城也就个把小时路程，坚持一下不就到了嘛！况且刚满十一点离吃午饭还早呢！

万雪涛问麦妮为什么不下车，麦妮说自己不饿，让他单独进去吃。万雪涛不同意她留在车里，坚持要她一起去餐馆。

麦妮说她早饭吃得迟，肚子一点都不饿，坐在车里等他好了。

万雪涛喊道："那哪行啊！万一你把我的车开跑了怎么办？"

麦妮皱了一下眉头，极不情愿地钻出轿车小声嘀咕道："小气鬼，谁稀罕你的破车。"

"什么？你说这是破车？顶级宝马刚买了三个月你就说……"

麦妮说："好啦！算我说错了行不行？你快去吧，我站在车旁边等你。"

万雪涛还是不答应，说她白搭了趟车理当请他吃顿饭。

麦妮见他这么说，反倒不好意思再坚持，只好跟着来到餐厅里。

万雪涛嫌大厅嘈杂，硬拉着麦妮走进一个包间。

麦妮说："吃碗面条还那么讲究。"

万雪涛笑道："吃面条？星级酒店不卖面条。"

"不吃面条吃什么？"

"我说你别抠门好不好？刚为你省下一大笔路费，居然连顿饭钱都舍不得花……"

正说着，服务员走过来递上菜单。麦妮朝菜单看了一眼说："只要一份，给他吃。"

万雪涛在小菜单上接连打勾，将其中的一张递给服务员："菜上快些，我们还要赶路呢！"

麦妮看着他一个接一个地打勾，心猛地抽紧了，七十块钱保不准还不够打发他那几个勾呢。早知道这样，还不如买票回海城。别人是吃小亏占大便宜，我是占多大便宜吃多大的亏。

等了好一会儿菜才陆续端上来，有松鼠桂鱼、三鲜虾球、宫爆鸡丁、百合白果炒精片。麦妮一看这些菜顿时傻了眼，不用猜就知道这几盘菜肯定很贵，即便掏光口袋里的钱也付不了账。正想着，一道扇贝和一盘鱿鱼又端上了，麦妮一着急头上就冒起冷汗来。

万雪涛刚伸出筷子，麦妮就忍不住喊道："你也没算一下多少钱，万一你忘记带钱付不了账怎么办？"

"你请客，付不了账关我什么事？"

麦妮真后悔坐了这趟顺风车，白白被这个无赖狠宰一刀。对这种人真不能客气，他会把你的客气当成是他的福气。这么一想，她从兜里掏出七十块钱往桌上一放，申明这是用于买车票的钱，现在如数拿出来给他结账用，其余部分她可负不了责。

万雪涛接过钱问她要不要来瓶啤酒，麦妮斜了他一眼冷冷地说："又不是世界末日到了，干吗疯狂消费？再说酒后开车抓住还得罚款……"

万雪涛说："算了，算了，我算看透你了，天下第一的小气鬼！"

麦妮见万雪涛把七十块钱划拉过去，没表示再要她掏钱，心里也就踏实了许多，抓起筷子跟着大吃起来。

万雪涛一边吃一边啰唆，埋怨麦妮吃相太差："小心别把盘子给啃了！没见哪家姑娘这么狼吞虎咽……"

麦妮说："这些菜都是花大价钱买来的，不吃掉浪费了多可惜。"

"你猛吃一顿，然后就像蛇一样长久不用进食了。"

麦妮狠狠瞪了对方一眼："对！这个月我只吃蔬菜不吃荤菜。"

万雪涛见麦妮拼命吃，就使劲跟她抢着吃，不一会儿盘子就空了。前来结账的服务员，死死盯着空盘子看了又看，惊讶地朝两个人脸上扫来扫去。这一男一女眉清目秀长相倒挺文雅，吃相也太差了，莫非几天没吃饭？

当服务员报出六百零五元，收六百元钱结账款时，麦妮就被最后一块肉噎住了，伸长脖子拍了好几下才把食物顺下去："什么？这么贵！"

万雪涛抓起桌上的七十块钱只管看着麦妮，麦妮瞪大两眼望着万雪涛。

服务员一眼就看出了名堂，急切地喊叫道："点菜的时候你们就已经知道价格了，没钱还点这么多……"

麦妮翻着白眼嘟囔了一句："怎么说也不值六百零五块，够得上半个月工资了。"

"你这说的是什么话？我们明码标价愿买愿卖。没钱可以只点一个菜……"

万雪涛迅速将目光从麦妮的脸上移到服务员嘴巴上："你嚷什么呀？嫌我菜点多了吗？"

说着掏出钱包，一、二、三、四、五，抽出五张百元票子放在七十块钱上面："打点儿折扣……"

没等他把话说完服务员就说："先生，实在对不起，我无权给您打折。"

麦妮说："消费六百块，打三十几块钱折都不行吗？要不，我找你们老板去。"

麦妮刚起身就被万雪涛拉住，随手掏出一百块钱放到桌上，把七十元零钱塞到麦妮手里。

麦妮坚持把七十元钱退给对方，万雪涛说："这点钱有什么用啊！你真想给就一人一半，给我三百块。"

麦妮说："我可没想点这么贵的菜。"

万雪涛说："但你吃得并不比我少。原本我没想让你掏钱，你却硬要给，给又给得不合理，空让人心里添堵。"

麦妮想了想说："算了，今天算你请客，下次我请你。"

两人坐进车里，万雪涛要求麦妮说点儿什么，省得他总想打瞌睡。

麦妮就讲故事，说一个吝啬鬼晚上收账回家肚子饿得咕咕叫，走到一家饭店门口里边飘出诱人的香味。吝啬鬼实在迈不动步了，使劲咬咬牙走了进去。本想花两文钱买碗面吃，恰好看见店家正在收拾一桌残席，他急忙走过去要求花两文钱买下它。店家满口答应："吃吧！这是刚离开的公子哥吃剩下的，那穿绿袍的公子哥那叫一个气派。"

吝啬鬼死劲吃越吃越高兴，瞧瞧，几盘好菜只吃了一半，还有两碗菜只稍稍动了动筷子。

撑得死饱的吝啬鬼心满意足地打着饱嗝往家走，没想到远处有顶轿子前后打着四盏灯笼。吝啬鬼紧走几步追上轿子，顺手灭掉手上的灯笼。走了一会他该转弯了，那顶轿子恰好也转弯。吝啬鬼高兴极了，今天运气真好，两文钱吃了一桌酒席，回家又一路借光省掉我半支蜡烛钱。

就在这时他看见轿子停在自家门前，从里边走出一位穿绿袍的公子哥。吝啬鬼一看顿时傻了眼，那不是自己的儿子吗，自己在这边省吃俭用，儿子却在那边挥金如土，好一个东沟里养鱼，西沟里放生哦！

万雪涛说："讲的是你自己吧，那副吃相比吝啬鬼还差！"

麦妮笑道："你爸要看见你一顿吃掉六百块，肯定比吝啬鬼还心痛。"

万雪涛说："我点菜的时候你那张脸阴沉得快下雨了，吝啬鬼也不至于这么不给人面子。"

麦妮说："我要不拉着个脸，这顿饭至少花一千块。你爹要是知道了，准会捂住胸口喊：败家子！再这么铺张浪费我非破产不可……"

接下来两个人就打起口水战，说说笑笑倒也热闹。

笑完了，万雪涛问麦妮从哪儿来，麦妮就把老师生病的事说了。万雪涛说既然是你的恩人生病，干吗急着回来？

麦妮说她得赶回去上班，争取尽早积攒到两万块钱，帮老师做心脏手术。

万雪涛说，只怕患者等不及，因为谁也不能确定她下一次发病的时间。

麦妮说她正为这事发愁呢！但实在找不到更好的办法了，老师不同意找教育局，又不让为她募捐。

万雪涛提议麦妮先借款救老师的命，然后慢慢还上。

麦妮说这个办法她都想过好几遍了，只是开不了口。马老板挺讨厌她的，根本不敢向他提要求。马金玉人不错，但毕竟是萍水相逢也不大好意思说，况且开口向人借钱终归不好。

万雪涛皱着眉头想了想说："我倒有一个好主意，不知你愿不愿意干？"

麦妮忙问什么好主意，只要能够做到她一定干。

万雪涛说他正想招一名杂工，如果麦妮愿意可以来应聘。要能够胜任的话每月工资一千八百元，一年就能还清两万元欠款了。

麦妮说好是好，只是金马公司的工作一时还舍不得丢。

万雪涛解释说，他招的这名杂工最大的优越性就是不必按时按点上班，多数时间可以调剂，主要工作可以放在星期日完成。

麦妮一听激动得差点儿跳起来："那我现在就报名应聘，我的运气怎么这么好啊！"

万雪涛笑道："别像吝啬鬼那样高兴得太早，到时失望后悔可别怪我。"

"放心吧，我不会后悔。只要能救易老师的命，我吃什么苦都不在乎！"

"那好，明天下午六点半迪欧咖啡店见，我和你正式签订用工合同。"

33

麦妮刚跨进公司大门就被林列看见了，他如获至宝似的冲下楼，一把拉住麦妮问道：“你去哪儿了，怎么连个电话都不打？”

麦妮说她走得匆忙，手机充电器也忘记带了。接着又把老师生病的事说了一下。

林列使劲拍了一下脑袋，没想到这件事上他又错怪马金玉了，还以为是她逼走了麦妮，事实上与她毫无关系。林列拉着麦妮要去找马金玉，想来个一笑泯恩仇。

麦妮笑着说：“你先去吧，我把包放下随后就到。”

马千里此时正站在楼上，将两个年轻人的亲热劲全看在眼里，心里不由得一阵恼怒。联想起金玉消瘦的身影和伤心落泪的神情，他心里酸酸的。这个傻丫头为何这么痴情，生病发烧还念叨着林列的名字。而他却不知道如何帮助金玉，该做的工作都做了，那不知天高地厚的林列竟然毫不动心。

看来问题全出在这野丫头身上，要不是麦妮第三者插足，金玉也不至于如此忧伤。瞧麦妮和林列刚才亲热的样子，她这是故意做给大家看呢。等着吧，我让你哭的日子在后头！

林列快步来到总裁办公室门口，里边传出激烈的争吵声。在不长的时间里，竟然两次撞见马金玉训斥员工。她在我面前装得文静谦和，背地里却经常耍大小姐脾气。

林列从男人苍老的哀求声中，分辨出两次遭马金玉训斥的是同一个人。那老头也不知道想求她什么，而马金玉就是不肯让步。

一个女孩子这等铁石心肠，林列感到十分寒心。就算你是金马公司的主人，也不该用恶劣的态度伤害一个无助的老人。正义感驱使林列打抱不平，他决定帮老人说几句公道话。

就在这时，马金玉再次吼道："烦死了，谁答应，谁嫁他！"

吼声把林列吓一跳，这话是什么意思啊？

只听老人说："别让你三叔为难行不行？他那么喜欢你，一直把你当亲生女儿看待。他要你嫁到万家也是为你好，你怎么就不听劝呢？"

"三叔都不再逼我了，你干吗还没完没了啊？"

"他不是拿你没办法嘛，你让三叔在万老板面前怎么……"

这话激怒了马金玉："爸！我是不是你的亲生女儿？都什么年代了还包办婚姻哪！我不在乎这份家产，只求我的婚姻由我自己做主！"

林列全听明白了，心里顿时像打翻了五味瓶，说不上是什么滋味。为什么一次次误会马金玉，硬要把她想象成骄横任性的大小姐？由于戴着有色眼镜看她，所以越看越不真实。

自从得知马金玉是金马公司财产继承人，林列心里一直不自在，有事无事跟自己闹别扭。一别扭，就把她往偏激傲慢里边凑。此刻细细想起来，全是自己的偏见和自卑心理在作怪。

马金玉的爹一离开，林列就冲进办公室："金玉，麦妮回来了。"

"她去哪儿了？这么多天音信全无急死人了。"马金玉惊喜的神情，说明她一直在为麦妮担心。

林列将经过说了一遍。马金玉叹了一口气说："回来就好，省得别人又以为我怎么她了。"

林列笑道："对不起！我郑重向你赔礼道歉。以往都是我的错，平白无故给你气受。也许是我太在意你了，反而不断误会你。我保证不会再有下次。”

半年来林列经常片面地看待问题，甚至偏激负气。马金玉只知道受委屈，却弄不明白为什么。此刻听林列一解释，伤心的泪水就像断线的珍珠滚落下来。

林列紧紧拥抱住马金玉说：“对不起！是我过于强求爱情的完美忽略了你的感受，从今往后我再也不会这么浑了。”

金玉伸出双臂勾住林列的脖子，两个人忘乎所以地紧紧拥抱在一起。这对历经磨难的情侣在这一瞬间迸发出激情，奠定了他们坚如磐石的爱情基础。

麦妮把包放进宿舍转身就往办公大楼跑。林列说得不错，她应该先跟马金玉解释一下自己不辞而别的理由。

推开总裁办公室的门，眼前的场景让麦妮大吃一惊，她连做梦都没想到林列和马金玉正在接吻。

麦妮死劲掐了一下大腿，钻心的疼痛说明这不是梦，那耀眼的斜阳正照着她呢。麦妮转身就往外跑，心一下子沉到了谷底，无边的痛苦忽地一下弥漫了全身。

失魂落魄的麦妮回到宿舍，呆呆地坐在床边好半天也回不过神来。

我这个人怎么这样迟钝，相处半年竟然没发觉他俩的关系。

现在回想起来才恍然大悟，林列曾经要她做自己的妹妹，因为误会，她竟然幸福得不知所措。谁料想，那并不是山歌里唱的情哥情妹的意思，想起那天的兴奋劲麦妮感到无地自容。

从相识那天起林列一直对她很好，只是表现得过于矜持，原来他早已心有所属。

美好的希望像肥皂泡似的，刚展示出多彩的绚丽就突然破灭了。麦妮感到无边的痛苦，那种痛苦能把人的心撕裂。别人遇到伤心事还能向父母倾诉，而她对父母避之唯恐不及。从小到大只有易老师对她最亲，而眼下最亲的老师正在病中，随时都有生命危险。

麦妮独自伤心了一会决定振作精神，还得挣钱救易老师的命呢！否则她在这个世界上就再也没有亲人了。

麦妮按照以往的习惯，握紧拳头喊了声：一、二、三，加油！这回效果不太显著，伤心的泪水止不住地往外涌，她决定采用更厉害的一招。

麦妮用冷水洗了一把脸，来到厂旁边的小饭店，点了一碗面条，用辣椒酱把面条拌得通红。

饭店老板心疼地说："免费辣酱也不能这么吃啊！"

麦妮不好意思地笑起来。

34

冷风吹过去，树上凋落下几片黄叶，摇摇晃晃地融入晨雾之中。

江凯一早在菜场遇到老同学，得知电信局正在招工。

听到消息老江赶紧回家，推醒床上的儿子征求意见。

儿子听说是事业单位就点了头，表示进去后一定好好干。

儿子的笑脸难得一现，江凯像吃了蜜糖似的，赶紧筹钱买礼物求人帮忙。

江凯1986年大专毕业，分在国营机械厂当工程师。1998年企业破产倒闭，拿了两年失业救济金，便降低要求去了金马公司。

妻子早年病逝，他和儿子相依为命，十多年里他又当爹又当娘吃尽苦头，到头来只落得儿子满腹委屈和一肚子的牢骚。

前年儿子高考没被录取，继续复读还是名落孙山。民办大学要价太高，凭老江那点工资根本上不起。不上学就得工作，操作工相对好找，江小洁嫌苦不愿干；服务行业不算苦却不很体面；既体面又不吃苦的工作人家要文凭。本科生还竞争得不可开交，谁要他一个高中生啊?

儿子赋闲在家老江没意见，只要儿子高兴就行，他照例是好饭好菜服务到家。可儿子成天除了吃饭睡觉看电视，就是泡网吧，或者苦着脸唉声叹气。

为了满足儿子的种种开销，江凯日夜辛劳，想方设法多挣些辛苦钱，就连节假日也不舍得休息一天。

江凯这辈子最怕求人，为了儿子让他做孙子也愿意。可是辛辛苦苦求人帮忙，儿子却不懂得珍惜，八个月就换了三次工种，学驾驶、学服装设计、学西点厨师，最后一样也没做成。

大约是吃晚饭的时候，江凯拎着礼物往电信分局局长家走去。

路越走越近，江凯的心越跳越厉害。来到李局长家门口，那心差不多要跳到喉咙口了。

万一人家不肯帮忙，没等我把话说完就轰我走怎么办？还是找个熟人引荐一下为妥。

刚转身又犹豫起来，也许等我找到熟人再来就耽误了。儿子对这份工作很感兴趣，并寄予了极大的希望，这事千万不能毁在我的手上。

江凯再次来到门口，果断地按响了门铃。

一白胖中年妇女开了门，江凯估计这就是李太太了。他将礼物放在桌子上，满脸堆笑地招呼道："您好！李局在家吗？"

"哦，他不在家。他应酬太多，有事明天去办公室找他吧。"

这话像逐客令。江凯转身想走但桌上的礼物还没作交代，于是他尴尬地笑道："这礼物是送给李主任的，麻烦您转告一下。我姓江，是金马公司车间主任，我儿子高中毕业，想到……"

"哦，张主任你太客气了！我代表老李谢谢你。"边说边摆出关门的姿势，江凯只好连退几步跨出屋门。

一整晚江凯没睡好觉，心里很不是滋味。俗话说贵人多忘事，才两分钟李太太就忘记我姓什么，一夜过来还不把送礼的事忘得一干二净？这不等于是把钱往水里扔嘛！两千多块钱得熬多少个夜帮人修机器啊！

第二天一早，江凯赶到电信分局。李主任正开晨会，他站在门外等了两个钟头，好容易盼来接见机会。连忙虔诚地递上一支烟，被李局长挥手挡了回去。

冷了一会场，江凯鼓起勇气说："李局长，我姓江，是金马公司的车间主任。我儿子高中毕业，想到电信局……”

“先报名吧，择优录用。哦，我还有事就不陪你了。啊？哈！”

江凯赶紧站起身，把没说完的话抓紧说完。临了还加了一句：“昨晚我去过您家……”

走出大门，背后的棉毛衫已湿了一大片。

当晚江凯又去了李家一次，仍旧带了中华烟和五粮液酒。

李局长说：“名额已满，爱莫能助啊，等下次再说吧！”说完这话，就把江凯和他手中的东西一同推到了门外边。

江小洁从网吧回到家，夜已很深了。父亲还没睡，正坐在床上练习抽烟呢。透过腾腾烟雾，他看见桌上放着送礼用的烟酒，顿时明白了八九分。

江小洁失望地回转身，无意间看见父亲眼中的泪光，心里不由咯噔了一下。在那一瞬间里他似乎有所触动，五十多岁的父亲稀疏的头发已经花白，那张泛着青光的脸在烟雾里显得既忧伤又无奈。他第一次对父亲生出怜悯之情，站在门口喊了一句：“爸，不成功就算了！”

说完这句话怀着一肚子委屈走进自己房间，心里愤愤地想，如果父亲不是这样老实无能，也不至于穷到算筋算骨的地步，更不至于连小镇上的电信分局都进不去。海城那么多大小老板，哪个是祖上传下来的财富？富二代们跟着老子沾光，吃好穿好，开着好车……

江小洁越想越生气，老爸好歹读了那么多年书，竟沦落为私营企业打工仔，想想真可悲！

儿子的一句安慰话，让江凯感动得热泪盈眶。这是儿子有生以来，第一次体谅到父亲的艰难。一句“不成功就算了”，在别人听起来也许再平常不过，但对江凯来说多有价值啊！这说明孩子长大了，懂事了，不再像从前那样想要什么就必须得到。

儿子越乖巧越显得可怜，江凯越疼惜，无论花多少钱也要帮他圆这个梦。

第二天一早，江凯硬着头皮去找马千里帮忙，他昨晚听戚三说马老板和李局长挺熟悉。

马千里一向看好江凯，听他一说便爽快答应："这事我也没把握，试着帮你打个电话吧！"

没想到一个电话就敲定了，电话那头说："小事一桩，小事一桩！"

江凯兴奋不已，赶紧去站上拿通知书。

李局长笑容可掬地说："你早把这层关系告诉我，不就省得绕弯子啦！"

江凯实话实说："其实我只是马老板的一个雇员。"

李局长堆在脸上的笑容，像变魔术一样立刻不见了。

如今的人际关系让人难以捉摸，小镇上那些吃公家饭的，对有钱人的尊重程度超乎寻常，见了私营老板毕恭毕敬，诚惶诚恐。

35

薄薄的云，使天空看上去像蒙了一层灰。

由于一夜没睡好，麦妮早晨起床时眼泡都肿了。买了一个馒头边走边咬，来到车间问江主任今天干什么活，是否需要搬运包装箱。

老江眼里充满了同情，犹豫半天为难地说："麦妮啊，你还是到别处找活干吧，这么重的活本不该你小姑娘干……"

"主任，你别为难。比这更重的活我也能干，我的力气可大了！"

江主任看着麦妮苦笑了一下："真不好意思开这个口，马老板刚才打来电话，说你旷工要按擅自离职处理。也就是说从现在起公司不再聘用你了。"

麦妮连忙解释说："我那天确实是有急事，走的时候我把假条交给门卫了，让他转交给您的呀？"

主任一头雾水，说他根本没接到假条。麦妮只得去问门卫。

门卫说："那天早晨，我见三麻子来上班就喊住他，让他把假条交给车间主任。恰好董事长从轿车里出来，听说你的名字问怎么回事，然后就把假条拿走了。"

麦妮松了一口气，交给老板不更好嘛！也许老板年纪大事情又多，一忙就把假条的事忘了，我去找他说明一下应该不会被开除。

麦妮跨上楼梯心里慌得不行，她害怕董事长，特别害怕他凶巴巴的眼神。有一回他们面对面相遇，董事长阴沉的面孔突然变得柔和起来："喂！你今年多大啦？”

麦妮见四周没人才知道是问她，于是诚惶诚恐地说：“二十四岁。”

老板皱了一下眉头问道：“你跟马金玉同岁？”

麦妮点头说是。

他又问：“你是哪一年出生的？”

麦妮说：“1984年。”

老板突然恼怒地吼了一声：“一个女孩子要知道自重，别总是异想天开！”

这话让麦妮半天摸不着头脑，我哪点儿不自重啦？你怎么知道我在异想天开？有钱人都神经兮兮的，就像二八月神鬼天变化无常。

麦妮在门口转悠了好几个来回，才忐忑不安地走进董事长办公室。

马千里抬头瞄了一眼，认出来人便冷冷地说：“有事找车间主任去！”

麦妮深深鞠了一躬，小心翼翼地说明来意。

没等她把话说完，马老板猛拍一下桌子恶狠狠地说：“我是开茶馆的吗？你想来就来，想走就走？你写的假条是圣旨吗？不经车间主任批示就生效啦？”

麦妮紧张得有些发抖，申辩自己确实因为有急事才离开工厂，并再三保证下不为例，请求老板给她一次改过机会。

马千里的威风并不因为对方吓得瑟瑟发抖而有所收敛。昨天她和林列在厂门口拉拉扯扯，他早就气不打一处来了。尽管他并不希望金玉和林列好，但金玉固执己见，表示只有嫁给林列才会幸福，他万般无奈只好改变主意。既然改变主意了，就不允许旁人从中捣乱。

别看小丫头装出一副可怜相，心慈手软的金玉可不是她的对手。我要不出面治一治她，谁也别想制伏这个野丫头。

马千里把郁积在心里的火气一股脑地撒向麦妮：“你算什么东西？敢在我金马公司撒野？上回我就跟你说过要你自重，可你非但不收敛反而变本加厉。你走吧，走吧！赶紧离开金马公司，从今往后我不想再看见你！”

麦妮被骂得抬不起头来，不明白老板的无名火出自何处，一张口就炒了她的鱿鱼。真想拿出点骨气转身就走，可是走了之后连住的地方都没有。到那时，万雪涛还肯借钱给我吗？想到这一点，麦妮只好忍气吞声继续为自己说情：“老板，我……我……”

“什么我呀你的？快走！脸皮真厚，我限定你今天必须离开这儿！”

麦妮走到门口的时候，突然想起易老师憋得青紫的脸。从上小学起易老师就无微不至地关心她照顾她，从易老师那里她懂得了人世间还有温暖与真情。

易老师是我最亲的亲人，我不能失去她。无论如何要再努力一回，反正这辈子挨打受骂是家常便饭，你想骂就骂吧我不理会便是。麦妮慢慢转过身来，握紧拳头默默为自己鼓劲，一、二、三，加油！

马千里见麦妮咬牙切齿握紧拳头，立刻联想起那回戚三麻子要泼拼命的场景。也许我今天的确做得太过火了，俗话说狗急还跳墙呢，何况一个人？

想到这里他连忙改口说：“别以为马金玉好欺负！我给你两种选择，要么立刻离开金马公司，要么离林列远点儿。”

直到此时麦妮才恍然大悟，原来他迁怒于我，是误会了我和林列的关系。要是昨天那一幕被他看见就不会这样对我了。别说林列爱的不是我，即便是，有他在也绝无成功的可能。

“老板您误会我了……”

“别耍花招！两者必选其一。”

哭笑不得的麦妮，答应董事长与林列保持距离。其实，即便老板不说，她也会这样做。

傍晚下班，马千里看见林列和金玉在一起摆弄玩具模型，压在心里的石头总算落地了。

吃晚饭时三叔对侄女说：“今天我狠狠教训了麦妮一顿。车间主任拿她没办法，倒被我制伏得像只小土鸡。”

马金玉说：“感谢三叔对我的关心，可你不该那样对待麦妮，这对她太不公平了。”

马千里笑道：“说实话，事后我也有点儿内疚，那孩子恐慌的眼神让人于心不忍。可我要不将她彻底降伏，保不准她还会插在你们中间。”

马金玉笑道：“我和林列闹情绪与麦妮无关，主要还是相互间不够了解，还需要磨合。如果林列真那么容易变卦，倒不值得我如此在乎了。”

马千里说：“你太善良，看不到社会上的阴暗面。我可是多次看见他俩一起去面馆，一同在河边林荫道上散步。”

马金玉见三叔这么说，就把麦妮的处境讲给他听。因为老麦逼迫女儿嫁给一个丧妻的中年男人，麦妮只好辍学逃出来。林列曾经搭救过她，把她当成自己的妹妹，所以关系不一般。

马千里听了这番话，脸上的得意消失了。想那可怜的女孩诚惶诚恐地走进办公室，他不但没有给予点滴帮助，反而声严色厉地冲她呵斥，还差点儿砸了她的饭碗。

马金玉见三叔满脸自责就劝道：“这件事也不能怨你，她擅自离厂这么多天，即便有再大的事也该打个招呼，或者请别人帮忙说一声也行啊！”

马千里想起那张假条心里更加不是滋味，他自言自语道：“因为老师病重才急着赶回去，可见她还是个知恩图报的人。”

马金玉趁热打铁，让三叔把麦妮调回财务科。

马千里没有答应，说作为企业的老板不能朝令夕改出尔反尔，否则还怎么指挥人？麦妮暂时不能调回财务科，但可以安排稍微轻松一点的工种。

这天夜里马千里又做噩梦了，梦见有个小女孩在前边奔跑，他看着面熟就拼命追赶，没想到一下子追到悬崖边，小孩失足掉下万丈深渊大声呼喊：“爸爸救救我！”刹那间他看清了女孩的面容，正是他二十年前丢失的女儿金佩。

马千里醒来时又是一身大汗，多少年来他反复做着相同的梦，每回从梦中醒来都会泪流满面。女儿被什么样的人拐走？至今是死是活？要是活着她过得好不好？这些问题在马千里的脑海里翻腾了上万遍，常常因为得不到答案而揪心地烦恼。妻子临死只说了两句话："照顾好马凯。无论如何要找回女儿。"

想起妻子的话，马千里更是伤心欲绝。这些年费尽九牛二虎之力也没找到女儿，儿子年纪轻轻又先他而去，即便有数亿家产又有何乐趣可言？

伤心了好一会，马千里才勉强丢开。想自己凶神恶煞地对待麦妮的确有些过分，要是自己的女儿还活着，无缘无故遭老板恶语相加她该有多伤心啊。

不过有件事让马千里想不通，麦妮的父母为何如此不通人性，怎么舍得把亲生女儿往火坑里推？为了十万块钱，就强迫女儿嫁给恶棍似的砖窑老板。明知这个人的前妻被他虐待致死，居然不管不顾，他们还是不是人啊？

麦妮只比金佩大一岁，就已承受了那么多苦难。金佩的境况怎么样？她的命运会不会与麦妮相仿？一想到这些马千里便心痛难忍。愿苍天保佑女儿还活着，正过着幸福美满的好日子。千万别像麦妮摊上虎狼般的父母，还碰上他这个凶神恶煞的老板。

翻来覆去，马千里又是半夜未眠。

36

江凯把晚饭端到桌上，笑着问儿子：“这份工作对你口味了吧，可得好好巴结哟！”

江小洁说：“刚报到还不知分什么工种呢！据说差别很大，好的坐在电脑前按按键，差的和民工一样下乡修线路。”

“你估计能分个啥工种？”

“没数，要分我最差的那就完蛋啦！”

江凯一听这话心猛地一下又抽紧了：“老天爷呀，求求您赏我儿子一个好工种吧！”

下午，老同学曹大海来找江凯。

江凯欣喜地迎上前：“曹校长您找我？”

“儿子报到了吗？”

“报了！到了！”江凯激动得语无伦次，多亏曹校长，否则他哪知道电信局招工呢！

曹校长笑道：“好，那就好。哎，孩子们都报到了，我看有必要请他们领导吃顿饭，相互认识一下。人家未必在乎一顿饭，但我们要把礼节做到家是不是？”

“是，是！请客必须的。”

“档次不能低，否则会弄巧成拙。”说完掏出三百块钱给江凯，“两家合办节俭一些，邀客的事由我出面。”

江凯听说不用他请客连声称好。

从酒店订好席位出来，江凯觉得有个人紧跟身后，转脸一看竟是戚三，原来他儿子也托关系进了电信局。

戚三紧走几步上前说道：“江主任，听说你订了一桌酒席，我想趁便搭一伙行不？”

“你儿子不正上高二嘛！”

“不上了，如今找个好工作不容易，错过这个村就没那个店了，大学毕业也未必能找到称心如意的饭碗。”

江凯点头答应：“那行！一起办热闹，还能省些钱。谁让咱们穷呢！举手投足显得小气了是不是？”说完收了戚三递给他的五百块钱。

夜晚，海城的街道上华灯闪烁。电信分局的领导们准时光临，包房里坐着李局、王副局、邱副局、沈副局等几个人，曹校长正讨好地与他们谈笑风生。

江凯捧着三瓶酒走进来。李局长迎着他虔诚的目光点了一下头，然后抓起酒瓶看了看说：“东坡酒哪产的？咱们见识浅，这东西还没尝过呢。啊？哈！”

江凯见曹校长的眉头倒挂成八字，忙解释说：“在正规商场买的，营业员向我推荐说这酒不错，九十五块钱一瓶呢。”

邱副局说：“你倒挺节约，开饭店的碰上你这样的顾客，不倒闭才怪呢！”

李局说：“我们档次低喝九十五块钱的酒太奢侈了。大家随便喝几口，另外还有活动呢！”

曹校长一听这话，五官像咸菜把子似的揪成了团 。

服务小姐端着银鱼羹上来，曹校长灰暗的脸色略有好转：“小姐！店里有什么好酒拿两瓶过来！”小姐答应一声去了。

曹校长转过脸吩咐江凯：“把这东坡酒收起来，留我明天去你家里喝。”

服务小姐帮大家斟满了酒鬼酒，在坐的人脸色温和了一些。

众人正准备干杯，戚三满头大汗地走进来，忙不迭给众人作揖打招呼。

江凯给大家作完介绍，到外间找来一把椅子放在自己旁边，又让服务小姐添了一副杯盘。

十个座位放上十一把椅子，李局刚调起来的兴致又落下去。

周助理盯戚三看了看说："你不是用汽油自焚的家伙嘛！还在马老板厂里干搬运工呢？"

戚三觉得话挺刺耳，但为了儿子他只能收起不快情绪，刷地站起身满脸堆笑地说："不错，不错，您真是好眼力！"说着端起酒杯："我敬各位领导一杯酒，我先干了，领导们随意。"

只有江凯一人端起酒杯，其余的人好像没听见，戚三喝完酒坐下时尴尬地笑个不停。

李局抬起头鄙视地看了戚三一眼，似笑非笑地说："今天可是机会难得，能与金马公司的英雄同席吃酒，可谓千载难逢啊！来，我敬大英雄一杯酒！"

他的话调起部下们的兴趣，为了给上司的幽默捧场，一个个争先恐后又喊又叫，逼着戚三连喝了十几杯酒。

"哎！我说三麻子！你当老板当得好好的，干吗去金马公司打工凑热闹啊？"周助理问。

戚三一边喝酒一边作揖："打人不打脸，打人不打脸……"

生性喜欢人来疯的邱副局，直着嗓子呼叫服务小姐："来，来！帮戚大英雄换个大杯！"

小姐笑着将一只啤酒杯放在戚三面前，并帮他倒满了六十度的白酒。

戚三忙不迭地作揖道："承蒙各位领导看得起我，可我已经喝过量了。我给领导磕个头，饶我用小杯慢慢喝吧！"

邱副局说："哎！这家伙真是皮五癞子，说出口的话不肯兑现，你嘴上说给领导磕头，咋还四平八稳坐在这儿呢？"

李局长用手指着邱副局大笑："有你在场，想不热闹也不行！你小子鬼点子比麻子还多。"

邱副局一听这话更加来劲，干脆跳到戚三面前抓起酒杯要灌他。其他几个人也跟着起哄："要么用大杯喝酒，要么给众人磕头！"

戚三被邱副局猛灌几口酒，呛得他一边咳嗽一边求饶。正在兴头上的邱副局，无论如何不肯放过他。戚三只好把椅子一挪走到墙角处，双膝扑通一跪朝桌上的人连磕三个响头。

回到桌边，戚三端起大杯将剩下的酒喝个精光。

四瓶酒鬼酒喝完了，曹校长又要了两瓶。江凯看着泼洒在桌上的酒，很心疼又不好说什么。

闹完了戚三，席间有些冷场，邱副局把就目标转向江凯："江主任，你是从前进机械厂出来的，跟我们讲讲冯桑丘玩女人的事怎样？"

江凯笑了笑没吱声。

邱副局提醒道："听说他包养了一个年轻漂亮的女大学生，还逼死过一个女工？"

在场的人对此话题很感兴趣，争先恐后地催促江凯快讲，李局几乎要下达行政命令了。

看样子不说不行，江凯只好应付几句："大学生名叫黎丽，是全厂公认的厂花。自杀的女工叫陆沁春，听说患了忧郁症。"

"讲具体点，别像挤牙膏似的……"

江凯不敢扫众人的兴，只好讲起来：人常说，英雄难过美人关，女人难过金钱关。冯桑丘和黎丽也不外乎这个模式。至于陆沁春自杀的事有很多版本，有人说她得罪了裴兰草，有人说她得罪了冯桑丘。据我了解真实版本是这样的：有天傍晚，下班汽笛响过很久小陆才下班，走到离门岗不远处，看见三个员工在交头接耳，还不时地用眼角瞄她，随后大笑不止。

小陆生性敏感，莫非他们在议论自己？她赶紧掏出手帕抹脸，又理了几下头发，然后把身上衣服整了又整。谁知那帮人笑得更凶了。

陆沁春走到他们身边，一名员工对她说："有份文件放在小会议室茶几上，你怎么没让领导签收啊？"陆沁春不大相信，文件怎么可能随便放呢？

另一个人证明说："真的，我也看见了，好像是市政府临时下发的会议通知。"

小陆抬头看了一眼快要落山的太阳说："谢谢你们，明天一早我就去拿。"

员工说："文件内容我看了，好像是通知书记明早八点开会，耽误了你可要负责任！"

小陆犹豫片刻转身往办公大楼飞奔而去，当她气喘吁吁地推开小会议室门那一刻，才突然明白刚才从她身后爆发出的那片笑声的含义。她看见冯桑丘和裴兰草抱成一团……

邱副局打断江凯的话："冯桑丘和裴兰草的故事家喻户晓，还是谈谈他和厂花的风流事！"

江凯说有关冯桑丘和黎丽的传闻倒是不少，但具体情节他并不是很清楚。

见他推辞，邱副局有些扫兴：那你讲讲裴兰草和马千里的故事，老马干吗玩那三手货？

江凯不想说也不敢说，一来马老板对他不错；二来当着戚三也不能说，传出去饭碗难保。

邱副局觉得对方不给他面子，脸上有些挂不住。你既然有求于我们，还敢这等大不敬？

沈副局知道姓邱的德行，连忙找个梯子让他下台："江凯不想谈，我们邱副局还不想听呢！不如你来段京剧怎么样？"

江凯嘿嘿一笑，为自己不会唱戏而惭愧不已。

李局长说："不会京剧，唱段越剧也行。"

江凯诚惶诚恐地笑道："我连歌都唱不好，哪会越剧啊？要不，朗诵一首诗为大家助兴。"

邱副局将手一挥："酒桌上越俗越好，那诗酸溜溜的多没劲！一个打工的还装什么斯文……"说着用戚三喝过的大杯倒满白酒，放到江凯面前说："不唱歌就喝酒，要是连酒也不喝，那就是瞧不起我们。"

江凯为难极了，再三推辞说他不会喝酒。

李局长故意沉下脸："曹校长，你找个不会喝酒的来陪酒，莫非怕我们多喝？"

曹校长的表情就像七月里的神鬼天，苦笑了两声不知如何回话。

酒桌上从来难不倒邱副局，他放下酒杯喊道："不肯喝酒就得唱，不会唱学两声狗叫总可以吧！关键是看你诚不诚心。"

戚三见江主任的脸慢慢往下沉，不由得心里发慌。花了这么多钱，万一把领导们惹气了多不合算啊。于是他挺身而出："要不，我代我们主任叫两声吧！"

戚三刚叫了一声就被邱副局拦住了："谁听你叫啊，怎么叫都像在喊搬运号子。"

曹校长见此情景，急忙走到老同学身边，弯腰与他附耳几句。

包间里声音嘈杂，江凯只听清"儿子"和"工种"这两个词。瞬间，他好像被打了一针兴奋剂，刷地站起来"汪！汪汪！"连叫三声，博得众人一阵狂笑。

江凯坐下去的时候觉得心里空荡荡的，他百无聊赖地低下头猛喝一大口酒，不知不觉一滴眼泪掉进酒杯里。接连喝了两杯之后，觉得酒的味道甜美无比，于是他自斟自饮喝光了整瓶酒鬼酒。

当服务小姐推醒江凯让他结账时，包间里的人差不多都走光了，只有戚三面带笑容，帮他清除呕吐的污秽物。

江凯摇摇晃晃地站起来说："对不起！他们都回了吗？"

戚三做了个鬼脸，神秘地笑道："被下家请到浴城去了……全方位服务……"

"别乱说……"

"我怕他个球！"

江凯拍着戚三的肩膀说："我……第一次发现你……你这家伙……有涵养……有肚量。"

戚三憋足劲骂了一句："狗娘养的，我要不是为儿子，早把猫尿浇到他狗日的脸上去了。"

37

下午六点麦妮准时下班，连工作服都没来得及换，就急急忙忙赶往约定地点。经历了巨大的情感挫折，又被马老板没头没脑地训斥了一顿，麦妮像个晕头鸡似的稀里糊涂。

快步来到昨天与万雪涛分手的地方，一时竟记不起约定的地点叫什么了。想来想去好像是五个字，她左顾右盼看来看去都不像，朝正前方一看角落里有个烧饼店。嗯，大概……可能……有点儿像。

对！昨天他就是这样将手朝前一指说："对面烧饼店，不见不散。"

麦妮走到街对面，站在烧饼店最显眼的地方等候。等到六点五十也没见到万雪涛的人影。这家伙太不守时了，害得我连奔带跑赶到这里卖傻相呆。

寒风吹过，麦妮忍不住打了一个寒噤。

刚出炉的烧饼升腾起阵阵香气，干了半天体力活，麦妮的肚子早就饿得咕咕叫了，又冷又饿很难抵制香气扑鼻的诱惑，想了想掏出八毛钱买了个烧饼吃起来。

刚吃了一半，就见万雪涛气急败坏地走过来："哎！你这人怎么这样啊！我在那边等得快要断气了，你倒好，站在大街心里咬烧饼！我猜你八成是饿死鬼投的胎……"

麦妮忙解释说："我早来了，一下班就赶过来了。"

万雪涛只管责怪她："你南辕北辙再早到又有什么用？"

麦妮就说："我按照你约定的地点在这里等，有什么错啊？"

万雪涛喊道："我让你在这里等？我酷！你这家伙真是朽木不可雕哎！"说着抓过麦妮吃剩的烧饼扔进垃圾箱，把她拉到街对面指着上面的招牌喊道："迪欧咖啡店！"

麦妮为自己把迪欧咖啡店理解为对面烧饼店感到很好笑。

万雪涛喊道："你还有脸笑！耽误我那么多宝贵时间。真该跟你说清楚，过时不候作自动放弃论处。真是的！我怎么碰上你这个大饭桶！"

麦妮说："不就招个杂工嘛，干吗搞得像特务接头似的。"

万雪涛瞪大眼睛："小瞧自己了是不是？省委看大门的比县长的秘书强。早知道你又馋又笨我就不招聘你了，真担心如此重任你能否胜任……"

麦妮原本心情沮丧，听他不通情理的一顿数落就没好气地说："现在不录用还来得及，耽误您的宝贵时间对不起啦！"边说边往门外走。

万雪涛心里着急便直起嗓门喊道："回来！我已经录用你了。"

见麦妮头也不回地走出咖啡店，万雪涛懊恼极了，依他原先脾气你要走就走吧，反正我不会求你。这回不一样，发现麦妮真要走，他竟然大失过望，好像到手的宝贝突然不翼而飞。

他一反常态地追上去说："你连考验都经受不住，将来怎能成就大业？两万块钱我都准备好了，只要签完合同那钱就是你的了。"

麦妮犹豫道："我担心自己能力太差，万一耽误你大事怎么办？你还是另招别人吧。"来之前麦妮已经想好了，这份工作若做不成就去小面馆应聘，利用早晚和休息天打工，每月也能挣四五百块。

"你不是要救易老师嘛，这可是人命关天的大事啊！"

这句话使麦妮停住脚步，犹疑片刻重新走进咖啡店，签下一式两份的用工合同。

万雪涛说："你连合同内容都不看仔细就签字，万一是卖身契怎么办？"

麦妮笑起来："我觉得你还没那么坏。"

万雪涛指着合同书，说明每月工资一千八百元，做错一项扣罚一百元，做出好成绩奖励一百元。麦妮觉得没有疑义，签完字合同即刻生效。

麦妮说："老板，请你吩咐我工作吧。"

万雪涛说："今天的工作就到这里，明天跟你们车间主任商量一下，看能不能把活儿放到下午干。在这半个月之内，我要求你每天上午八点至十一点工作。"

麦妮有些为难，原本说好利用业余时间工作，这会儿他一张口就占掉半个班。再想想，人家出这么高的工资，要求上午工作三小时并不为过，还是想办法通融一下。按理说包装活放在中班干也一样，就看能不能交好运说服车间主任。

麦妮刚走了几步就被万雪涛喊住了，宣布她第一天的工作表现不理想，所以要扣罚 100 块钱。麦妮不服气，就算我吃烧饼、迟到、顶撞老板，那都是签合同之前发生的事。

万雪涛强调工作时间从早晨开始计算，所以必须扣罚。

麦妮心想花钱买个教训也值得，扣一百就扣一百吧，以后我在各方面格外谨慎些，量你也扣不到我的钱。

麦妮一路走一路盘算，如何说服主任同意她把工作时间改在下午和晚上。这么说不好，那么说也不妥当。江主任肯定会拉长脸说："不行！不行！绝对不行！"

如果通融不了只能丢掉一头工作，放弃这边舍不得，放弃那边太可惜，怎么办呢？

走进车间一头遇见车间主任，麦妮壮起胆子把酝酿成熟的要求说出口，同时做好了挨骂的准备。没想到车间主任和蔼地说了一个字："行。"

突然间时来运转，麦妮兴奋得有些晕乎乎的。车间主任突然变得好说话了，一张口就答应她上中班的要求。莫非主任中了大奖心情特好？

常听师傅们说主任下班之后，会去超市排队买削价油和破鸡蛋，去菜场买一元钱一堆的落脚菜，从没听说他买彩票啊！莫非自己否极泰来了？不是有那么一种说法嘛，叫做风水轮流转，该当自己交好运也未可知。

第二天，麦妮兴冲冲地赶到约定地点，把好消息向新老板作了汇报。

万雪涛皱着眉头说："谁让你今天改上中班啦？下午你得跟我出趟差，现在赶回去上早班还来得及！"

麦妮张着嘴巴扫兴得说不出话。车间主任又不是我家亲戚，哪能一会儿这样，一会儿又那样呢！于是她申辩道："老板，车间主任同意我上中班不容易，赶回去加个早班倒可以，但今天的中班我不能不上啊！"

"我发现你这家伙特喜欢讨价还价，要是在战场上你早被长官毙掉了。"

麦妮不说话，因为她无话可说。

万雪涛瞟了麦妮一眼，见她满脸为难就幸灾乐祸地说："看来我的威望还不及你们车间主任高，你宁可违抗我的命令，也不愿调一个班是不是？"

麦妮还想请求变通一下，见对方把手一挥就知道无法通融，于是把到嘴的话咽了回去。正觉得左右为难，突然想到一个好办法："老板，实在不行的话，算我请一天事假怎么样？"

万雪涛板着脸："哪有第一天上班就请假的？"

麦妮说："这不是没法通融嘛，就算我迟一天报到行不行？"

万雪涛想了想说："请假可以，一天假扣工资一百元。"

麦妮找不到更好的办法，只能答应扣钱。

38

田甜为父亲的住院费愁得吃不下饭，从小到大从未体验过没钱是啥滋味，此刻她只能面对窘境束手无策。

这天傍晚，住在隔壁宿舍的中年女人走进门来。

田甜知道这女人的德行，因此不大愿意答理她。

女人并不在乎对方的冷淡，只管吧唧着嘴嘀嘀咕咕说个不停，诸如谁有钱了，谁买了多少黄金首饰。听上去她是谈钱的事，其实鬼都知道她想干什么。

女人绕了半天圈子，开始言归正传。

田甜只管摇头哭泣，虽说她正面临着巨大困难，但绝不肯走出那一步。

女人说："你看卫红、玉莲她们过得多潇洒啊！吃香喝辣，穿金戴银，哪个月不往家里邮钱呐！"

田甜朝对方看了一眼，轻轻摇摇头。

见田甜仍旧不答应，女人继续劝道："跨出这一步其实并不难，像你这种条件的，绝不能让打工者沾边！再说了，他们想碰也碰不起呀！你若肯接待，那只能是海城的有钱人，一晚上千块钱，差不多赶上你一个月的工资了！"

田甜愣了愣，没再摇头。

"冯桑丘、李阿三你知道吧？人人都说他俩小气刻薄，在这方面出手可大方呢！"

田甜停止哭泣，低着头不停地用手绞自己的衣襟。

女人说：“你眼下不是急缺钱嘛！活人还能给尿憋死？古人讲孝道卖身葬父，你就不能为救你爹委屈一下自己？”

田甜抬起头，双眼定定地看着前方。

女人见此情景心中一喜，凭经验她知道对方已不是铁板一块。于是她紧追不舍地说：“谁心甘情愿干这事啊！不就是冲着一个钱字去的嘛！其实这也算不得什么，我只要悄悄将你送到指定地点，神不知鬼不觉将那事一办，大把的钱就是你的了，而你自己又没损失掉什么。如今这社会笑贫不笑娼……”

刚说到这儿麦妮推门进来，一见这女人心里已明白了八九分，当即拉下脸子下了逐客令。

那女人曾经用相同的话语劝过麦妮，令她想不到的是，一贯和颜悦色的小丫头不留情面地骂了她一顿，吓得她一见麦妮就想躲。

女人离开后，田甜扑进麦妮的怀里号啕大哭。

麦妮得知情况，当即倾其所有凑了一千块钱，又去车间请求师傅们帮忙。

戚三拿出一百块钱放到桌上，朱大炮跟着放上六十元，江凯也掏出一百元钱，到傍晚车间里的师傅们已经凑到二千多元钱。

临下班的时候，马昭来车间办事，得知此事回去告知马金玉，姐弟俩各拿出两千元钱。

田甜抓着大把钞票顿时泪流满面。

第二天麦妮陪同田甜去了医院，直到安顿好她爸才赶回厂里。

中班一结束麦妮就回了宿舍，她得抓紧时间好好休息，养精蓄锐积攒体力迎接明天全新的工作。能否胜任她把握不大，因此免不了忐忑不安。

第二天早上，麦妮准时赶到迪欧咖啡店上班。万雪涛夹着公文包差不多同时到达，刚挥手示意麦妮坐下，服务员就把咖啡端了上来。于是，两人边喝咖啡边漫无边际地聊起天来。等时针指向九点半，万雪涛打开电脑开始炒股，买进卖出十来分钟全搞停当。接下来他转动着眼珠扫扫这里看看那里，一副百无聊赖的样子。

麦妮心里特着急，不明白有多少杂活等着她干，老这么坐着喝咖啡耽误时间算谁的呀？

见万雪涛不紧不慢的样子，麦妮只好试探性地问："老板，我什么时候开始工作？"

万雪涛眯起眼睛说："你不正在工作吗？"

麦妮略感吃惊，她曾多次猜测过杂工活的范围和种类，比如整理文件、打扫卫生；烧水、煮饭或者跑腿送货；最差就是去打扫厕所、搬运货物。反正，无论如何没想到喝咖啡聊天看报纸也算工作。

可恶的家伙特喜欢拿人开涮，弄得不好又要扣钱，我可不上他的当。于是她满脸严肃地申明道："老板，我这个人不喜欢开玩笑。"

万雪涛惊喜地喊道："天哪！总算找到知己了，我也不喜欢开玩笑哎！"

喝到十一点，万雪涛放下手中的报纸宣布下班。麦妮斜起眼睛瞄着万雪涛，心想这家伙是不是神经不正常，要不怎么行为怪异呢！

万雪涛抬起头，恰好接触到两注疑惑的目光，便冷冷地问道："看什么看？怀疑我有精神病是吧？"

被对方一言猜中，麦妮冷不丁吓了一跳，连忙讨好地说："不，不是的。我觉得你长得像电影明星，看上去特别帅气潇洒。"

万雪涛一听这话立即来了兴趣，要求麦妮重新坐下，他想知道在麦妮的眼中他究竟有多帅："说说看，我像哪位明星？"

麦妮脱口而出："像马德华。"

"马德华不是演猪八戒的嘛！长嘴大耳朵看不出他帅在哪里。"

麦妮发现自己越说越离谱忍不住笑起来："我说的是刘德华。"

万雪涛说："刘德华很帅吗？喂！请你工作时间严肃一点，特别对上司要有分寸知道不？"

“知道了。”

春节即将来临，整个海城被厚厚的大雪覆盖住了。

麦妮身兼两职，成天来来回回忙得不可开交，有关失恋的痛苦随着日复一日的忙碌已冲淡了许多。

林列的辛苦没有白费，第一批智能玩具样品出来后，在订货会上很受欢迎，与欧美好几个国家签订了供货合同，为此公司上下忙个不停。

当大笔外汇打到金马公司账上，老板马千里一次性奖给林列二十万元人民币。他还清了全部债务，还拿出十万元钱为村里修了一座桥。钱这东西真好，它让愁苦了大半辈子的爹娘，开开心心地笑了好几天。

林列决心再接再厉，着手开发汽车类新型玩具。这两天正忙着查阅资料，有关汽车制动方面还存在一些问题。

马金玉见他日夜辛苦就说：“放着现成的老师不找，万雪涛不正是学汽车制造的嘛！”

林列拍了一下脑袋：“对呀！明天就给他打电话拜师学艺。”

马昭对麦妮特别关心，在堂姐面前时常有意无意地提到她的名字。

马金玉每每跟他开玩笑，问他是不是看中麦妮了，要不干吗老惦记人家。

马昭则一本正经地说：“如果麦妮有了男朋友，她父亲就没法逼她嫁给砖窑老板了。”

马金玉笑道：“这倒是个好主意，等我跟林列商量一下，让他找机会问问麦妮的想法。如果她愿意，倒是两全其美的好事情。”

马昭听了堂姐的话，只管红着脸一个劲地笑。

第二天，马金玉果真找了麦妮，问她对她堂弟的印象如何。

麦妮一下子列举出马昭许多优点，还特别感谢他帮过自己许多忙。

马金玉笑道：“既然他这也好，那也好，不如让你做我弟媳算了！”

麦妮一听就笑着追打马金玉："我说他好又不是那个意思，你干吗要往那上面扯。"

马金玉笑完了正经说道："你没那个意思，马昭有呀！你若愿意可以先交往嘛！"

麦妮笑了笑说："眼下先忙工作，这些事以后再说吧。"

马金玉问麦妮："听说你另打了一份工，干些什么活儿呢？可别太辛苦噢！"

麦妮笑道："刚去上班没几天，还没分配具体工作。老板昨天说他临时有事要外出，让我下个月再去上班，到时候就知道干什么活了。"

马金玉沉思片刻说："你也别太当回事，方便干就干，觉得不合适干脆辞掉算了。如果经济上有困难你直接跟我说，千万别见外。"

麦妮感动得直点头，心想，私企老板要全像马金玉这样该多好啊！不过从马金玉的口气里，似乎不太看好万雪涛给她的这份工作。

39

翻过日历，新的一天又来到。沉重的冬天悄然退去，还没来得及察觉，天气已渐渐回暖。

天快黑的时候，万雪涛夹着公文包回到家中。老子一见他那副浪荡样，气就不打一处来：“哟！万大老板忙到这会儿才下班，实在太辛苦了。想我万达祖上积德，生下你这么个好儿子，成天走街串巷光宗耀祖。宾馆那边一直见不到你人影，你干吗呢？忙什么大工程？”

万雪涛朝他老子点点头：“忙什么呀？惹不起你们我还躲不起吗？逃亡你懂不懂？解放前兵荒马乱民不聊生，老百姓四处逃亡。如今是太平盛世听不到逃亡的字眼了，可我万雪涛身为中华人民共和国的公民，却不能享受婚姻自由，没办法只好逃亡呗！”

“你有种逃出去别再回来，我只当没生你这个儿子！”

万雪涛正往楼上走，听老子这么一说转身跑下楼：“行！这可是你万达同志让我走的。谢天谢地！总算放我一条生路了。”

万夫人见儿子往外走，急忙跳上前扯住儿子的衣襟说：“你不能走！你走了妈就不想活了。”说完指着万达喊道：“你就逼吧！不把儿子逼出毛病来你不肯罢手。”

万达朝老婆吼道：“你是墙头草，风吹四面倒。刚才还说子不教父之过，这会儿又说我逼他了。反正我怎么做都不对，以后的事干脆由你管……”

“我管？我管得还少吗？你成天不着家，在外边风流搞破鞋……”

万雪涛见父母正儿八经吵起来就喊道：“别吵啦！来，来，都过来，我有话对你们说。”

万达不知道儿子葫芦里卖的是什么药，只管斜着眼睛盯着他看。

万夫人见儿子停住脚步当即转悲为喜，哧溜一下就窜到儿子身边。

万达心想，儿子有话要说，莫非向我妥协啦？本来嘛！这么好的姻缘他也没理由反对。

儿子见老子踌躇不前，就笑容可掬地朝他招了招手。

万达深信自己的推断正确，看来儿子真的回心转意了。他朝儿子走去的时候得意地说：“我看准的事不会错！这么多年经风雨见世面，走过的桥比你走的路多……”

万雪涛见父母来到身边就一字一板地说：“你俩为我的婚事操碎了心，妈把喉咙吵哑了，爸气得头发掉了一大把。为此，我很过意不去。我想来想去决定……”

话说了一半，朝父母喜出望外的脸上瞄了一眼，从包里拿出一本书往茶几上一放说：“还是让你们好好学学婚姻法吧！”

万达的笑容立刻僵在脸上，见老婆哭笑不得的样子就跳起来骂道：“瞧瞧！你养出来的好儿子！”

万夫人回过神来，用更响亮的声音回敬道：“你自已老不正经，还指望儿子做正人君子？”

万夫人觉得这世上没人真正关心她，在儿子眼里她很强大，因为她经常随心所欲地训斥员工；在丈夫的眼里她有吃有穿有钱花，对于一个文化不高的中年女人来说足够了。他们不明白，她除了吃穿还需要情感。别看她表面上吆五喝六挺强大，其实她的内心很脆弱。

万夫人越想越伤心，忍不住撕心裂肺地哭起来。

万达听到第一声哭喊，立马像尾巴被火烧着似的，一个弹跳迅速逃离别墅。

绵绵细雨下个不停，半夜时分万夫人烦躁不安，睡不着觉干脆起床站在窗前。嗖嗖的冷风吹进她的衣领，春天的夜充满寒意。她靠在窗前，回忆过去的岁月。那时候，她和万达同在国营服装厂做工人，她勤快好学，几乎每年都被评为先进工作者。

后来她嫁给万达，两口子恩恩爱爱，日子虽然清苦却充满幸福。儿子降临，给这个家庭增添了无穷的乐趣和幸福。从此，她更加卖力地干活，加班加点只为多赚一些钱，让儿子和丈夫吃得好一点。

几年后万达当上科长，工作一忙就很少答理她，长时间她都不能适应。不过她心存希望，丈夫忙完手上的工作自然会回到温馨的家里来。

可惜她的希望落空了，丈夫一直忙个不停。下海之后更繁忙，经常接连几天不着家。她孤独失落，但不良情绪很快就被日进斗金的惊喜给充填了。

不知从什么时候开始，她不用再干活，不用再精打细算地过日子。她想吃什么，想穿什么，凡是想到的都能办到，钱来得很顺当，比天上掉馅饼还容易。

没过多久，万达在冯桑丘的帮助下，用低价购买了一家破产企业。通过冯桑丘提供的技术及销售渠道，万达投资添置了中频炉、冷镦机、绞牙机等设备，生产起不锈钢标准件。上马不久，适逢不锈钢大幅度涨价，成倍翻番使万家的资产像滚雪球似的越滚越大。

金钱带来的兴奋与激情越来越多，安逸平和的感觉却逐渐消失。丈夫的欲望一天比一天高，家里的钱越聚越多，万夫人的奋斗目标却越来越模糊，幸福也离她越来越远了。

40

裴兰草被赶出家门好几个月了，始终不肯在离婚协议书上签字，声称必须给她一大笔钱才行。其实裴兰草已捞到不少钱，年轻时她就懂得用身体资源来丰富自己的钱袋子，她从冯桑丘那里弄到一大笔，从马聚那里也拿到不少。年过四十又设法嫁给马千里，若不是马聚做事不谨慎她早就如愿了，只要坚持到老家伙蹬腿闭眼，她的钱将多得数也数不完。

裴兰草太喜欢钱了，认为有钱就有一切。她特别不能理解万达的老婆，成天躺在钱堆上还无病呻吟，有钱什么样的男人找不到？成天捧着钱伤心真是无聊透顶！

可惜马聚把事情搞砸了，弄得她里外不是人。马老大为了推卸儿子的责任，义愤填膺地把她赶出家门，最后那200万都已经弄到手了，还被该死的马千里追了回去。

事到如今也只好退一步说话，离婚可以，你得给我一大笔赡养费！

出乎她意料的是，马千里变得特别不好说话，骂她不顾廉耻，还有脸提什么青春损失费，想拿钱除非太阳从西边出。

事情到了这个地步，裴兰草哪肯罢休，三天两头找马千里讨价还价，目的达不到就破口大骂。骂解决不了问题，索性将协议书撕得粉碎。

马千里冷冷地看着这个女人，除了满肚子厌烦，剩下来的就是恶心。凭心而论，他自始至终没对裴兰草产生过感情，要不是大哥死劲撮合，这件婚事绝不可能成功。

周日，裴兰草再次跑来要钱。马千里连看她一眼的欲望都没有，让陈妈把她堵在门外。

裴兰草一边死劲拍门，一边理直气壮地喊道：“我们没离婚呢！这个家还是我的家。”

跟裴兰草同来的亲戚劝老马：“你是大富翁，钱对你来说只是个数字而已，即便你再活五百岁也用不完这些钱，好歹给她些钱不就解决问题啦！”

马千里说：“钱再多也要用得合理。给她五十万不算少了，按我的想法应该让她空手走人。她嫁过来都干了些什么？除了拿钱就是与人乱搞。光今年就从家里拿出去一百多万，钱都藏到哪里去了？要不是我及时发现，差点又被她冒领走两百万。”

裴兰草喊道：“我陪你睡了三四年觉，难道就值那几个钱吗？你自已性无能还怪我乱搞！你还讲不讲人权……讲不讲道德良心？”

亲戚见她越说越离谱就打断她的话，可裴兰草正说到兴头上，无论如何都闭不上那张嘴。亲戚一着急就和她吵起来。

马千里被他俩吵得头脑发涨，干脆下了逐客令，声称协议不成就由法院判决。

裴兰草的亲戚忙说：“别！别！咱们还是商量为好，你再给她三百万这事今天就结束。”

马千里说：“什么时候结束我无所谓，反正我也不急着再婚。至于要钱，别说三百万就是三十万也别想拿到。”

“那你总得解决问题吧！这么拖着也不是办法呀。”

马千里想了想，从抽屉里拿出六万块钱，放在裴兰草面前让她在协议书上签字。

裴兰草把钱往桌子上一摔：“老狐狸，你打发叫花子呢！”

她的亲戚连忙把散在桌上的钱收进包里说道："今天先谈到这儿，过几天我们再来。"

裴兰草走到门口回身吼道："老狐狸你等着瞧！别敬酒不吃吃罚酒，姑奶奶可不好惹！"

亲戚推了裴兰草一把："你该说的不说，不该说的喳吧个不停。老马这人嘴硬心肠软，你只要装出一副可怜相，列举几个曾经对他好的例子，他心一软不就给你钱啦？"

裴兰草说："自从进了他家门，我就巴不得他早点死掉，哪来对他好的例子可举？马凯死后他成天疑神疑鬼地盯我看，看得我浑身发毛躲他还来不及呢！"

亲戚摇了摇头感慨道："要我说你们两口子也太缺德，为了钱把人家害成这样。"

裴兰草咬牙切齿地说："等着吧！给我钱大家太平。不给，别怪老娘心狠手辣！"

亲戚笑道："就凭你？又能怎么样他呀！"

"告诉你吧，马聚正准备跟他摊牌呢！"

"你还跟马聚联系呢？得，你的事我不管了！我胆小，犯法的事我可不敢沾边……"

41

国际油价飞涨，煤炭、汽油、钢材跟着飞涨，海城的不锈钢材已涨到四十三块钱一公斤。

老板们有机会就凑到一处，探讨市场行情，交流经济信息。

正常情况下，冯桑丘从不主动发表意见，一副老谋深算的架势让人捉摸不透，而他的观点往往最让人关注。

李老板得力于冯桑丘的扶持，才能毫无过渡地越过贫困线，直接进入富人行列，成为当地富有的企业老板。为了报恩，他经常找机会抬举自己的恩人：“冯老板是受过高等教育的文化人，见多识广，他看问题最透彻。”

马千里附和道：“冯老板真该好好介绍一下致富经，前后不过十年，不锈钢厂就发展成这等规模……”

话没说完突然想起冯桑丘的忌讳，连忙收住话头。十年前他保外就医回到海城，借裴兰草的名义办了不锈钢厂，并由此发展壮大起来。后来不知为何他重返劳改队，刑满释放回来就与裴兰草分道扬镳了。

冯桑丘猛听老马提起十年前话题，神色明显不自然。当年他办厂的资金一直是个秘密，裴兰草承诺过要保守这个秘密。李老板虽是知情人，但由于利益关系李不可能说出去，因此他断定老马的内幕消息十有八九来自裴兰草。

可恶的娘们！冯桑丘在心里暗暗骂了一句。

冯桑丘从劳改队回到海城，第二天就迫不及待地约见裴兰草，想与她重叙旧情，还想让她再度成为自己的合作伙伴。

令冯桑丘备感意外的是，才分别两年多，裴兰草雷厉风行的作风已彻底改变，打了好几个电话她才姗姗来迟。

裴兰草来到兰花路11号，那幢三室一厅的公寓是她和冯桑丘约会的老房子。

除去神秘光环的冯桑丘一副衰老的模样。裴兰草望着那张松弛虚胖的老脸，回想当初与他一次次苟合禁不住一阵难受。她不自觉地皱了一下眉头，眼神比刚进门时暗淡了许多。

裴兰草冷漠中夹带着不屑一顾，巨大的变化和反差冯桑丘事先没有想到。

屋子里一片宁静，这样的宁静使裴兰草心烦意乱，她心里明白冯桑丘是想重修旧好。

面对裴兰草的冷漠，冯桑丘十分迷茫。曾几何时，裴兰草用耐心和热情为他搭建起来的感情世界，经过八百多个日夜已悄无声息地陷入了冰河。

当初他们也像现在这样，经常面对面地坐着。有人时隔着办公桌谈工作，等整幢大楼只剩下他俩时，他们变得肆无忌惮。后来他们把约会地点转移到这里，就更加随心所欲了。随着时间的推移，一切全变了。

失望和恼怒使冯桑丘产生怀疑，她还是那个不顾一切巴结我的女人吗?

冯桑丘深知裴兰草喜欢钱，只有钱能勾住她的魂。于是他不紧不慢地说道：“我的处境虽不如从前，但我能筹集到足够的资金重振旗鼓。我打算办个私营企业，希望你能和我合作。”

“怎么个合作法？我可拿不出钱。”

冯桑丘瞟了裴兰草一眼，忍住没把藏钱的秘密说出口。这个秘密他深藏心底好几年谁都不知道。在劳改队的时候，他准备一出狱就把藏匿的现金和存单交给张小莹。可是，回家之后他改变主意了，妻子的冷漠和怨恨，迫使他生出另起炉灶另开张的念头。

冯桑丘朝裴兰草笑了笑：“不用你出钱，只要以你的名义办理投资办厂的手续就行。说白了，就是你在明处，我在暗处。”

这个主意不错！裴兰草两眼刷地放出亮光，刚才鄙视厌恶的表情一扫而空，语气也比刚才柔和了许多。当她伸出手臂打算来个亲热拥抱时，却突然将手停在半空中。

冯桑丘不理解对方的奇怪举动，只好再次表明意图。裴兰草露出一脸的为难：“听说你得了不治之症，而且还会传染……”

冯桑丘愣了片刻，扑哧一声笑起来：“我不装病能出大狱吗？你放心，我好着呢！嘿！嘿！谁都知道我快死了，可你看我像个快死的人吗？”

“怎么回事啊？即便你再神通广大，也不可能……”

冯桑丘得意地笑了笑：“这是个秘密，千万不可说漏嘴。其实我根本没病，真有那种病还能跑来害你吗？”

见裴兰草依旧满脸疑云，冯桑丘索性把装病的秘密说了。话一出口他就后悔了，张小莹再三叮嘱，这事只能天知地知你知我知。没想到他一激动就多出一个她知了。

冯桑丘的工厂顺利开张，他因保外就医不敢亲临现场指挥，幸好发达的通讯工具解决了所有难题。偶尔露一回脸，裴兰草则笑容可掬百般迎合，娓娓动听地诉说与他的深厚感情。还再三表示，假如冯桑丘肯和张小莹离婚，她立刻嫁给他恩爱到白头。

从裴兰草神采飞扬的脸上，冯桑丘似乎看到了曾经的辉煌。那段梦幻般的岁月年华已遥远得不真实，只有在梦中还能感受到当年的叱咤风云。

那时候，他的身边成天围着一帮“忠臣”唆使他一手遮天称王称霸。如今辉煌的年华早已消逝，只有当他翻开尘封的记忆，才能感觉到一切曾经真实经历过。

他在劳改队里与其他囚犯没啥区别，干什么都得报告政府。没人夸他聪明能干，没人对他点头哈腰，更没有女人向他抛媚眼，与他缠缠绵绵如胶似漆。

久违的感觉在裴兰草身上重现，令冯桑丘万分感动，他对风情万种的裴兰草再次充满了好感，就把工厂经营权、财务权全都交给了裴兰草。两人共享利益同担风险，相互利用相互依存，这样的黄金搭档比什么都好。

当工厂获得大笔利润时，裴兰草开始反感冯桑丘的辖制与差遣。每回接到召见电话，就如同吃了一只死苍蝇，真希望他能尽快从眼前消失。

如何消失，办法很多。雇凶杀人？这个办法不大好，许多自作聪明的家伙在这上面栽了跟头。下毒药死他？那更不行，现代科技高度发达，再复杂的案件都能够破获。

这也不行那也不好，怎么办呢？突然一个好主意跳进裴兰草的脑海，一丝不经意的笑从她的嘴边掠过……

大约过了一周，监狱来人查看冯桑丘保外就医情况，并复查他的病症。据说，有人举报冯桑丘采用特殊手段装病。

为此，张小莹急得团团转，又找不到该死的冯桑丘，手机关机了，音讯全无。她一边稳住警察，一边托人四处寻找。

负责寻找冯桑丘的人姓张，他找遍所有地方皆无踪影，只好试着来到兰花公寓。按了半天铃没人开门，明明听见里边有说话声，却始终没人理会。小张受人之托不敢马虎，索性坐在楼梯口等。

一直等到凌晨三点门总算开了，令小张想不到的是，从里边走出来的竟是裴兰草。

望着裴兰草一脸窘相，小张恍然大悟。昨天傍晚他找遍冯桑丘可能去的地方，甚至去了裴兰草的家。裴的丈夫说她在厂里指挥加班，哪想到她加夜班加到冯桑丘房间里去了。

冯桑丘听到消息没敢回家，直接跑到医院挂水。狱警到达，站在病房门口等冯桑丘挂完水，针头一拔就将他带走了。

冯桑丘钻进警车那一刻，无意中瞥见站在不远处的裴兰草。她的眼神十分复杂，既有如释重负的轻松，又有大获全胜的快意，还有谋财得手后的窃喜。冯桑丘脑海里涌起一片疑云，他在裴兰草不再年轻的脸上，仿佛看到了童年的对手们，心里再次涌起一片灰暗。

半年后冯桑丘从劳改队刑满释放，他用谋划许久的计策，巧妙地让裴兰草净身出户了。

裴兰草气得半死，连斗几个回合没斗过冯桑丘，从此两人形同陌路再无往来。第二年春天裴兰草搭上马聚，同年秋天嫁给了马千里。

冯桑丘的生意如火如荼，不锈钢材料越来越吃香，年初还是九块多钱一公斤，到第二年年底就涨到三十几块。借助这股东风冯桑丘只见财来。加上股市里赚的，他的资产一下子蹿到十几个亿。恰好应了戚三麻子常说的那句话：财往亮处走，越有钱就越来钱。

42

喝完咖啡今天的班就算上完了，分手时万雪涛嘱咐麦妮说：“经过数月培训，你已勉强通过考核，现正式录用为我公司员工。明天上午八点，准时在海城宾馆门前等候。记住，要穿得正式一点，否则扣罚工资。”

麦妮没有出席正规场合的服装，她刚想说明就被万雪涛拦住话头：“这点要求很难吗？一个雇员热衷于跟上司顶嘴可不是什么好习惯，你这坏毛病真得好好改一改！记住，穿上你最好看的衣服就行。”

麦妮进出宿舍两三回，才急急忙忙赶到海城宾馆，结果迟到了三分钟。

昨晚她就着手准备行头，这事关系到扣钱所以不能马虎。几件衣服试完之后，她决定穿省城买的米黄色厚绒套装。这套衣服是第二次和林列相约爬山，她特意去大商场买的。当时只想把自己打扮得漂亮一些，于是有生以来第一次出手大方，花一百二十块钱买了这身套装。那天穿着新衣服一亮相，林列还夸她漂亮呢。

麦妮梳洗打扮完刚好七点钟，步行到海城宾馆时间应该足足有余。

走到公司门口，同事的目光有点儿异样。麦妮心想，我平时只穿工作服，今天穿了件好衣服，竟然引来这么多人注目。

有个工友笑道：“麦妮，你的衣服是租来的吗？天这么热还穿这么厚的衣服。”

麦妮朝众人看去全都是清一式的春秋衫，难怪浑身燥热难耐，原来今天的气温突然升高了好几度。

麦妮只好回宿舍在三五件衣服里挑了件立领夹衫换上。这件衣服是考中专那年易老师买的，麦妮特别喜欢，每逢出客才舍得穿。几年过去衣服很旧了，穿在身上还略嫌小了点。

麦妮连奔带跑赶到海城宾馆，万雪涛正拉长脸等在门口，一见麦妮就生气地喊起来："迟到三分钟扣工资一百块。哎！我要求你注意着装，你穿的是什么烂衣裳？限你在半个小时之内回去换！"见麦妮站着不动就说："算我倒霉，用车送你一趟！"

麦妮仍旧不肯挪步。万雪涛生气地喊道："给你改正错误的机会你不要，加罚一百块！"

上个月七折八扣只结算到七百块钱，此刻他一张嘴又扣掉二百块，哪天才能还清债务啊！麦妮越想越气，忍不住轻声嘀咕了一句："黑心的家伙，吸血鬼。"

"你说我什么？能不能大声点！"

"我向你赔礼道歉呢！"

见对方固执己见万雪涛只得罢休，使劲拉着麦妮径直往宾馆里边走。见她瞪大眼睛四处张望就说："请注意形象！伸头探脑没见过大世面吧？"

麦妮悄悄回了一句："黑心的资本家！"

万雪涛忙问："又说啥呢？"

麦妮回答："没说什么。"

万雪涛瞪了她一眼煞有介事地说："哎！我看你还是把名字改了吧，或者用个笔名、艺名什么的。成天麦妮、麦妮地叫难听死了，好像直着嗓子喊钱！钱！俗不可耐。要不我叫你麦穗怎么样？既亲切又好听，喊起来也顺口。"

麦妮斜了万雪涛一眼没好气地说："我一个做杂工的起什么笔名、艺名？再说你的名字也不见得有多好，只听说海涛浪涛，哪有雪还起涛的。"

万雪涛将麦妮的胳膊一甩：“说到扣钱你就不服气！别把不良情绪带到工作之中。”

两人走进宾馆，在总经理办公室门前停下。万雪涛掏出钥匙打开门，将麦妮按在老板椅上命令道：“从今天开始，你代替我在这间办公室上班。所有会议都由你参加，只需把内容记录下来就行。”

麦妮诚惶诚恐地看着万雪涛，这种安排大大出乎她的预料。能否胜任她没把握，但万一做错肯定要扣钱。于是她连连推辞：“我应聘的可是杂工哎……”

万雪涛严肃地说：“公司危难之时，请不要推卸责任。你既然应聘到我门下，就应该勇挑重担。别紧张！没什么大不了的，你只要做好上传下达工作就成。”

麦妮觉得压力太大，干坏一件事扣一百块，到头来白干一年不说，万一要我赔钱怎么办？可是，此刻没人告诉她应该怎么办，事到如今只好硬着头皮去试一试。

万雪涛鼓励完麦妮，就要带她去见董事长。麦妮继续作着抽身退步的努力，却被万雪涛不由分说拉到隔壁办公室。

珠光宝气的冯依云正坐在老板椅上照镜子，一见万雪涛她两眼刷地放出亮光，微笑着站起身彬彬有礼地朝来人点点头，然后伸手朝沙发上一挥：“请坐！”那过于做作的声音听起来很别扭。

万雪涛缩了一下脖子，好像有一滴凉水掉进他的衣领里，忍不住打了个寒噤。

麦妮见他俩你来我往的滑稽样，就忍不住想笑。

冯依云晃了晃脑袋，做出贵妇人的姿态懒懒地问麦妮：“请问你有什么事？”

麦妮回到现实中便有些紧张，“我……我…… 我”了半天也没说出个名堂。其实，她自己也不知道来这里做什么。

万雪涛一把拉过麦妮，勾肩搭背地亲热了一回说：“我们公司最近特别忙，我呢实在走不开，所以由她和你共商宾馆开张事宜。”

一席话使冯依云失望到极点。这突如其来的失望使她情绪失控，原先的彬彬有礼不见了，她直着嗓门喊叫道：“你让她和我谈工作？她是你什么人，能全权代表万氏集团吗？”

双方家长之所以买下海城宾馆，是想通过接触让万雪涛对冯依云产生感情，最终喜结良缘。谁知他敷衍塞责找来一个替身，花了那么多财力和精力，等来的却是这个结果。

万雪涛死劲勾住妄图挣扎逃跑的麦妮，伸手亲昵地理了理她额前的头发，对冯依云笑道：“我忘记给你作介绍了，这是麦妮，我的女朋友……”

什么？你女朋友？冯依云万万没想到，自己心中的白马王子这么快就有了新女朋友。这让她无法接受，也绝不可能接受。她失态地伸手指着麦妮，噎了半天没说出一句话。

麦妮事先没有思想准备，更没料到会出现这种场面。讨厌的家伙总以自我为中心，无论什么场合都会玩世不恭。麦妮一边摆脱万雪涛的搂抱，一边纠正他的说法：“别胡……”

万雪涛急忙捂住麦妮的嘴，在她耳边小声警告说，你要再多嘴就扣钱！抬头见冯依云满脸惊愕，万雪涛轻松地笑道：“麦妮脸皮薄，每回向人介绍我们的关系，她都不好意思。其实有什么呀，我们都那个了……啊呀！”

麦妮见万雪涛越说越不像话，忍不住用手掐了他一下。

万雪涛见目的已经达到，就拉着麦妮往门外走。跨出门又回过头说：“下周的董事会我未婚妻准点来参加。”

眨眼工夫，女朋友上升为未婚妻。冯依云气得要死，一挥手把桌子上的东西全都推到地上。她的助理听到响声急忙走进来，被冯依云没头没脑地骂了一通。

多少年来，冯依云一直暗恋着万雪涛。在她眼里万雪涛是绝对的完美无缺，他那笔直的身材和迷人的脸庞，是何等的帅气潇洒。他穿西装时像个绅士，穿衬衫格外风流倜傥。他训斥人的时候像个严厉的将军；玩世不恭相当于顶级的幽默大师；他挥金如土的时侯，是那么慷慨大方高贵气派；而他目空一切、盛气凌人的样子，更令她心驰神往。

她朝思暮想有朝一日能成为他的新娘。可万雪涛偏偏不喜欢她，把心思全用在马金玉身上，铁了心非马金玉不娶。为此，无论她冯依云怎么努力都无济于事，万般无奈之下才出了国。原以为能在国外找个如意郎君带回来气气万雪涛，谁知曾经沧海难为水，在她眼里没有哪个男孩比得上万雪涛。

冯依云在电话里听母亲说，马金玉另有男朋友了，万雪涛正失魂落魄地逼他爹一趟又一趟去找马千里呢！这消息使冯依云精神振奋，放下电话就着手办理回国手续。那一刻她似乎重新看到了希望，自信除了马金玉没人是她的对手。

父母为这件事舍尽脸面上门求亲，万达两口子倒没什么意见，关键人物万雪涛却坚决不答应。为此，两家合计想用工作关系把他们绑到一起，谁曾想万雪涛这么快又交上女朋友了，而且是个端庄漂亮的女孩子。别看她穿着一身旧衣服，反而更显得清新秀气。

冯依云嫉妒马金玉尚有个度，因为马金玉对万雪涛一直很矜持。今天亲眼看见两个活宝相拥而立，亲亲热热推推搡搡地打情骂俏，让她怎么受得了？特别是万雪涛眼神里流露出来的幸福，更令冯依云嫉妒得发狂。

望着麦妮远去的背影，冯依云心中涌起一股来路不明的懊恼与仇恨。

43

江凯观察了好几天，发现儿子变得越发讲究起来，即使上班快迟到了，也要挤时间在镜子前照来照去。江凯心想，儿子怕是谈恋爱了吧？也不知女孩是谁家的，长什么样，性格好不好？当然这些并不重要，重要的是儿子喜欢就行。

江小洁既没分到办公室工作，也没去室外干修理工，而是分到邻乡一个营业部。

比起戚三的儿子他的运气挺好，那孩子分去干修理工，干了两天活累得吃不消，就主动要求回学校读书了。听戚三说，儿子回校后好像变了个人似的，学习可用心了。真正是塞翁失马，焉知非福。

这天傍晚，江小洁愁眉苦脸地回到家里。老江见状吓了一跳，问了半天才听明白，儿子的女朋友被曹校长的儿子抢走了。

江凯摸不着头脑："你才上了几天班，我怎么不知道你有女朋友？"

"是去局里报到那天认识的，女孩大专毕业，人长得非常漂亮。培训班上我俩一起学习，后又分在一个营业所，上下班她常坐我的摩托车。我原本以为我们的关系会越来越好，谁知她昨天调到分局办公室去了。"

"调到办公室又不是调空间站去了，值得你这么沮丧吗？"

"今天我去找她，她说人往高处走，水往低处流。她还说，贫贱夫妻万事休……"

老江看着儿子哭丧的脸，忍不住深深叹了一口气。儿子小时候就烦恼不断，原以为长大会好些，哪知长大之后更难缠。

说起来儿子年龄也不小了，该帮他成个家了。可是自己家境寒酸，没有积蓄不说，就连房子都是租来的。穷成这样，条件好的姑娘哪肯嫁他呀?

俗话说，只有剩饭剩粥，没有剩儿剩女。凭儿子的相貌和工作，找个门当户对的应该不难。可问题就出在这儿，儿子两眼只朝上面看，一点不肯将就委屈自己，说到门当户对，口气和那女孩如出一辙。

这事比较棘手，看来得找大伙儿帮忙介绍，也许能找到一个适合儿子口味的。

朱大炮说："咱金马厂女孩倒是不少，配得上你儿子的并不多。依我看麦妮倒是不错，人长得漂亮，性格脾气也挺好。"

老江笑道："她哪看得上我儿子？就我目前掌握的情况，追她的人足有一个班，而她好像并没打算嫁人。"

戚三说："和麦妮同住的田甜也不错，跟你儿子挺般配。"

老江眼睛一亮，那倒是挺般配。真不愧是三麻子，点子出得不错!

江凯想了想对他说："我先回家征求儿子意见，他要是愿意就请你家夫人出面撮合一下？"

三麻子笑道："行。她这方面有特长。"

江凯回家问了儿子，儿子此刻对谁都不感兴趣，口口声声说他今生只钟情于那个女同事，让父亲找人帮忙去做通她的工作。

任凭老子劝说了半天，儿子就是不改初衷。

其实江凯已作过调查，明知没有挽回余地，却不忍心把实情讲给儿子听。据戚三家儿子讲，那女孩起初挺看好江小洁，相处了两个月发现江小洁家庭经济条件不好，爸爸是个打工者，所谓的工程师还是十年前的事。如今这车间主任，充其量是个机器维修工。所以她宁可和相貌平平、家境富裕的曹赣谈朋友，也不愿意跟着江小洁过穷日子。

江凯不舍得刺激儿子，只能婉转地劝他："依我看你俩只是同事关系，还不能算作谈恋爱。女孩和曹校长儿子交往，那是她的自由，谁都无权干涉。"

"可我喜欢她呀，我绝对不能失去她。万一她被曹赣夺去了，我会难受死的。"

江凯苦笑道："你是成年人了，有些事得学着自己解决。此前，你大事小事都由我包干，就连系鞋带也由我帮你系到上中学。恋爱这种事强求不得，一定要两相情愿才行。"

儿子仍旧纠缠不休，江凯无法可想，只好把话挑明了。

儿子两眼发直在饭桌前坐了好半天，才满脸愁苦地回房间睡觉。

江凯心里难受极了，不知如何消除儿子心中的痛苦。他独自走出家门，边走边想心事。

不知不觉来到食堂后面的篮球场，恰好林列路过这儿，两人便聊起空气压缩机修理的事。林列最近迷上了机械修理，一有空就跟老江学手艺。

谈了一会儿见老江愁眉不展，就问他碰上什么困难了。

老江对林列挺信任，特别喜欢他热情洒脱的性格，于是把儿子的事说了。完了深深地叹了一口气苦笑道："不成家终究是我的一块心病。工友们热心帮他张罗，可也得要他点头答应啊！否则我请人作介绍，他连个面都不愿见，那不是耍人家嘛！"

林列笑道："都什么年代了，还用别人介绍吗？找个机会让他们凑到一处，通过接触就知道有没有意思啦！你先别着急，下个休息天我帮你安排。"

老江听完这话满脸的愁容一扫而光，再三拜托林列帮他解决难题。

接连上了半个月班，才轮到一个休息天。晚饭过后，麦妮邀请田甜一同去食堂打扑克。田甜觉得挺意外，忍不住笑道："你个大忙人，居然有闲空打牌玩？"

"劳逸结合嘛！"麦妮边说边把田甜拉到门外。

林列安排麦妮和马金玉打对家，田甜和江小洁打对家。林列他们那桌有老江、马昭等人。

见了田甜，江小洁猜出八九分，爸说的那个女孩准是她。

打牌的时候两人配合默契，江小洁特意仔细观察，发现对方相貌不错，言谈话语也很得体。恰好两人是同届高中毕业，共同话题格外多些。分手时相互要了对方的手机号码，还约了下周一同看篮球赛。

回到家，江小洁一个劲地催父亲赶紧去把话挑明了："早点定下来，省得夜长梦多。"

老江见儿子相中田甜心里挺高兴，见儿子如此迫不及待又觉得太随意："依我看，先相处一段时间再谈定不定的事，凭你的感觉看对方是否适合你。婚姻是个严肃的事，认准了就得一心一意……"

"啊呀爸，这些道理我都懂。你抓紧帮我征求一下意见，别让其他人捷足先登了。"

江凯还想说什么，见儿子期待的眼神也不忍心再泼他冷水："我出面请人提亲就算是正式表态，到那时你可不能三心二意。"

"我知道。"

老江想找林列帮忙，又觉得不大妥当，那天他已亮明观点，说这种事不可急于求成。恋爱是两个人的事，一旦找到感觉自然会走到一起。

可儿子担心夜长梦多不想等待，老江只好去找戚三的老婆，求她帮忙做个媒。

田甜听戚三嫂这么一说，联想起那天打牌的情形竟有些不好意思，难怪江小洁老是盯她看，原来是在相亲呢。尽管田甜对江主任及他儿子印象都不错，但毕竟不太熟悉，哪能立刻点头答应呢。想了想说："我考虑考虑再给您答复。"

戚三嫂把这话告诉老江，老江觉得挺合乎情理。没想到儿子却特别失望，说她这是推托，拖延就是婉言谢绝。

江小洁苦着脸让父亲催戚三嫂再去说合，那副表情比上次失恋还沮丧。

田甜回宿舍把悄悄话跟麦妮说了，并且征求她的意见。

麦妮说："江主任人不错，估计他儿子也错不到哪去。你也不小了，又没个娘帮你张罗。既然他看中你了，不如先处处看，合得来成个家也好了却你爹的心愿。"

星期天，戚三嫂买了一袋水果带着田甜来到江家。江凯满脸喜色地把她们让进屋，倒茶拿糖果十分客气。

江小洁从房间里走出来，西装革履打扮得整整齐齐。

戚三嫂说："好一个帅哥哎！"

江小洁和田甜对望了一下，脸憋得通红。

寒暄了一会儿戚三嫂站起身说："你们谈吧，我得回家煮饭了。"

老江留她吃饭也没答应。田甜为难地拉住戚三嫂，表明她不想一个人留在这里。对方拍了拍她的手背跨出大门。

田甜正打算跟着出去，被江小洁一把拉住，转身走进自己的房间。不一会儿，里边传来说笑声。江凯长长地舒了一口气。谢天谢地，幸福终于降临到儿子头上了。

隔了两天，田甜再次应邀来到江家，江家父子照例热情得不得了。从这天起，她不再需要老江邀请，常和江小洁同进同出，俩人有说有笑非常亲密。

见儿子与田甜确立了恋爱关系，老江悬着的一颗心总算放下来了。

44

万雪涛要求麦妮上午八点代替他参加董事会，麦妮担心迟到罚款便早早赶到海城宾馆。

走进董事长办公室，见里边没人急忙退到门外等候。冯依云的助理捧着文件走过来，麦妮才知道今天的会议在二楼会议室召开。

室内那一人多高的大座钟嘀答嘀答地响着，时针指向九点股东们才陆续到齐。明明是九点开会，可恶的万雪涛却通知她八点报到，这家伙一天不捉弄她就浑身不自在。

椭圆形的桌旁围坐着十几个人。参会人员干坐了十来分钟，董事长冯依云才迈着猫步走进来。她今天打扮得很高雅，有点像中世纪的英国贵妇。

冯依云面带微笑，扫视完到会成员的脸说道："对不起，开会之前我有个小插曲，我要亲自破一个案子，一桩说小不小、说大不大的窃案。"

在坐的人一下子挺直腰板，好奇心驱使他们集中起全部注意力，全神贯注地盯着董事长鲜红的嘴唇。

冯依云说："我的一支笔突然失踪，经过缜密探查基本确定案犯是谁。我本着治病救人原则先给她一个自首机会，让她坦白从宽，她若不珍惜这次机会，那就只能抗拒从严了。"

在座的人有些莫名其妙，不就是一支笔吗？干吗小题大做！

麦妮和其他人一样觉得不可思议。

冯依云清了清嗓子接着说："我们这里混进了不相干的人，她是个什么货色我们还不够了解，所以我友情提醒大家一定要提高警惕！"

麦妮听得出冯依云的弦外之音，有道是清者自清，犯不着和她争辩。

冯依云见对方无动于衷就说："麦妮你看见我的笔了吗？"

麦妮摇摇头说："我带笔了。"

冯依云冷笑道："你带笔并不代表没拿我的笔！我发现你的神色挺可疑。"

麦妮哭笑不得地说："你……你怎么能这样啊？堂堂一个老板凭什么不尊重人？"

冯依云喊道："我怎么样啊？像你这种人值得我尊重吗？你想让我尊重一个穷疯了的，成天惦记富人钱袋子的人吗？"

有人听不下去就小声嘟囔："捉贼捉赃，又没看见人家拿，干吗咄咄逼人？"

还有人说："她醉翁之意不在酒。自己婚姻不如意，看见别人诸事顺当她就浑身难受，嫉妒心像锋利的刀子……"

冯依云觉察到在座人的不满情绪，只好自找梯子下台："算了，今天先不谈这个，我们抓紧时间开会。"

麦妮赶紧翻开笔记本，万一疏漏了会议内容又得扣钱。再扣几次这个月又白干了，欠下的债哪天才能还完？

餐饮部经理讲完他的合理化建议，上午的会议就结束了。

麦妮合上笔记本朝冯依云的席位看去，不知何时她已离开会场。

路过董事长办公室，麦妮突然生出一个念头，她想告诉冯依云，自己从未见过那支丢失的笔。她还想申明一下，尽管她很穷，但绝不会拿不属于自己的东西，更不可能惦记富人口袋里的钱。

离董事长办公室还有两米远，就听见冯依云的叫嚷声："只有麦妮一个人来过我办公室，这是事实！我的笔没有了也是事实！在座的人谁都没有声辩，唯独她跳出来表白。她没拿紧张什么？激动什么？"

一时间麦妮觉得全身的血直往头上涌，没打招呼就推门走进董事长办公室，理直气壮地说：“你凭什么无中生有，无事生非……”

“分明是你做贼心虚……”

麦妮喊道：“你贼喊捉贼！可恶的无赖！”喊完抓起桌上的一杯水朝冯依云的脸上狠狠泼去，然后砰地放下茶杯转身走出大门。

冯依云尖叫着用衣袖抹去脸上的水：“万雪涛！这就是你的女朋友、未婚妻？简直是个泼妇！暴徒！太没教养了，竟敢公然行凶……”

万雪涛哈哈大笑说：“这就是你所谓的贵族礼仪？看来我真该离你远点儿，万一哪天你也冲我来个贼喊捉贼，我可没有麦妮度量大，说不定倏地一下你就命归黄泉了。”万雪涛夸张地做了个手势扬长而去。

麦妮觉得自己的心在滴血，最近这段时间一桩接一桩倒霉事，劈头盖脸地往她身上砸，压得她喘不过气直不起腰，几乎到了崩溃的边缘。

麦妮漫无目标地朝前走，不知不觉又来到河滨花园的石阶旁。记得第一次来这里的时候，心里充满了希望和幸福。那时她还不知道林列和马金玉的关系，还在憧憬着美好的未来。记得那天她和林列一同沿着林中小道，来到石阶的最底层，发现这儿不但幽静而且风景秀丽，还可以近距离看水里游动的小鱼。从那之后她遇到烦心事就会来这里坐坐，大喊一、二、三，加油！心情就会自然而然好起来。

此刻，麦妮沮丧地坐在石阶上，任凭伤心的泪水顺着脸颊流淌。一只苍蝇停在腿上，被她使劲一拍就飞走了。她觉得自己也如同一只被人追打的苍蝇，没有目标地四处乱窜。只不过追打她的不是人，而是看不见摸不着的命运。

麦妮使劲喊了两回一、二、三，加油！效果都不大，胸口像塞了一团乱麻似的堵得难受。回想起自己的失败和不顺当，麦妮忍不住放声大哭。

这时，马千里恰好从水泥道上路过。他也有这样的习惯，烦闷时喜欢来河滨林荫道上走一走。刚才沿着公司门前的大路往西走，不知不觉就走了这么远。

听见哭声他连忙跑过来，没想到竟是麦妮那个野丫头。

马千里摇摇头走开了，他能够想象麦妮为何躲在这儿哭，十有八九因为失恋。最近一段时间金玉和林列恢复关系，麦妮知道自己再也没有机会了，所以才哭得如此伤心。

马千里不以为然地沿着大路向东走去。

麦妮哭了一阵觉得心里好受多了，用手捧水洗了洗脸准备回厂吃午饭，车间里还有好多活儿等着她干呢。没想到刚站起身就有一只手拍在她肩上，回头一看竟是万雪涛。

“哎，你这家伙！找得我眼冒金星……”

麦妮心想，完了，今天彻底砸锅肯定要扣钱。管它呢，扣光拉倒，反正我也倒霉透顶了。

万雪涛从麦妮红肿的眼睛上看出她刚哭过，当即动了恻隐之心：“好了，别再难过了。你今天表现不错，称得上女中豪杰巾帼英雄。你抓起茶杯手腕这么一转，连茶带水泼到那家伙脸上，动作潇洒命中率极高，真是太精彩了！哎，我没料到你有那么超凡的胆量和勇气。”

麦妮心想，你就使劲讽刺吧，想怎么挖苦就怎么挖苦，反正我也沉到底了，还怕什么呀。

万雪涛继续说：“鉴于你工作主动积极，大胆优秀，我为你颁发刚正不阿勇斗恶魔特别奖，一次性奖励人民币六百块。”

麦妮怔住了，猜不透这家伙的话是真还是假。她不相信好事会落到自己头上。直到万雪涛重复了一遍，她才将信将疑地问：“真的？”

“当然是真的，军中无戏言。”

麦妮热泪盈眶，这不仅仅是六百元奖金的问题，说明老板还是信任她的，没有被冯依云的谎话所迷惑。她感激地看着万雪涛：“老板谢谢你！我真心实意地感谢你……”话没说完已是泪流满面。

万雪涛受对方情绪感染，情不自禁地一把搂住麦妮忘情地说：“快别伤心了，否则我会很难过。麦妮不用再担心，从今往后我会保护你。”

这句话听起来很耳熟，第一次听林列说的时侯，她曾感动得热泪盈眶。此刻再听相同的话，反倒觉得刺耳和滑稽。为什么男人都喜欢说些言不由衷的话？见万雪涛动手动脚就使劲摆脱他的手说：“我不需要别人怜悯，也用不着你保护。”

虽说万雪涛习惯以耍人为乐，但刚才那番话并没有耍弄麦妮的意思。难得一回真情流露，对方却毫不领情，把他的好意当成烂草鞋一甩手就扔掉了。

遭人拒绝的滋味并不好受，万雪涛尴尬得下不来台便玩世不恭地说：“行！你还算聪明，一眼就看透我只是趁人之危寻开心而已。我又不是你的保镖，干吗要保护你呀？”

麦妮斜了他一眼在心里骂道：“趁火打劫的家伙！你和冯依云斗来斗去，拿我夹在中间受冤枉气。那富家千金之所以设计整我，还不都是因为你。”

万雪涛瞄了麦妮一眼说：“你眼珠转来转去，又打什么鬼主意？”

见麦妮不吱声就自我解嘲道：“好了，还是公事公办吧，明天是星期日，跟我去省城出差。”

“干什么？”

万雪涛冲麦妮喊道：“当然是工作啊！你光拿工资不干活怎么行？记住：一，要注意衣着；二，不能迟到。”

麦妮嘀咕道：“放着正经工作不去做，成天四处游荡无事忙。”

“什么？你能不能大声点？”

“我说你太敬业了，连星期天都不休息。”

万雪涛忍不住笑起来：“笨蛋！对口型都不会。今天饶你一回，从现在起不允许你自言自语，否则……”

麦妮喊道：“扣钱！”

45

冯依云被浇了一脸茶叶水顿时大惊失色。原想让麦妮出出洋相知难而退，没想到精心设计的圈套变成偷鸡不成蚀把米的闹剧，反而把万雪涛推得更远了。

她伤心地哭了一会，抓起电话向马千里告状，添油加醋地诉说麦妮如何欺负她，并要求金马公司辞退那个目中无人的野丫头。

马千里放下电话吃惊得半天没动弹，好一个谈情高手啊，刚丢下林列就去勾引万雪涛。麦妮这丫头真是太神了，和聊斋里的狐仙差不多，想迷住谁就能够迷住谁，简直是无法无天。

天全黑了，仍不见女儿下楼吃饭。冯桑丘心里酸酸的，有心帮女儿却找不到有效办法，该做的工作都做了，万达那边只管拖延应付。看来这事没希望了，必须让女儿接受现实。天涯何处无芳草，没必要吊死在一棵树上。

冯桑丘走上楼，女儿一见父亲就委屈得放声大哭。原本想劝女儿面对现实的话，此刻一句都说不出口了，他好说歹说才把女儿劝到餐厅吃饭。

张小莹见女儿垂头丧气的样子，心里别提多难受了。她不止一次劝过女儿：女人家找丈夫首先要找善良厚道的，找真心爱你的人。他若不真心待你，即便走到一起也是同床异梦。

女儿反驳道："爸爸真心爱你才结了婚，你能保证他爱你一辈子吗？不能！

我想要的不是结果而是过程，即便这个过程很短暂。我只想证明自己的实力，想要得到的就必须拿到手！”

面对女儿的回答张小莹无言以对，女儿的想法是对是错她也说不清楚。

当初冯桑丘追求自己，你能说他不是真心吗？时过境迁他的身份变了，经济状况变了，对女人的看法和追求也变了。正如别人所说：这世上多数夫妻能够同患难，却不能共富贵。人一旦有钱就会发生质的变化，男人尤其如此。

父母关系很特殊，冯依云比谁都清楚，他们住在一起却同床异梦。父亲坐牢，母亲托关系花钱办了保外就医，其实那点夫妻情分早已名存实亡。在外人眼里两口子恩爱有加，离开外人的视线便是冷若冰霜。当年他们确实相爱过，随着父亲一次次出轨感情便逐渐消亡了。

冯桑丘和裴兰草勾搭了两三年，张小莹都没发觉，直到黎丽的绯闻传来她才如梦初醒。丈夫用钱转移她的视线，分散她的注意力，等她获悉实情为时已晚。

那年秋天，前进机械厂招聘了一批大学生，女孩里边要数黎丽最为出众。冯桑丘为了多看她几眼，光见面会就召开了两次。

冯桑丘最得力的心腹名叫尤尔，因擅长寻花问柳而深得冯桑丘喜欢。他深知主子的意图，主动出面将黎丽安排到厂长室工作，并多次提供他们单独出差的机会。

冯桑丘带着黎丽出了两趟差，发现对方特别拘谨，这反倒吊高了他的胃口。

面对如花的美色，冯桑丘垂涎三尺却不能如愿，心里好不烦躁！

尤尔的小聪明在这些方面尤为突出，他借参加广交会之机忙前忙后做策划准备。

一行人住进宾馆，尤尔当着黎丽的面向冯桑丘报告，说省外贸公司两位科长要同去广州，补办的飞机票是后天的。他提议布置展厅的人先走，黎丽和厂长只能在宾馆滞留一天。

拙劣的表演使黎丽的心情变得极为复杂。面对厂长无微不至的关怀她很感激，但绝对没有感激到以身相许的地步。

第二天早晨，该走的人都走了，留下的两个人各自心怀鬼胎。

晚饭过后，冯桑丘走进黎丽的房间，似笑非笑的脸上写满了不怀好意。黎丽从对方的眼神里读懂了意图，顿觉浑身不自在，那迅速涌上心头的惧怕里夹带着几分厌恶。

尤副总临走时曾规劝过黎丽，不要把自己搞得太过死板，过分追求完美的人结局不会好。言下之意要么一顺百顺，要么连好点的退路都没有。

深夜，房间里静悄悄的，这种安静让黎丽更加心烦意乱，脑袋里好像灌满了糨糊。等她强迫自己镇静下来好好考虑退路时，机会已经没有了。

冯桑丘看着黎丽如花般的容貌，心底蕴藏着欲望的火种。当火种变成火苗的时候，他的目光变得柔软而有黏性，像动物的舌头在黎丽的胸口处一寸一寸地舔着。

黎丽受不了对方的目光，本能地躲闪回避。

面对黎丽的软抵抗，冯桑丘不想轻易放弃猎物，他死乞白赖地缠着黎丽，向她表白难以自持的爱心，允诺她丰厚的钱物及辉煌的前途，他说："你想要多少钱，我都可以满足你。如今的社会有钱就有一切，钱能通神，钱能让你随心所欲……"

面对诱惑黎丽反应不大，只管阴沉着面孔不说一句话。

失望之下，冯桑丘的脸色开始多云转阴，阴沉沉的神情看上去特别严厉。

黎丽格外紧张，她扫视完房间又看了看阳台。这是一处关上门几乎与世隔绝的地方，不过她要想强行离开，冯桑丘也拿她没办法，他总不至于强暴她吧。

可是尤副总说得很明白，谁要是违背冯桑丘的意愿，谁就会变成臭狗屎。到那时，只怕连哭的地方都没有。他还举了一个例子，说文件收发员小陆得罪了冯厂长，厂长动动嘴皮，一句话差点把她的命整没了。

黎丽不相信一句话能杀人。

尤尔笑道："冯厂长开大会的时侯说：'如果有人偷东西我决不轻饶她，哪怕只是一分钱我也要追查到底。’就这么一句话，他的目的就达到了。”

“为什么？”

“因为冯厂长说这句话的时候，目光直射陆沁春，至少在她脸上停留了两秒钟。到会的人随着厂长目光，刷地一下把视线全都转到她脸上。

“小陆当场就晕了，事后找厂长表白，说她从没拿过别人一针一线。

“冯桑丘笑道：‘我又没提你名字，你多什么心啊？’

“第二天，路过陆沁春身旁的人突然多起来，相互说着诸如物件被偷之类的话，说完便盯着小陆脸上看。他们从这张脸上验证了裴兰草的话：只要当着陆沁春面提偷字她一准脸红……

“一拨接一拨的人在小陆面前重复表演，她想解释却不知道从何说起，没人告诉她谣言来自哪里。尽管她心里明白厂长正在报复，但无人帮她作证，空口无凭她又奈何得了谁？”

黎丽被吓住了，尽管她不清楚收发员因何得罪了冯桑丘，但她明白一厂之长的权力，将一个弱女子逼到了自杀未遂的地步。

古往今来，利用权势害人的事例很多，冯桑丘就属于不达目的不罢休的那类人。在前进机械厂这方土地上，他想加害谁易如反掌，而且手段巧妙不留下任何把柄。

看来今晚难逃魔爪。服从他将颜面扫地，不服从他则颜面全无。权衡利弊之后黎丽决定放弃反抗，好歹挨过今晚这一场劫难。

荒唐的决定让黎丽立竿见影地自食了苦果，至于她想一次性地打发冯桑丘，那更是一相情愿的事。尽管对方属于剃头挑子一头热，但只要他这头不降温另一头不热也不行。

裴兰草异常恼火。此前，冯桑丘也曾另觅过新欢，但从未将她排斥在外，因此，只要她玩弄一下手腕，那些女人与冯桑丘的权色关系，全都像萤火虫的屁股亮不了几天就熄火了。这次艳遇迥然不同，冯桑丘陷得太深，居然连她的话都听不进去了。

裴兰草气得要命，连使几招将黎丽彻底搞臭。

人们用鄙视的目光看着黎丽，骂她是骚货狐狸精，骂她要钱不要脸……

不过，事物总有其两面性，既然有人唾弃黎丽放荡不要脸，就有人去开发利用这种关系。

黎丽刚被一帮人整得晕头转向，又被另一帮人捧上了天，他们使尽浑身解数讨好黎丽，然后向她提出各种各样的要求。面对热情洋溢的工友们，黎丽不得不向冯桑丘开口，那百分之百的命中率使黎丽顿时身价百倍。

这种结果完全出乎裴兰草意料，原本只想搞臭黎丽，没想到竟然把她给炒红了。没办法只好加大力度继续炮制谣言，越发把黎丽妖魔化了。但这丝毫不影响黎丽的追随者队伍，像吹气球似的迅速膨胀壮大起来。

怒火中烧的裴兰草使出最后绝招，直接把火烧到张小莹的阵地前。

传闻穿过层层屏障飘进张小莹耳内，她震惊的表情就如同见到她死去多年的爹。

面对传闻张小莹不愿相信，她决定亲临现场进行实地考察。于是，在深秋的一个下午，她来到丈夫奋斗了十来年的前进机械厂。

张小莹选中的采访对象名叫陆沁春，那会儿她刚从医务室开完药回到办公大楼，恰巧在楼梯口碰上了第一夫人张小莹。

小陆好久没笑过了，此刻强作欢笑看上去有点儿像哭。

那天傍晚她猛地推开小会议室门，随后一个弹跳逃之夭夭，从那时起她一直为自己闯下大祸而担忧。谁知一事未平一事又起，有人发匿名信告了冯桑丘，市纪检委派人下来调查。

消息传到陆沁春耳朵里，她的第一反应就是开溜。谁知，刚跨出大门就被人喊去了。她极不情愿地走进会议室，从头到尾没说几句话。工作人员见她提供不了情况，就让她走了。

陆沁春探头探脑地走出会议室，恰巧撞见裴兰草。当她慌乱的眼神与裴兰草仇视的目光接触后，陆沁春仿佛一下子跌入了十八层地狱。

裴兰草料定陆沁春在调查组说了她和冯桑丘的坏话，否则她用不着探头探脑躲躲闪闪。

人有各种念头和想法，每一种不良想法都可能导致犯罪，每一个坏念头都可能伤及无辜。

第二天，陆沁春去厂长室送文件，冯桑丘面色冷漠眼露凶光，她的心一下子提到喉咙口。

担惊受怕了好几天，最终未能逃过冯桑丘大会上那一句话。这句似是而非的话，对她来说不亚于灭顶之灾。

陆沁春生病了，睡眠不好还经常呕吐，厂医也弄不明白她究竟得了什么病。

她的病越来越严重，耳朵里不停地响着冯厂长那句话；眼前晃动着裴兰草、二乱子、尤尔、黄天霸等人凶恶的面孔。有时她整晚失眠，开动脑筋寻找还自己清白的好办法；有时她刚睡着就被噩梦惊醒，醒来就仔细回想整件事的来龙去脉，想自己该如何去辟清谣言。

可她最终还是放弃了，她发现仅凭自己一张嘴，根本堵不住飞短流长的谣言。她精疲力竭彻底累了，与其劳而无功不如彻底休息吧！

幸好那天抢救及时，否则她已不在人世了。

此时此刻，当温文尔雅的张小莹想与她促膝谈心时，陆沁春感动得直想掉眼泪。那种感觉，就如同失散多年的地下党员重新找到组织一样。

张小莹拉住小陆的手，表示要和她交朋友。

惊人的喜讯使陆沁春一下子从地狱跳进天堂。可是，当张小莹说明来意之后，陆沁春立刻又从天堂掉回地狱。她太怕惹事了，一想起冯桑丘和裴兰草凶狠的目光，那不寒而栗的感觉便占据全身。

张小莹正是从陆沁春躲闪的眼神里看出了蛛丝马迹，从而激起她一追到底的决心。通过努力，她终于掌握到一手资料。

张小莹专程前来调查丈夫的外遇，却无法接受调查结果。她怀揣丈夫的秘密离开前进厂时，双脚似乎飘离了地面。当她将自己摔进家中长沙发上，居然连怎么回的家都记不得了。

这一晚，张小莹耍了她有生以来最厉害的一回泼，她把桌上的茶具奋力推到地上，哗啦一下杯子茶壶各奔东西。这套精美瓷器具有一定的纪念价值，它是冯桑丘用公款为家中添置的第一件物品。

冯桑丘挨了张小莹一巴掌，心里反倒轻松了许多。就像当年父亲在赔偿朱一亮医疗费的时候，听到儿子偷小刀的噩耗一样。父亲绝望地朝儿子挥起拳头，那重重的一拳打掉了冯桑丘所有的顾虑。

当张小莹式的暴风骤雨过后，冯桑丘反倒坦然了，他终于卸下压在心里很久的大石头。就如同一则故事里讲的，说一个犹太人躲在阁楼上，成天提心吊胆害怕被纳粹抓住，但他最终没能逃过德国鬼子的魔爪。出人意料的是，他被抓住的那一刻反倒不害怕了，因为他至少不用再为被抓的事情担惊受怕。

张小莹从绝望中活转过来，便彻头彻尾看透了口口声声称深爱自己的丈夫。

同一天晚上，陆沁春吃下一整瓶安眠药，在办公室里结束了她柔弱的生命。

黎丽前去吊唁，她在花圈上写了一行字：玉洁冰清，脆弱易碎。

从殡仪馆回来黎丽就消失了，有人说她攒足美元港币去了美国；有人说她回老家开公司了；还有人说她因婚姻屡遭破坏愤而自杀。反正从那之后，前进厂的人再也没有见过她。

46

麦妮那天穿着厚绒衣外出，嫌热又回宿舍换衣服。在万雪涛那儿兼职需注重衣着，可她又没几件像样衣服。马金玉有心想帮麦妮，便在自己的衣橱里选了几套衣服和裙子，随后打电话让麦妮过来。

麦妮干完活回到宿舍，正好接到马金玉电话，不知有何要紧事就急急忙忙赶过去了。

金玉热情地拉着麦妮的手说："我想麻烦你帮我试试衣服。这几套衣服买的时候感觉挺好，穿起来怎么看都觉得别扭，你穿上让我看看问题出在哪儿？"

麦妮每穿一套就站在穿衣镜前打量，无论哪件衣服都非常好看。

马金玉笑道："难怪人说鞋不争分衣不争寸，这衣服穿在你身上多合身啊！看来衣服本身没毛病，是我嫌小的缘故。"说完提议麦妮把衣服带回去，省得挂在橱柜里占地方。

麦妮明白这是马金玉的良苦用心，是她的一番好意。两个人的身材原本差不多，不可能因为嫌小才送给她。既想送人衣服还要考虑接受馈赠人的自尊心，可见她的良苦用心。

麦妮笑着说："我正盘算要买衣服呢！要不我把买衣服的钱给你另买，正好两全其美。"

马金玉满口答应说："好，下次咱俩一起去省城，我让你掏钱帮我买件衣服怎么样？”

“行！”麦妮觉得与马金玉相处的机会虽不多，但每次她都让人感到很舒服。她的关心体贴，使人从心底里生出亏欠她的感觉。在林列的问题上她俩是竞争对手，但麦妮丝毫没有怨恨过她。尽管林列从未向麦妮表白过什么，但她心里有数，假如马金玉不出现，她和林列有可能走到一起。而此时此刻，麦妮真心希望马金玉幸福，希望林列全身心地永远爱她。

第二天早晨，麦妮在约定地点等了一小时万雪涛才到。

当麦妮穿着漂亮时装出现在汽车前，万雪涛张口结舌地怔住了：“哇！深藏不露啊！想不到你一打扮，还真有几分人样！”

麦妮瞪了对方一眼说：“迟到一小时还不忘损人。”

“哎，你胆子越练越大了，竟敢指责上司迟到。”

麦妮坐进车里直打哈欠，早知道七点才走就该再睡一小时。昨晚和江主任、朱师傅送一个产妇去医院，直到后半夜才回宿舍休息。

万雪涛说：“你这人除了吃就是睡，我怎么越来越觉得你像那个什么……”

“你来点儿创意好不好？满脑子除了损人就没别的，昨晚我十二点半才睡……”

万雪涛拿出一盒小笼包：“我就知道你睡懒觉来不及吃早饭，所以多买了一份。”

麦妮没想到，这家伙除了爱拿别人开涮，还知道体贴下属。她一边吃一边认真地说：“老板，今天干什么活你尽管吩咐！”

万雪涛等麦妮快吃完时喊道：“你怎么全吃光啦！真是食肠大如牛哎！两个人的早餐装进你一个人肚里了。幸好合同上没写包吃包住，否则我非破产不可。”

麦妮一愣，发现万雪涛故意捉弄她就喊道：“你不挖苦别人就活不了啦？总共才二两包子，小气鬼！”

来到省城，万雪涛将车开进停车场，俩人步行走到新华书店门口。

麦妮问：“万老板，我今天的工作是……”

万雪涛受惊地睁大眼睛，一脸愁苦地说：“你喊什么万老板呀？我还以为老爷子来了呢！提起老人家我就像得了绞肠痧。真扫兴，蛮好的心情被你一声喊叫全破坏了。”

麦妮心想，这家伙也惧怕人，我还以为他天下无敌呢。下次他再捉弄我，我就让他想起凶神恶煞的爹，让他扫兴得像霜打的茄子。想象着万雪涛沮丧的鬼样，麦妮忍不住笑出声来。

笑了一会儿突然想起自己的爹，就再也笑不起来了。在这一点上她和万雪涛有同感，只要一想到爹准没好心情，没想到这么霸道的家伙居然也摊上个厉害的爹。

万雪涛见麦妮的笑脸瞬间阴沉下来就喊道：“你一会儿笑一会儿恼，你是神经病啊！”

麦妮同情地扫了万雪涛一眼，心想，看在你也有个恶爹的份上，我让你一点行不行。

两人边说边朝前走。麦妮看见路边跪着一个妇女和她三岁左右的小孩，就走上前询问情况。女人说她带孩子进城看病，在公共汽车上钱包被偷，连回家的路费都没有了。说完朝麦妮磕了两个头，求她发发善心帮帮母子俩。

万雪涛猜想，这女人准是从服装上判定麦妮是个有钱人。其实她哪知道，这个有钱人连碗面条都舍不得买，要想伸手乞讨穷人从牙缝里省下的钱，简直是异想天开！

令万雪涛深感意外的是，麦妮毫不犹豫地从包里拿出五十元钱递给那妇女。

万雪涛急忙将麦妮拉到一边说：“你真是傻瓜，这类骗子多得很，你给得过来吗？只有你才相信这种骗人把戏。”

麦妮说骗子肯定有，但不是所有要求帮助的人都是骗子。从母子俩脸上能够看出，他们至少两顿没吃饭了。说完走到妇女面前，把五十元钱塞到她手上。

女人感动得流下泪水，接连磕了好几个响头。

万雪涛冲麦妮笑道："你真是穷大方，自顾不暇居然还倾其所有。"

麦妮表情严肃地说："正因为我自顾不暇，才知道孤立无援是多么痛苦的事，才会尽自己微薄的力量能帮就帮别人一点儿。"

万雪涛似乎有所触动，第一次没和麦妮抬杠。他转身来到附近的食品店，买了面包和水放在母子俩面前。

女人感动地拉过孩子使劲谢个不停。孩子抓过面包大口大口地咬，噎得两眼直瞪，急得他妈又是喂水又是拍背。

麦妮说："这世上毕竟是好人多，易老师、马金玉、林列、马昭、田甜，还有车间里的师傅们全都乐于助人。其实，对于有能力的人来说，帮助别人只是举手之劳，但对于被帮助的人就大不一样了，有时甚至能改变他们一生的命运。"

万雪涛听得很认真，表情中少了一贯的玩世不恭，难得的严肃使麦妮觉得挺陌生。

询问过母子俩家住哪里，万雪涛和麦妮将他们送到车站，并且帮他们买好回家的车票。那妇女千恩万谢，不停地想给他们磕头。

车快开了，万雪涛从钱包里抽出三百块钱送给那女人，她死活不肯要，反复说："你们帮我买来车票我等于到家了，再要你们的钱我还是人吗？恩人哪！我娘俩会感谢你们一辈子！"

这件事对万雪涛触动很大，唤起他内心深处的良知。一次微不足道的善举，使他收获到少有的快乐和满足。难怪有人说，帮助别人就等于帮助了自己。

回海城途中，万雪涛常会情不自禁地盯着麦妮看，眼前这个不起眼的小丫头深深吸引了他。

→195

47

晴朗的日子，人的心情会一下子变得很好。

麦妮吃完早饭就赶来上班了，她首次对咖啡店生出无法言说的亲切感。

万雪涛一见麦妮就兴奋地说：“恭喜你立功受奖的机会到啦！”

“我可没那个好福气，不被你罚款就求之不得了，哪敢奢望获奖啊！”

“你能改变浮躁的心态是件好事，这说明你成熟了。此前你一心想立功，却忘记欲速不达的道理，反而容易把事情搞砸，到头来事与愿违鸡飞蛋打，扣罚工资也就在所难免了。”

麦妮不服气地说：“反正标准都是你一个人定……”

万雪涛神情严肃：“麦妮，你敢于反驳上司，说明你有勇气这是好事，强将手下无弱兵嘛！可是你不能无视领导的政策水平，从而降低领导的威信。懂不懂？”

“懂啦！”

万雪涛满意地点了点头，开始布置今天的工作。

麦妮心想，只要不和冯依云打交道，随便干什么活都行。可是，没等万雪涛宣布完毕她就喊起来，说自己绝对无法胜任这项工作。要她扮成女朋友去见他父母，比起跟冯依云打交道难度更大。麦妮说：“你父母见了我，保不准会当场气晕。”

万雪涛说："请别妄自菲薄！当然了，你具有自知之明这一点很好，但你不能知难而退啊！这项工作含金量很高，要能圆满完成任务，离你还款之日也就不远了。到那时你不必每天都来报到，星期日还可以休假。"

"可是……"

"可是什么呀？刚才还夸你勇气倍增呢！一旦真刀真枪上了战场，你就只想着当逃兵。"

麦妮神色紧张地说："我觉得这么做好像在合伙骗人……"

"你懂不懂什么是善意的谎言？我们将用善意的谎言，拯救一位被包办婚姻毁灭的优秀青年。"

见麦妮有点儿动心，万雪涛继续动员说："这项工作并不如你想象中那么困难。你只要跟在我身后跨进家门，既不需要自我介绍，也不用你刻意表演。亮相完毕我会尽快安排你撤退，整个工作就顺利结束了。"

麦妮站在原地冷静地思考着，既能帮他解围又能获得丰厚酬劳，倒是两全其美的好事。可是，一切是否如他所说却不得而知，这就像一个多元方程未知数太多，所以要问明白才行。

无奈雇主不想多作解释，雇员就坚持不去。

万雪涛没辙了，只好公开他爹制定的约法三章，半年之内他谈不到合适的女朋友，就必须跟冯依云订婚。万雪涛被爹追烦了，不得已才请麦妮客串一把，上门亮个相，好让他的父母彻底死了娶冯依云的心。

麦妮一听说冯依云心里就凉了半截："老板，你还是饶了我吧！这个功我根本立不了。"

"你看看，又挑肥拣瘦了，不服从组织安排是要扣钱的！"

"扣吧，扣一百块钱我认罚。"

万雪涛生气地说："见死不救的家伙，早知你贪生怕死畏首畏尾，当初就不招你了。"

麦妮说："你当初招聘的可是杂工哎。"

“何为杂工？杂工就是杂七杂八的活都得干。你有同情心这很好，但你缺乏敢想敢为的革命精神。你的上司摊上一个凶神恶煞的老子，固执地包办他的婚姻。儿子想反抗，老子就要扒儿子的皮。你见死不救于心何忍？”

麦妮本想继续争辩，可当万雪涛说到老子要扒他皮的时候麦妮心软了。同病相怜使她不忍再坚持，横下一条心壮大胆子跟万雪涛走一趟。于是她认真说道：“答应两点要求我就干。”

万雪涛说：“行！只要你肯帮我渡过难关，什么要求我都答应。”

麦妮说：“第一，只此一次；第二，不承担任何责任。”

“这算什么要求啊！行，行，行！”万雪涛一高兴居然张开双臂打算拥抱麦妮。被麦妮使劲一推连着几个趔趄，万雪涛不但没生气还说了一连串的好话。

麦妮从未见过万雪涛对谁感恩戴德，第一次见他这副表情觉得很滑稽。

不知不觉两人拉近距离，麦妮从心里把对方当成自己的好朋友。

万雪涛带着麦妮来到一所豪华型别墅，突然两条大狼狗蹿到铁门前，麦妮吓得急忙蹲在地上。

“起来！快站起来！一点风度都没有，要是在战场上碰到两个敌人，你这胆小鬼肯定缴枪当俘虏。”

麦妮战战兢兢地站起来，心中忐忑不安，不知还有多大的危险在等着自己。

万雪涛拉着木讷的麦妮跨进家门那一刻，万夫人和万老板意外得两眼放光，难道这就是儿子的大学同学，省城某局长的千金？家境好人又漂亮，简直是完美无缺哎！难怪儿子不愿理睬冯家大小姐。

麦妮一直躲闪在万雪涛背后，直到万雪涛把她推到前边，她才看到万雪涛的妈妈。

她想开口叫伯母，又不知妥当不妥当，于是决定叫阿姨。还没来得及开口，万雪涛的妈妈已经亲亲热热地拉住她的手，眉眼都笑弯了。

“你就是麦妮吧！多好的孩子啊！”

麦妮看着万雪涛母亲满脸笑容，感觉一下子轻松了许多，一直绷紧的神经和肌肉顿时松弛下来。

万夫人一边喊人上茶，一边嚷着要亲自下厨炒菜。

麦妮说："阿姨您别忙了，我还有事得马上走。"

万老板说："有什么事先放一放，第一次上门无论如何吃了饭再走。"

麦妮甜甜的笑容令万夫人觉得格外亲切，好像凭空从天上掉下个女儿似的。她欢喜得合不拢嘴，满意得无法形容，只管拉住麦妮的手笑道："宝贝！来坐下跟我说说话。"

麦妮就温顺地坐到她身边。

万夫人亲切地拍着麦妮的手，发觉那双手十分粗糙。掰开来一看心痛地喊道："哟！这孩子的手怎么弄得破皮烂肉的？"

麦妮回答是搬运纸箱弄破的。

万雪涛连忙抢着说："她参加义务劳动把手搞成这样。"

万夫人脸上笑开了花："这样的孩子我最喜欢，不像别的干部子女娇生惯养。老万啊，没想到我家雪涛眼光这么好，找了个既漂亮又聪明，还能吃苦耐劳的好儿媳！"

麦妮的脸一下红到耳根，连忙申辩说："不是，我不是……"

万夫人瞪大眼睛一会儿朝麦妮看，一会儿又朝儿子看，生怕称心如意的儿媳会变卦。

万雪涛连忙向母亲解释："麦妮说她目前还只是我的女朋友，等结了婚才能算作你儿媳。"

万夫人松了一口气，心满意足地笑道："等什么呀？年底就把婚事给办了，我可巴望着抱孙子呢。"

麦妮事先没想到会出现这种场面。被儿子的谎言骗得团团转的老两口，此刻正乐得合不拢嘴，而自己却在这场骗局里充当了主角。可恶的万雪涛，专干拉人下水的勾当。

麦妮坐立不安如芒扎背。见万雪涛附和着要留她吃饭就站起身说：“伯父，伯母，对不起！我还有急事，真的要先走一步。”说着径直往门外跑。

万雪涛急忙跟了出去，留下万老板一个劲地责怪他夫人：“你心里再喜欢也应该掌握分寸，这样子还不把人家女孩吓跑啊！”

万夫人说：“我一见她就喜欢得什么似的，倒像是离家好久的亲闺女回到我身边，心里一高兴就都忘了。”

万达说：“你以为人家像你呀，没文化没修养。麦妮是大家闺秀，从小衣食无忧，高贵气质生在骨头里。不像你这种暴发户，刚饿得半死又胀得要命，干啥事都咋咋呼呼的。”

“我是暴发户，你是什么呀？”

“喊啥？破锣嗓子。你就不能文雅一些？不是我批评你，你最大的毛病就是忘本……”

万夫人反唇相讥：“谁忘本啊？我嫁给你的时候，你也就是服装厂的小工人。一顿能吃一斤饭，还得靠我勒紧裤带……”

万老板挥了一下手说：“好了别说那些没用的。等儿子回来你跟他讲清楚，就说这门亲事我们非常满意。让他巴结点儿，别再一副公子哥的浪荡样把人家吓跑了。我万达可是久经沙场的人，一眼就看出姑娘受过良好教育，属于正统人家的孩子。有这样的儿媳在，万氏公司后继有人了。”

万夫人笑道：“这事包在我身上。可你也得抓紧找一下冯老板，把该说的话说清楚。儿女的婚姻我们父母做不了主，可别耽误了冯家姑娘。”

万达一想到要和冯桑丘摊牌，心里就发了毛。这话实在难开口，冯家为了宝贝女儿主动上门攀亲，万家拖了这么久，到临了还是一个不字。

万夫人见丈夫为难就劝他说：“都什么年代了，婚姻大事还能由父母包办吗？再不开明的人家也不能那么做。要不，把那本婚姻法拿给他看看？”

48

麦妮跨出万家大门心里说不上是什么滋味，替身工作并非如万雪涛所说的那么简单，与她想象中的更是大相径庭。那超乎寻常的热情，使麦妮一下子晕头转向了。

谁不喜欢被人尊重欢迎？麦妮也毫不例外地被难得一遇的温情感动得热泪盈眶。但她并不想看到这种结果，反倒希望万家两口子一见到她就婉言谢绝。只有被他们拒绝，替身工作才能画上圆满的句号，既对万雪涛有所交代，又能心安理得地拿奖金还债。

尽管麦妮希望被万雪涛父母否定拒绝，但短暂的会面带给她的感动却是实实在在的。有生以来，她很少感受到温馨的亲情和关爱，除了易老师，几乎无人关心和爱护过她。二十几年的人生经历中，也从未被长辈称之为宝贝，爹每回喊她总不忘在妮子前面加上个死字。

万雪涛追上麦妮，兴奋地夸她今天表现超好，并破例嘉奖她三千元钱。

看着嘻嘻哈哈的万雪涛麦妮心里一阵激动，刚才还心存怨气，顷刻间已是烟消云散。一丝暖意使麦妮感到心里痒痒的，她想笑想喊，问生活为何突然变得这么美好。

面对万家老两口的热情友好，麦妮发自内心的感动不言而喻，但也免不了深深的歉意。无论被动还是主动，她都充当了万雪涛谎言的同谋者。不过，能够帮助万雪涛摆脱包办婚姻，这个风险还是值得冒的。

合作圆满成功，万雪涛提议去饭店庆祝一下。麦妮觉得饭店浪费，不如买些吃的去野餐。

这个提议不错，于是买了食物来到山下。

爬山不是万雪涛的强项，不大一会就气喘吁吁了。

快到山顶的时侯，走在前边的麦妮突然失去重心向后倒去。万雪涛张开双臂接住麦妮，两人紧紧拥抱在一起。

在这一刻里，两人似乎同时擦出了火花，那无边的甜蜜瞬间弥漫了全身。初吻带来的幸福无以言表，浓浓的激情交织着淡淡忧伤，使麦妮忍不住流下泪来。

幸福果真会降临到自己头上？麦妮不敢相信。也许这又是万雪涛设计的一次恶作剧？她如果当真的话，将再次因为自作多情而蒙受羞辱？

这么一想，麦妮使劲挣脱对方怀抱喊道："你这个坏蛋！是你故意拉我衣襟我才倒下的。"

万雪涛笑道："倒就倒下呗！我又没强迫你用手勾住我脖子。"

麦妮越发难为情，恨恨地说："你这个人太可恶！"

万雪涛笑道："你这个人太可爱！"

这顿野餐一直吃到下午才散，玩世不恭的万雪涛表现出少有的绅士风度。麦妮没想到，这位富家公子挺会体贴照顾人。

天气晴朗，春末夏初的太阳照在人身上暖洋洋的。

大路上一群妇女拿着竹竿，像日本鬼子探雷似的慢慢往前走。上前一看才发现竹竿上绑着一块吸铁石，用它吸拾落在地上的不锈钢铁屑。那堆从不锈钢厂中频炉里倒出来的炉渣，居然能扒出不少废钢。

麦妮上前问道："这么干一天能挣多少钱？"

万雪涛一把拉过麦妮："你管这些闲事干什么？该不会也想干此营生吧？"

麦妮不理会，回过头继续问。

一个老太告诉她："拾一斤三块钱，一天最多能拾一二十斤。"

麦妮兴奋地说："这么多？一年下来收入不错哎！"

旁边那个女人说："以前不值钱，一斤才五毛。不过那时拾的人不多，碰到好运气一天能拾四五十斤呢！"

麦妮心动了，等有空也和她们一起拾，挣个伙食费应该没问题。

一连几晚，麦妮都会情不自禁地想起万雪涛，想起山坡上的拥抱，还有那个有意无意的亲吻。一想到这些，她照例是久久不能入眠，有时半夜醒来一直想到天亮，即便想得再多也找不到答案。

自己和万雪涛是雇佣关系，无论经济条件还是脾气性格都存在巨大差距，引用一句套话来说，他俩根本不是一路人。万雪涛一次次对她流露热情，不过是他要弄别人惯用的一种伎俩而已。听说他读高中时就这副德行，到了大学更加肆无忌惮。如果一定要强调有所不同，那就是他在要弄她的恶作剧中，掺杂了年轻男人一时的冲动罢了。

离开万家之后，麦妮变得多愁善感起来。她忘不了万雪涛父母的热情好客，那缕缕温情令麦妮想起来就为之感动。然而，这份热情来自万雪涛的虚构，他用谎言为麦妮罩上一层美丽的面纱。如果没有这层面纱，他们还会对我这么好吗？

麦妮不敢往下想。

现实生活中，她和万雪涛无论是身份还是经济地位都不在同一层次。假如以父辈那个时代划分阶级，他们该属于两个不同的对立阶级。这种对立在那个时代是不可调和的敌我矛盾。尽管阶级消亡了几十年，但逐渐拉大的贫富差距客观存在。

麦妮不清楚这种矛盾能否调和，但她懂得爱情应该建立在相互平等和尊重的基础上。千万别被一时的虚幻所迷惑，明知无终结，何必有开端。麦妮下定决心要把万雪涛的影子从心里赶走，立即刹住迈向痛苦深渊的步伐。

然而决心好下，做起来却极其困难。

也许，和马昭谈恋爱是转化情绪最好的办法，还能让马千里放心，不会再有人妨碍马金玉和林列的好姻缘。可是，爱一个人毕竟不是买一件货物，必须有感情基础才行。麦妮决定从现在开始努力接受马昭，尽快培养起超越朋友关系的感情来。

星期四早晨，麦妮接到电话就赶往咖啡店。

万雪涛张开双臂迎接麦妮，还一反常态含情脉脉地说：“两天没见面好想你啊！”

麦妮再次见到万雪涛感觉与从前大不一样，仿佛有一道阳光从他身上射出，将自己冰冷郁闷的心照得暖洋洋的。她脱口说道：“我也是。”说完就后悔了，后悔不该把内心想法暴露出来。为了掩饰羞怯，麦妮慌忙挣脱对方的手朝店里跑去。

万雪涛追上前勾住麦妮的脖子问：“这是你的真心话吗？”

麦妮说：“有事你吩咐，别拉拉扯扯的。”

万雪涛请求麦妮再说一遍，是不是也想他了。

麦妮说：“我是想你了，想你不知道又要安排什么怪事让我干呢！”

万雪涛歪了一下脑袋，做出一副失望的神情。

两人坐进咖啡店，万雪涛一本正经地宣布：“听着，你明天的工作是去我家吃饭。”

麦妮长长地啊了一声，心里怦怦乱跳，她不知道该拒绝，还是应该答应。

万雪涛再次邀请麦妮以女朋友的身份去家里做客，使麦妮显得无比惊慌。说实话，她喜欢那种家庭气氛，甚至企盼再次尝到被长辈疼爱的滋味。同时她又惧怕去万家，万雪涛的谎言是她心虚的根源，一旦真相大白她将如何面对？

麦妮忧心忡忡地说：“任务不是已经完成了嘛！怎么还要去呀？”

万雪涛笑道：“接下来是续集你懂不懂？大凡一部好电影或者好电视剧，只要能够吸引观众的眼球就会考虑拍续集。”

麦妮睁大眼睛惶惑地说：“可是，你当初并没有预测到这个可能性呀！”

“我当初预测他们百分之百看不中你，怨只怨你那天打扮得太漂亮。出发之前我本应该提醒你找点草木灰涂在脸上，只当是日本鬼子进村了……”

麦妮不理会万雪涛耍贫嘴，此刻她感到左右为难，不去不行，去了又将会怎样呢？

明知那是一个没有结局的终点，为何还要继续进展？但事情到了这地步，不是想收场就收得了场。万雪涛要她无论如何别推辞，就算是发配充军也得强行走一遭。理由是，他的父母已经兴高采烈地准备了两天，正满腔热情地盼望她的到来。

麦妮一听这话更加紧张，声称这幕闹剧必须赶紧谢幕，万一被戳穿就很难收场了。

万雪涛不以为然地笑道：“别危言耸听，大不了我娶你就是了。”

麦妮说：“谁说要嫁你啦？脸皮也太厚了吧。”

49

在林列和马金玉的鼓励帮助下，田甜再次向法院提出申诉。几经周折之后，终于把卷款逃跑的罪犯抓获归案，田家半数财产被退了回来。

这天早上，麦妮陪同田甜来到包装车间，把师傅们的捐款一一退掉，还发了香烟和糖。江凯去城里买配件没回来，田甜说索性过几天再让他知道。

钱送到马金玉和马昭那儿，他们说什么都不肯要，说捐出去的钱哪有收回的道理？

田甜解释了半天，自家的房产已经退回，还追回来几十万元货款。如今经济能力好了，当然要将借款还上，这样心里才会安逸。

事情办理停当后，田甜拿出两万元钱赞助麦妮完成学业。麦妮推了半天没有收，她可不愿意平白无故拿别人的钱，况且目前的处境她还不能回到学校，万一爹找过去怎么办？

推了好几个回合，田甜只好把钱收起来说：“有困难一定要记住给我打电话。”

麦妮爽快地点头答应。

夜深了，田甜翻来覆去睡不着觉，回想三年来大起大落不由得感慨万分。明天即将结束打工生涯，离开工作生活了一千多天的金马厂。此时此刻，所有的酸甜苦辣一下子涌上心头。

见麦妮没睡着，田甜就跟她拉起家常。

“麦妮，明天一早我就走了，离开你这么好的朋友我真舍不得！”

麦妮说：“咱们还可以经常见面。”

“那倒也是。”

麦妮迟疑片刻问道：“你干吗要等几天再把好消息告诉江主任？”

田甜笑道：“我想给江小洁一个惊喜。这几天我爸正忙着注册公司，我想让江小洁当法人代表。”

麦妮笑道：“看样子，你准备当相夫教子的贤妻良母啰！”

田甜笑道：“男人比较注重事业，江小洁更加在意这些。虽说我们的公司小得可怜，但毕竟是自家的产业。让他跟着我爸锻炼锻炼，也许将来能把事业做大。”

麦妮说：“他出差回来之后还没和你联系吧？”

田甜说：“他还没回来呢。”

麦妮愣了一下没接话茬，昨天她明明看见江小洁带了个女孩回家，田甜竟然不知道他回来的事。生怕对方误会，麦妮没再多说。

这时候田甜的手机响了，一看是江小洁打来的，她显得特别兴奋，连忙坐起身颤声喊道：“喂！回来了吗？”

对方说还没回呢。

麦妮一听便觉得问题犯了岔，明明回来了，干吗要说谎呢？

桌上的闹钟有节奏地发出嘀答嘀答声，田甜静静地听着电话，半天没发出一点声息。然后啪的一声收了电话，随即发出呜呜的哭泣声。

麦妮吓得光着脚丫跳到田甜床前，她以为江小洁出车祸了：“怎么回事？要不要紧？”

“他打电话说要和我断交。”

“为什么？”

“他说爱情就像娇嫩的花朵，如果没有经济实力来支撑养育它，迟早会枯萎。他不甘心一辈子过穷日子，不想成天为一家三口的嘴而忙忙碌碌。”

“那你把实情告诉他嘛！何必让他自寻烦恼。”

田甜苦笑了一下说：“刚拿回财产时，我曾想过要考验一下江小洁。说心里话我对他不是很放心，他依赖性特强，把钱看得很重又不肯吃苦挣钱。有事无事埋怨他爸，说要不是老子无能，他也不至于沦落为穷二代。”

麦妮说：“其实他早该自立了。”

田甜苦笑了一下继续说道：“我不爱听他那些话，有时又觉得他的观点也有些道理，钱这东西的确很实际，多的时候感觉不到它重要，没它时真是一筹莫展。难怪我爹常说一文钱逼死英雄汉。我原以为江小洁从此不必再为钱发愁，没想到他嫌我穷干脆把我给甩了。”

麦妮叹了口气说：“他要知道实情，肯定会后悔。”

田甜接过麦妮递来的毛巾擦了擦脸：“算了，这通电话来得真及时，这样的男朋友不要也罢。”

50

再次走进万家，麦妮比第一次更加忐忑不安，许多不可预测的危机似乎正隐藏在四周。

当万夫人拉着她的手，一口一个宝贝地叫的时候，麦妮幸福得热泪盈眶。在她的心底涌起一股冲动，真想一头扎进母亲温暖的怀抱好好撒回娇。

丰盛的佳肴摆好了，麦妮在万夫人热情邀请下坐到饭桌前。当万老板笑容满面地给麦妮介绍她从没吃过的菜名时，麦妮发现自己上了万雪涛的当，这么慈祥的笑容足以证明，万老板是一个充满爱心的好父亲。

就在麦妮暗暗羡慕万雪涛好运时，客厅里响起电话铃声。

“我去接。”万夫人和颜悦色地起身走进客厅，抓起电话甜甜地喂了一声，之后便是久久的沉默。由长久沉默积聚起来的，是一声极具爆发力的喊叫：“他爸，你来一下！”

万老板从老婆难得的惊慌声中预感到大事不妙，急忙放下碗筷跑进客厅。万夫人在他耳边讲述了电话内容，万老板一听顿时目瞪口呆。那一刻，整幢楼房寂静无声。

死一般寂静过后，一声怒吼猝不及防地灌进麦妮耳中：“她是个骗子！”万夫人极度失望地喊叫，使麦妮的耳鼓一下子炸开了，随之而来的就是长时间的耳鸣。

过了一会，他们把宝贝儿子喊过去。麦妮从一长串呵斥声中，弄明白发生了什么事。正如她事先担心的那样，万雪涛精心设计的骗局，被冯依云打来的电话戳了个稀巴烂。

万老板对儿子说：“你总不至于娶一个打工妹回家吧？别人会怎样笑话我们？”

万夫人说：“这丫头胃口也太大了，竟敢打我儿子的主意，还假扮什么干部子女……”

儿子说：“我娶谁不娶谁不要你们管。打工妹怎么啦？我爱的是她这个人……”

麦妮使劲咽下含在嘴里的一块鱼肉，这块鱼是万夫人夹进她碗里的。刚才还幸福缠身的麦妮，此刻的感觉只有四个字，那就是无地自容。她慢吞吞地走进客厅说了声：“对不起！”

万夫人喊道：“光说对不起有什么用啊，你必须离我儿子远一些！如今的社会太疯狂！只要有几分姿色就想傍大款，嗨！嗨！居然傍到我家来了。”

万老板也说：“年纪轻轻就学着骗人，这可不是什么好习惯。”

麦妮本打算说声对不起就走人，见这种状况觉得非解释一下不可：“你们说得对，我既不是万雪涛的大学同学，也不是干部子女，我是一个微不足道的打工妹。可我没有骗人，更没打算嫁进你们家。我和万雪涛是雇佣关系，来这里是我工作的一部分。你们尽管放心，我不会拐跑你们的儿子。”说完这些话朝二老鞠了一躬：“很抱歉，对不起了。”

麦妮转过身呼啦一下冲出万家大门，再一次觉得自己像只没头的苍蝇，在五光十色的人世间毫无目标地四处乱窜。

走着走着来到河边的石阶旁，麦妮叹了口气慢吞吞地坐下来。她静静地看着水里游动的小鱼，感觉心里酸酸的，泪水泉涌般地顺着脸颊流下来。她不想哭，因为哭解决不了问题，于是她使劲喊了声：“一、二、三，加油！”心里便敞亮了许多。

初夏的天空乱云飞渡。微风吹过，树上的叶子发出窸窸窣窣的声响。一群小鱼游到河边或沉到水底时便无路可走了，然而当它折转身子或浮上水面时，就发现游动的空间大得无边。

麦妮心想，一个大活人难道比不上一条小鱼吗？我身体健康精力充沛，无须被眼前的烦恼所困扰。我干活挣钱光明正大，管他别人说什么呢！

当万雪涛找到麦妮时，她的心情已经平复了许多，正准备回车间干活呢。

万雪涛咬牙切齿地说：“冯依云，我决饶不了她！一想起她装模作样的鬼相我就恶心！”

麦妮说：“你比她也好不到哪去，一个说谎，另一个拆谎，真是配合默契。”

万雪涛对麦妮的平静感到不可思议，原以为她会躲到这儿来哭，没想到她竟然无动于衷。

肯定是伤心过度才这样，他连忙好言相劝：“麦妮，你别难过，没有什么不好意思的……”

“我不难过，坏主意又不是我想出来的，我凭什么不好意思啊？”麦妮面带笑容努力做出轻松的神情，谁知不争气的泪水已溢出眼眶。

万雪涛耸了一下肩喊道：“此话很对！我早就说过强将手下无弱兵。这点挫折算得了什么？大丈夫流血不流泪，革命先烈面对敌人的屠刀……”

麦妮抹干眼泪理直气壮地说：“为什么让我扮演小丑角色？就因为我欠了你的钱？”

万雪涛愣怔了一会才说：“麦妮，你今天受到的不公正待遇应该得到补偿。肇事者必须受到严厉清算。”

“该清算的人是你自己。”

万雪涛不理会麦妮的话：“现在我正式宣布，补偿工作放在第一位，清算工作放在第二位。麦妮你只管提要求，无论赔偿多少精神损失费我都能满足你。”

麦妮说：“我只希望凭自己的付出尽早还清欠款，早日解除合同。”

“然后呢？”

“然后离开这儿到别处找份工作。”麦妮说完头也不回地走了，她可不想让万雪涛竖起鬼眼，继续欣赏她的狼狈相。

麦妮越跑越快，在对方的喊叫声中钻进朱杨和冬青编就的隔离带。

万雪涛非常失望，心想，万一哪天麦妮果真消失了，找遍天涯海角也见不到她怎么办？到那时保不准自己会急疯。对，无论如何不能放她走！可是，脚长在麦妮腿上，我想拦也拦不住啊！得想一个好办法留住她。

自从爱上麦妮，万雪涛就对麦妮所在的包装车间有了特殊感情，前几天他还特意请车间几个师傅吃了顿饭，顺便要了朱大炮的手机号。

万雪涛决定给老朱打个电话，一切防患于未然。

俩人在咖啡店见了面，万雪涛就拐弯抹角地打听麦妮的情况，问他看没看出麦妮有离开海城的迹象。

朱大炮前不久听戚三说过，麦妮借了小万的钱。他这么问莫非担心麦妮会逃债？于是笑着说："你就放心吧！她跑不了。听说马老大的二儿子马昭正在追她呢！"

一听此话，万雪涛像遭到枪击一般，目瞪口呆地看着朱大炮半天说不出话。吓得老朱一个劲地追问："你怎么啦？要不要去医院啊？"

万雪涛回过神来尴尬地笑道："没事，没事，老毛病了。"

51

江凯从城里买完配件出来，远远看见儿子车后坐着一个女孩。起初以为是田甜，仔细一看并不认识。

出差前那天晚上，儿子垂头丧气地回到家，一进门就喊道："爸，我们上当啦！"

"什么意思？"江凯吃了一惊。

"我们被田甜欺骗啦！"

"是她移情别恋了吗？我看田甜不像那种人。"

"你还不知道吧？她爸是个疯子哎！爸，你对我太不负责了，明知道她家穷得一无所有，还欠了一屁股的债，你竟然不告诉我。你想让我累死累活去赡养一个疯子岳父吗？"

江凯生气地说："咱家条件也就这样，你还一味计较别人家的门第。田甜家是很穷，难道我家富有吗？她爸有病又不是田甜的错。再说有病的人多了去了，女儿都嫁不出去吗？"

江小洁委屈地分辩道："我不想再和田甜继续发展，和这种人家结亲让人耻笑。爸，你去转达一下我的意见，这件事到此为止。"

江凯气极了，第一次冲儿子吼叫道："你怎么如此不通情理？当初死乞白赖地追求人家，三番五次让我催介绍人找田甜。既然你这么注重她的家庭条件，那一开始你就该打听清楚。缠住人家这么久，女孩真心对待了，你又无缘无故地变卦。”

江小洁叹了口气说：“其实田甜为人挺好，人也长得不错，只是她的家庭包袱太沉重了。”

江凯不支持儿子：“如果田甜本人有错，你可以出尔反尔。若仅仅因为她父亲，因为她家贫穷，我劝你趁早打消这种念头。”

儿子嘀嘀咕咕地说：“你不肯帮忙算了，我自己跟她说。”

江凯出差回来已是深夜，走到房门口想看看儿子蚊帐放好没有，推了两下门没推开。

第二天早晨，从儿子房里走出一个姑娘，正是坐在儿子车后边的女孩。

这情景让老江非常懊恼，儿子怎么变得如此胆大妄为，那边还没跟田甜断掉，这边竟和另一个姑娘上床了，这算哪门子事哟!

吃晚饭的时候，父子之间终于爆发了一场战争。

“江小洁给我听着，你假借谈情说爱玩弄女性，你得负责任！”

“我们两相情愿，难道两情相悦也要负法律责任吗？”

老江气冲冲地喊道：“你还讲不讲道德良心？田甜那边……”

江小洁理直气壮地说：“爸，我早就不想和田甜好了，前天让你通知她，你不理会。现在反倒怪我不讲道德良心。”

“呸！让我如何解释？说你朝三暮四得陇望蜀？还是说我一把年纪的人跟她开玩笑？”

“爸，你不能为我提供好的经济条件，那我只能找个有实力的岳父。李明皎的爸爸是电信分局一把手，她有能力把我调进办公室……”

江凯想起那天酒桌上的场景，想起两次去李家送礼的事，便不耐烦地挥了一下手：“随你找谁，就是不能找那姓李的！”

“为什么？”

江凯说不上为什么，只管提高嗓门吼道：“从小到大你就是这副德行，觉得好的东西恨不能立刻拿到手，没兴趣了随手一扔。田甜可不是你随手乱扔的玩具！不过你回掉她也好，省得一枝鲜花插在牛粪上。”

江小洁冷笑道：“一天不打工，再鲜的花也枯萎啦！”

江凯走进房间时说：“她从今天起彻底结束打工生涯，明天就正式当老板了。”

江小洁吃惊地看着父亲，早晨戚三的儿子讲过类似的话，他还以为开玩笑呢，没想到竟然是真的。命运真会捉弄人，昨晚那通电话要是没打该多好啊！

“爸，你帮我打个电话给田甜，就说昨晚我打电话是跟她开玩笑呢！”

“她可没想和你开玩笑。记住，从今往后你的破事我不管了！”

有生以来老爸第一次如此绝情，江小洁生气地吼道：“既然你不愿意为我负责，当初为何生我养我？”说完气冲冲地跑出家门。

过了一会儿，麦妮和田甜来到江家。一来把江凯的借款还给他，二来想道个别。

面对两个女孩，江凯感到局促不安，东拉西扯说些不着边际的话。三个人就这么坐在椅子上，聊了一会天，俩女孩就告辞了。

麦妮和田甜走后不久，江小洁灰头土脸地回到家。

江凯瞧着儿子吓了一大跳：“你去哪儿啦？浑身都是泥？”

江小洁颤抖得说不出话，连水杯都接不住了。

江凯急得不行，要送儿子去医院，可他死活不肯去。

早晨，戚三气喘吁吁来到车间主任家：“你听说没有？东边公路上撞死一个人，公安局正在勘查现场呢。死者是个老头，撞伤后被肇事者踢到河边。衣服上留有两个沾着泥的皮鞋印。听人议论说出事那会儿，案发现场停着一辆白色摩托车。”

江小洁慌忙放下手中的牛奶杯，捂住肚子走进卫生间。

江凯说：“谁这么缺德，撞了人不送医院，居然把人踢到河边。逮到肯定严加惩处！”

戚三忙着要去上班，呆了一会便风风火火地走了。

江小洁等来人离开之后，才从卫生间里走出来。

见儿子脸色苍白眼神慌乱，江凯急得不行，坚持要送儿子去医院，他却死活不肯去。

相持了几分钟，江小洁突然抱住父亲喊叫道：“爸，救救我！我不能进牢房，我害怕呀！”

江凯倒吸了一口冷气，不用问他全明白了。刚才戚三说现场停过一辆白色摩托车，他心里就咯噔了一下，没想到厄运真的降临了。

昨晚，儿子怒气之下冲出家门，骑上摩托车在门前的路上兜风。由于注意力不集中，开车速度又快，一不留神撞着一个老头。他慌慌张张从地上爬起来一看，只见那人满脸是血，吓得他腿都软了。反正没人看见，他便抬脚把老头踢到河边。

江凯瞪大眼看着儿子，感觉眼前这个年轻人非常陌生。在不经意间儿子已长大成人，成人后的儿子竟变得如此冷酷。

“为什么不送他上医院？”

江小洁面如土色答非所问：“不是我的错，我怎么知道马路上躺着一个人？”

老江说：“我没问是谁的责任。你为什么不抓紧时间送他去医院？或者拨打110？”

“我……我害怕呀！”

面对儿子的熊样，江凯毫无办法，思来想去唯有投案自首才是出路。

一提自首江小洁就哭起来，说他宁愿自杀也不愿坐牢：“我年纪还轻，如果判刑劳改，我这辈子就完了。”

江凯说：“你既然做下这种事，就得承担法律责任。”

江小洁一边摇头一边哭，从小到大只要惹了祸他准是这副模样。

见儿子失魂落魄老江心如刀绞，思来想去决定代儿受过。尽管这是违法的，可他实在找不到更好的办法了。

江凯一夜无眠，心里像油煎一样。起床后来到儿子房间，见儿子两眼盯着天花板，眼里满是恐惧和忧虑。

老江深深叹了一口气，此一去不知还有没有回归之日？人常说养儿防老，积谷防饥。我千辛万苦独自养育儿子十几年，好不容易将他拉扯大，福没享到他半点，年过半百还得替他坐牢。老江想起多年的苦楚，禁不住老泪纵横。

见父亲抽泣，江小洁跳下床拉住他的手："爸你救救我呀！我不敢去自首，我怕牢里的犯人会欺负我……爸爸，你是我唯一的亲人，在这个世界上只有你能救我。"

江凯深深地嘘了一口气："你说得不错，这世上只有我能救你。小时候，你用一块砖把同学的头打破了，出了事自有我来承担。我点头哈腰、赔礼道歉，像孙子一样在医院守护人家两天两夜，直到赔偿完伤者所有损失才得以脱身。

"从你进幼儿园那天起，见别人有什么就要什么。为了满足你的要求，我勒紧裤带省吃俭用，六年没添置一件新衣服。哪曾想我耗尽心血将你养育成人，竟然给我招来个牢狱之灾。"

"爸，我害怕呀！你说我该怎么办呢？"

"怎么办？还能怎么办？让我这把老骨头代你坐牢去，谁让我生你养你了呢！"

江小洁哭道："爸，你走了，我怎么办？"

"该咋办就咋办吧！反正今后不会再有人像我这样，一辈子只为你活着，无休止地为你收拾残局，为你承担无限的义务和责任。"

江小洁不说话，只是一个劲地抹眼泪。

老江换上儿子的皮鞋，拎着包走到门口又回转身说："早饭在锅里。牛奶订到年底，别忘了喝。"

江小洁一把抱着父亲哭道："爸，你别走，我离不开你呀！"

江凯用手拍了拍儿子的肩膀，咬牙跨出门外。

公安人员查看了白色摩托车，比照了江凯脚上的鞋底印，就将他关进了拘留所。

麦妮和田甜叙说了那晚在老江家的事，林列便觉得这件案子有些蹊跷，急忙找江小洁询问："我觉得此事不对劲，事发时田甜和麦妮在你家，按理说你爸没有肇事时间，公安怎么可能随便抓人呢？走，我带你去把事情说清楚。"

江小洁低着头小声说："我爸是自首。"

"自首？他为什么要栽赃自己？人又不是他撞死的，为什么要往自己身上揽？"

见江小洁慌乱的眼神游移不定，林列全明白了："你爸充当了替罪羊。江小洁，你这样做于心何忍？"

"他所做的一切都是自愿的。"

"自愿？你说得真轻巧！你父亲独自一人含辛茹苦把你养大，五十多岁了还得替你坐牢。你是不是太自私，太狠心了……"

"他辛苦了一辈子不错，可我也过得不如意……比起有钱人家的小孩我……呜……"江小洁捂住脸哭得很伤心很委屈，他想起小时候的事，爸爸把捡来的玩具汽车修补好让他玩，遭到幼儿园小朋友们耻笑。

公安部门经过仔细调查比对，发现老人是被一辆卡车撞死的，伤口处还留有卡车的蓝色油漆，道路上的车轮印、刹车印都证明了这一点。

既然人不是江凯撞死的，自然不用关押他。公安对他批评教育一番，当晚就放他回家了。

江凯拎着包行走在马路上，昏黄的路灯将他的身影拉得老长，他漫无目标地走到了街的尽头。无罪释放的惊喜持续时间不长，就被担心忧虑的情绪挤跑了。想到儿子的未来，他的双脚好像踩在棉絮上，扛在肩上的包也觉得越来越沉，越来越重了……

52

吃过晚饭，麦妮独自一人在车间干活。马昭不声不响地走进来帮忙，几次劝他离开他嘴上答应着，手脚却忙个不停。

有马昭帮忙活儿很快干完了，八点不到麦妮提前下了中班。马昭提议一块去吃夜宵，被麦妮谢绝便邀请她去厂门外散步，说多照月光人的情绪会好。

麦妮很好奇："被月光照过之后，心情真会好起来吗？"

马昭说："报刊上有介绍，常在月光下散步还能治愈忧郁症呢！"

麦妮很想试一试，于是跟着马昭来到公司门前的水泥路上。

圆圆的月亮挂在天上，万物沐浴在清凉的月光之中。麦妮和马昭在月光下缓缓而行，不知是尴尬还是羞涩，总也找不到合适的话题。

万雪涛沮丧地回到家中，朱大炮的话令他心乱如麻，刚跨进大门他就冲父母喊叫："你们毁掉我一生的幸福！"

万达竖起双眼吼道："你小子真会先发制人！我还没找你算账呢，你倒理由十足说我们毁掉你的幸福。什么是幸福？不愁吃不愁穿，一辈子不懂穷字怎么写就是幸福！你书念多了满脑子奇谈怪论，找个打工妹回来你就幸福啦？你这是幸福过了头。明天下车间干两天活，我保准你不再胡闹。"

一句话引来老爸一长串奇谈怪论，万雪涛朝老子做了个暂停手势，便急匆匆地踏上楼梯。

想当初，第一眼见到麦妮就不由自主地喜欢与她打交道。雇用麦妮的初衷只是为了交差，一方面代替自己应付冯依云；另一方面想在父亲那儿蒙混过关。但他很快发现自己真心爱上麦妮了，而且越爱越深，几乎到了疯狂的地步。

爱情这东西挺神奇，一旦降临到你头上便势不可挡，让人无法舍弃。

原想通过努力尽快走近麦妮，结果适得其反倒将她推得更远了。麦妮无辜受辱，肯定认为是故意捉弄她，天地良心，自己对麦妮的真情苍天可鉴。

万雪涛承认，此前他曾多次捉弄过麦妮，想用恶作剧来填补自己心灵的空虚。但这两次带麦妮回家，他是真心希望父母能够接纳麦妮，像他一样慢慢喜欢上这个勤劳纯真的女孩。

正当他为良好开端暗自得意时，半路杀出个冯依云，一个电话就把事情全部搞砸了。父母骂他，麦妮怨他。而这些都不重要，最重要的是麦妮随时随地会离他而去。

马昭对麦妮有想法并不奇怪，这么好的女孩谁不爱呀。但有谁比我更爱麦妮？谁能像我爱她爱得这么情深意切？只怪自己想得太多，装模作样不敢表白，深怕遭拒绝丢面子。再这么装下去，保不准麦妮真被马昭夺走了。

万雪涛下定决心，要把自己的真实想法告诉麦妮，相信麦妮一定会与他感同身受。他要劝麦妮别灰心，只要两个人真心相爱，父母的看法不成为问题。大不了不继承财产，凭我们的勤奋去创业，日子会更加丰富多彩。

相信麦妮一定会支持我，愿意和我一同创建幸福的未来。

这么一想万雪涛兴奋起来，他连一分钟都不想再等，当即掏出手机跟麦妮联系。

电话打过去没人接听，随后就关机了。再打仍旧这样，死丫头故意不接我电话。

听不到麦妮的回音他将一夜无眠，不如找她当面谈清楚。

月亮升高了，看上去似乎小了许多，但它的光华却越来越动人。

万雪涛在白晃晃的月光下开着车，心情渐渐舒畅起来。他盘算着先把麦妮约出来，然后在月光下向她表白自己真挚的爱意。那将是多么浪漫和富有诗意啊！麦妮听了他的表白肯定会感动得流泪，然后扑进他的怀抱倾诉衷情。他一定要像上次野餐途中那样紧紧拥抱住对方，给她一个长久的热吻……

正想着，发现前边有两个人迎面走来。万雪涛只用了两秒钟就证实了心中的猜疑，他嘎地来了一个急刹，万分恼怒地走上前拉住麦妮的手喊道："走，上车！"

麦妮吃了一惊："你想干吗呀？"

万雪涛说："干吗？问你自己呀！你脚踩两条船，背着我私下和人约会。"

马昭说："雪涛哥，我邀请麦妮出来晒月光。如果耽误了工作，一切损失由我来赔偿。"

万雪涛喊道："晒你个头啊！破坏我们的感情你赔得起吗？此前你不知道情况我不怪你，现在我把话挑明白，麦妮是我女朋友，我不允许任何人对她图谋不轨。"

麦妮说："谁是你女朋友？你这人也太过分了。"

万雪涛铁青着脸："你今天的行为严重伤害了我的自尊心，请你记住下不为例！"

马昭说："麦妮是谁的女朋友，得由她自己说了算……"

万雪涛喊道："你想打架吗？我愿意陪你玩……"话没说完已冲到马昭跟前，丝毫不顾及他俩多年的友谊。

麦妮急忙拉开他，对马昭说："你先回去吧，明天还得上班呢。"见他不肯走就说："求你了行不行？"

马昭怕麦妮为难，只好暂且离开。

麦妮回到万雪涛身边说："没人跟你打架了，你快回去吧。"

万雪涛抽了一下鼻子说："麦妮我爱你！我真心实意地爱上你了。"

麦妮冷冷地看了他一眼："你这家伙，一天不捉弄人就活不下去。"说完掉头就走。

万雪涛不再矜持，冲上前拉住麦妮的手说："你听我解释，我承认此前曾经多次捉弄过你，但那都是过去的事了，从今往后绝对……"

麦妮说："听过狼来了的故事吗？谎话说多了，谁还分得清你哪句是真话，哪句是假话？"

马昭担心麦妮受欺负，警惕地站在远处等候。正好戚三从浴室出来路过这儿，听说有人想欺负麦妮，他二话不说冲上前尖叫道："谁敢祸害麦妮我对他不客气！这么好的女孩你们也忍心欺负？"

等他看清来人是万雪涛就恶狠狠地说："为富不仁的家伙，别以为有钱就了不得，狂得上天了。古人有话：富不过三代！今天你有钱，不代表明天还有钱。她现在是穷人，不代表一辈子都穷……"

见凭空冒出一个打抱不平的家伙，万雪涛迎着骂声走过来，从那一脸的滑稽相就猜到他是包装车间的三麻子。他忍不住笑道："你想谈钱我没兴趣，要想打架你可不是我的对手！不过我看在你是麦妮师傅的面上，今天不打算为难你。"

三麻子抬起五指撮拢的手臂，在万雪涛面前窜来窜去地喊叫道："来呀！你倒试试看！我要打不过你，我就是你龟孙子！"

麦妮急了，戚师傅脾气不好，真打起来怎么办？谁挨打她都不想看到，唯一的办法只有自己先走。果然不出所料，麦妮刚离开，戚三也抓起地上的衣服包走掉了。

第二天，麦妮接到电话赶往咖啡店。万雪涛喜出望外地喊道："我以为你不再出现了呢！"

麦妮说："你放心，债务没还清之前我不会消失。"

万雪涛坏笑了一下说："永远还不清，就永远不消失吗？"

麦妮正色道：“你再随便扣钱我就不干了！等年底凑够钱再还清余款。”

“你只要答应不离开我，债务可以一笔勾销。”

见麦妮不同意，万雪涛急了：“跟我一起工作有那么痛苦吗？”

麦妮说：“你那是什么工作啊？成天游手好闲不务正业，还雇人帮你坑蒙拐骗、胡作非为。你也二十好几的人了，就不能浪子回头做些正经事？”

万雪涛理屈词穷，只好诉说苦衷。他学的是汽车制造专业，毕业前应聘了一家汽车制造厂搞他喜欢的设计工作。可是父母死活不同意，一会儿要他继承父业，一会儿要他和冯依云合作开宾馆，他怎么反抗都无济于事。父母越逼他越反感，于是想办法敷衍他们。工厂和宾馆不愿去，干脆躲进咖啡馆混日子。看上去东游西荡挺自在，其实心里的痛苦无处诉。

万雪涛说完苦笑了一下：“幸好遇见你，我才重新找到生活的乐趣。”

麦妮听了这番话既同情又感动，总算理解了万雪涛的怪异行为。

她看着对方笑道：“听说林列向你请教汽车制动方面的问题，我还挺奇怪，一个不务正业的家伙能帮他什么忙呀？”

万雪涛笑道：“虽说林列搞的是玩具设计，但原理是一样的。”

“那你怎么推说没时间呢？成天闲得无聊干吗不帮他？”

“我去过两次，马昭老是莫名其妙地打听你，我懒得解释就不想去了。没想到他……”

麦妮笑着打断他的话：“你自己不肯帮忙，反倒在别人身上找理由。”

万雪涛说：“我并没说不帮林列呀。你要觉得有必要的话，明天还可以去嘛！”

麦妮高兴地说：“真的？”

“当然是真的，不过你得给我当助手。”

“行！要我干什么尽管吩咐。”

这是麦妮和万雪涛认识以来，第一次认认真真谈正事。两人在轻松友好的氛围里，度过一个快乐而又甜蜜的上午。爱在麦妮心中萌芽生根，情使万雪涛立志上进。

当他俩走出咖啡店的时候，恰好一头撞上万老板。趁他怒气冲冲地拉住儿子训话之际，麦妮一溜烟逃回车间。

干了不到一小时活，车间主任让她接电话。麦妮觉得奇怪，谁往车间打电话找我？莫非又是马老板？

麦妮心惊胆战地抓起电话刚喂了一声，电话那头就怒气冲冲地嚷道：“我让你离他远点儿，你怎么不听劝呢？”

麦妮紧张地咽了咽唾沫，心想，我不是一直躲着林列嘛，他怎么还不放心？当那边抬高声音再次追问时，麦妮理直气壮地回答：“我没再和他单独见过面，不信你去问他……”

对方的声音抬高八度：“撒谎！刚才我亲眼看见你和雪涛从咖啡店……”

麦妮觉得脑袋嗡地一响，急忙放下电话逃离了车间办公室。

干完中班，麦妮觉得很疲惫。这段时间她几乎成了老板们的出气筒，不管大老板还是小老板，谁都能冲她发火。万老板暴风骤雨般的一个电话，刚萌芽的爱情甜蜜就像风扫落叶一样没了踪影。

53

这是初夏的傍晚，四周飘荡着甜甜的香气。

海城的老板们在凯旋酒店聚会，共同分析市场行情，探讨经济问题，谈得最多的话题是原材料飞涨。在不长的时间里，废钢材涨到四千八百块钱一吨，预计有可能突破六千元。

帅老板说："石油每桶都涨到一百四十美金了，估计年底要达到二百美元。"

李老板试探性地问身旁的冯桑丘："依你的经验看，不锈钢会不会再涨？眼下都已翻了两番了。"

冯桑丘淡淡一笑，这种场合他很少开口，惜字如金才显出他非一般草莽之人。

马千里朝冯桑丘看了一眼笑道："听说冯老板家里的库存原料堆了三个车间，还在不停地贷款压货。你的面子真大，不但在民间搞集资，光从银行就贷到一个亿。"

冯桑丘保外就医回到海城后，与万达、马千里的关系一直比较好。自从裴兰草嫁到马家，冯桑丘便没再去过金马公司。

老马起初挺纳闷，后来听说他和裴兰草的旧情才恍然大悟，有段时间碰到面觉得挺别扭。直到他和裴兰草分手，两人才逐渐恢复邦交，偶尔还开几句玩笑。

帅老板笑道："冯老板囤积了那么多不锈钢成品和原材料，一个月就涨了双倍。听说外贸方面一天几个电话催货，你干吗不抛呀？"

冯桑丘笑了笑没有回答。他心里有谱，只要坚守阵地再拖一个月，价格就能涨到顶峰。手里的货一下子可卖五六个亿，到那时他就是海城首富了。

帅老板笑道："他呀！还想再翻一倍呢！帮他冯氏集团加工配件的几家小厂，正不惜成本地赶任务，煤炭接不上就用液化气，石蜡浇铸也换成了可溶胶，反正是水涨船高，成本高利润也高嘛！"

李老板说："不会种田看邻居，我那几单货没抛心里特发慌，万一跌价那就赔大了……"

冯桑丘自信地说："涨价有一个循序渐进的过程，跌价也同样有一个过程。你看见下跌赶紧抛，只是多赚与少赚的问题。"

"有你这句话我就放心了。"李老板知道冯桑丘的胆识，如今是市场经济，流行一句时髦话叫做：胆大赢胆小，胆小赢不了。

李老板被人叫了几十年李阿三，直到他遇见冯桑丘才咸鱼翻身，成为有头有脸又有钱的李老板。有关他的发家史还带点传奇色彩，各种各样的版本不外乎是，他和冯桑丘从一条垃圾沟里挖到不锈钢屑，两个人靠这桶金买厂发了大财。

类似的传说有人信，也有人不相信，不过他们挖到不锈钢屑是千真万确。

说起这事还得追根溯源，那会儿刚改革开放，海城有个农民送儿子去省城上学，在离大学不远处遇见一个倒地的老人，急忙拦下一辆出租车，先把老人送到医院救治，又让儿子设法联系他的家人。

回海城前他去医院跟老人告别，两人谈得投机竟然交上了朋友。原来老人是大学里的退休教授，而正是这位老教授成了海城致富的引路人。康复后的老教授受邀去海城住了半年，在他的帮忙指导下，第一个不锈钢制品厂诞生了。

小镇在很短时间内兴旺起来，不少富裕起来的农民丢下锄头，办起上百家不锈钢加工厂。

刚入门的老板们，只懂得买材料加工阀门法兰等成品，根本不知道下脚料的价值。机床加工落下的不锈钢刨花铁屑，当成垃圾倒进工厂旁边的小沟，几年不到小沟就被填平了。

海城不锈钢业名气越传越大，前来接洽业务的人也越来越多，很快打入国际市场。于是大大小小的老板们，争先恐后做起外贸加工，各类不锈钢管及英制标准件成为热门的抢手货。

当年的小老板们，转眼变成千万富翁亿万富翁，一个个征地建厂搬离了老地方。那条作为垃圾场的小沟逐渐被尘土和树叶覆盖，并逐渐被人们所遗忘。

冯桑丘出钱让李阿三承包那条沟。

李阿三将信将疑进行实地考察，发现此事并非空穴来风，他从卖废品老头那里得到证实。

李阿三当即赶到镇南头，根据老人和冯桑丘所说的位置，找到了那条水沟。横跨在水沟上边的水泥桥已被垃圾覆盖，桥南边差不多被沙土填平了，桥北中间那桥洞处有一塌方，露出一个深深的大洞。从这座桥往南大约五十米长的沟，就是当年倾倒废料的场所。

李阿三站在桥中央，映入他眼帘的是一片垃圾场，那腐叶浮土夹杂着五颜六色的塑料袋，看上去与不锈钢丝毫沾不上边。然而，当他扒开浮土之后，大片工业废弃物跃然眼前。

李阿三不动声色，悄悄打听水沟的主人。结果令他喜忧参半，这里虽是几家厂共用的垃圾场，却没有固定主家，他只好找镇居委会要求承包水沟。

居委会干部觉得不可思议，一口就回绝了他。

李阿三成天走街串乡收废品，家底子不厚，脸皮倒是蛮厚的。死缠烂打了半天，居委会干部总算弄明白，这个收废品的看中小沟里那堆垃圾了。

居委会的会计不耐烦地瞄了他一眼："交一千块钱承包沟里的垃圾。"

李阿三深怕有变再三要求签下合同，居委会干事在他事先备好的合同书上签了字。

当天下午由冯桑丘出钱雇人，租了几辆拖拉机开赴镇南小沟，搭起两个帐篷安营扎寨。

两锹深的浮土被清理后，大堆的不锈钢刨花夹杂着生锈的铁屑露了出来，数量远比预想中的多出几倍，质量也纯正多了。

李阿三的兴奋可想而知，他几天几夜没睡觉，直到最后一车下脚料运进自家堆放垃圾的院落，激动的心情才略略平静下来。

当一车车不锈钢刨花被拖拉机运走时，几家老板赶过来阻挠。李阿三早有准备，他软硬兼施磕头打滚说好话，还拿出村干部签下的合同。老板们碰上个难缠的泼皮，也不想和他多啰唆。

在冯桑丘的策划之下，李阿三贷款购置了中频炉，用挖出来的刨花钢屑，化开了一炉炉优质不锈钢铁水。从此李阿三大量收购废旧不锈钢原料，包括加工件的下脚料，很快就成了家喻户晓的暴发户。

有了钱的李阿三好像变了个人，钱放在家里怕人偷怕人抢，放在银行怕贬值。从前亲戚们碰面赏他个笑脸，他能眉开眼笑高兴一整天。如今他怎么看都觉得亲戚们的笑不怀好意，十之八九是冲着他的钱而来，因此总想方设法疏远亲戚们。

有的时候，李阿三在办公室里装模作样地运筹帷幄，突然进来个客户把他吓得魂飞魄散，以为来人不是抢钱，就是想绑他票。每逢此时他便大惊失色地喊叫道："你……你想干什么？"

客户说："我想跟你做一笔不锈钢刨花生意。"

"那你进来怎么不敲门？"

客户有些不高兴了，心想，你上门收荒货的那会儿从来没敲过门。

李阿三神经高度紧张，有一段时间甚至怀疑自己的老婆想谋财害命。夜里老婆起床上卫生间，他警惕得浑身冒汗；早晨老婆煎了一盘荷包蛋放到他面前，他担心里边会不会放了毒鼠强……

就这样成日里怀疑你，怀疑他，觉得所有的人都不可信。要不是冯桑丘开导，他的精神早就崩溃了。

54

从凯旋酒店回到家中，万达烦恼地坐在老板椅上仰天长叹。又打发掉一个令人尴尬的晚上，熬过了一次大煞风景的聚会。

应酬、应付让人觉得疲惫不堪，尤其是冯桑丘拐着弯子问起儿女婚事，让万达无法应对，转弯抹角好不容易才把话题岔开。那种感觉就好像欠了别人的钱躲着不还，突然被债主一把抓着衣领不肯放手似的。

为了这个不听话的宝贝儿子，万达都快气疯了。自打儿子跨进大学校门，就拧着劲地跟他唱反调。放着偌大一份产业不管，成天想去汽车集团应聘设计师。冯家的婚事明摆着很好，他偏要追求不着边际的马金玉，追不到手撞了南墙，索性破罐子破摔，两眼一闭居然谈了个打工妹。这让他如何跟冯桑丘解释？

昨天，万达在电话里警告麦妮，让她离自己儿子远点儿。回家后又扎扎实实训了儿子一顿，不允许他再和麦妮有任何往来。

此刻想想还不放心，要想让儿子回心转意必须杜绝隐患，将这份孽缘扼杀在萌芽状态。于是，他匆匆上楼要求儿子去长沙出差，与一家牛仔布厂签订供货合同。

万达心想，只要儿子出去转上一圈，也许就忘掉打工的小丫头了。

万雪涛见老子铁青着脸上楼，以为又要谈冯家千金的婚事，正想发作却听说让他出差去一趟长沙。

出差就出差，只要你不干涉我的婚姻，权且听你老子一回话。

第二天一早，万雪涛带了两个员工去长沙签订合同了。

早晨，门卫给包装车间打来电话，让麦妮到门房拿一封来自河南的挂号信。

恰好冯依云来金马公司办事。跨进传达室就听见门卫冲着电话喊叫，于是这通电话一字不落地灌进她的耳朵。

谁会给麦妮写挂号信呢？她警惕地朝桌上的挂号信瞟了一眼，觉得那上面的字迹挺老练。多看两眼竟觉得很熟悉，十有八九是万雪涛写来的。其实，万雪涛的字她并不常见，只是凭感觉认定而已。

冯依云从桌上抓起信，发现信是从河南省发来的，当即想起万达打给她的电话，说雪涛去长沙出差了，宾馆的工作让她多费心。

冯依云咬了咬牙，断定这封写着麦妮亲启的挂号信出自万雪涛之手，她一时生气竟把长沙市划到河南省去了。冯依云将信紧紧攥在手里，很想撕开信封一探究竟。

当门卫向她要回挂号信的时候，冯依云说："没关系，待会儿我亲自送给麦妮。"

门卫为难地说："没有签字信不能拿走，否则我……"

冯依云生气地抓起笔在登记册上签下自己的名字："有什么了不起啊？又不是巨额汇款单！"说着往金马公司办公大楼走去。

麦妮听戚三师傅说门房有她一封从河南寄来的挂号信，便料定那是易老师寄来的，有可能是告知手术日期，于是她三步并作两步跑了过来。

门卫见到麦妮的时候眼光有些异样，他心想，冯大小姐不是把信送给你了吗，干吗还急急忙忙跑过来？转过脸见远处走来一个光彩照人的女孩，门卫便强调了一句："你的挂号信已经被冯老板的女儿拿走了。"

麦妮一听此话特别着急，问他为什么把她的信随便交给一个不相干的人，问完就睁大眼睛望着从办公大楼走来的女孩。这个女孩不是别人，正是与她打过好几次交道的冯依云。

冯依云跨进传达室之前就已瞧见麦妮了，门卫以为她看见麦妮就会把信拿出来，麦妮也是这么想的。但冯依云并没有这样做，她看见麦妮，略微迟疑了一下跨进门槛，然后极不自然地朝麦妮笑了一下。

麦妮见冯依云朝她笑觉得挺奇怪，前几次她都是板着面孔朝她瞪眼睛，这回竟然对她笑了，而且笑得很卖力。不过麦妮并没有因此而感动，她立马意识到冯依云的笑是黄鼠狼给鸡拜年没安好心。

如果不是急着索要挂号信，麦妮肯定会抢在冯依云跨进传达室之前拔腿离开。之所以站着没动，就是等着拿回她的挂号信。

冯依云跨进门房并没有停下脚步，她朝麦妮及门卫点了点头，便迈动双脚来到公司大门外边。

麦妮望着准备上车的冯依云，忍无可忍地喊了一句："我的信呢？"

对方不理睬。

麦妮跑到车前继续追问："我的信呢？求你把信还给我。"

冯依云这才勉强回答了一句："我不知道！"

门卫正伸长脖子朝外探视，见麦妮向冯家千金讨要信，就歪着脑袋仔细听着，没想到他竟然听到一句"不知道"！

门卫扎扎实实给愣住了，明明信被冯依云拿走了，她干吗说不知道？幸好让她签了名，否则还说不清楚呢！

他嘟囔道："真让人弄不明白，她干吗要截留麦妮的信呢？"

这事关系到自己的工作职责，门卫毫不犹豫地跨出传达室径直向冯依云走去，在离她两步之外停住脚步，直接把手伸到她面前说："别开玩笑，把挂号信还给我吧。"

"什么挂号信？"

"就是你刚才从我手上拿走的信呀！是河南那边发给麦妮的挂号信。"

"活见鬼！她的挂号信关我什么事？"

门卫急了，喊道："你……"

麦妮蒙了，冯依云说她不知道信的事，门卫却一口咬定信被她拿走了，这究竟是怎么一回事？

别的东西也就罢了，易老师的信非同一般。自己孤身一人在外打工，经常碰到坎坷与挫折，只有易老师一直在默默关心爱护着她，时常在信中鼓励慰藉她。这次老师发的是一封挂号信，肯定有非常重要的话说，否则她不会发挂号信。

麦妮转过脸疑惑地朝门卫看去，见门卫认准目标毫不含糊地向冯大小姐讨要信件，便猜出冯依云又要诡计欺负她了。

眼看着冯依云发动车子准备离开，麦妮一把拉住轿车门把手要求对方把信还给她。没想到车呼地一下冲向前去，把麦妮甩出五六米远。麦妮从地上爬起来拼命向汽车追去。

从远处走来的林列见麦妮行为怪异，就猜到准是发生要紧事了，急忙用身体拦住急驰的车。嘎的一声冯依云将车刹住："你不要命啦？"

林列猜想麦妮一定遇到了无法忍受的委屈，才会如此失态。一问果然如此，易老师写给麦妮的信被人无端截留了。他便铁青着脸把冯依云从车里拉出来："把信拿出来！"

见对方不理会，林列抬高嗓门喊道："快！把信拿出来！"

冯依云朝周围看了看，发现没有援兵，心里多少有点儿发虚，从小到大没人对她使用过这种口气。就在她准备继续抵赖时，门卫拿来登记册，用手指着上边的签名说："看看，这是你亲笔签的字。"

冯依云一时没了主意，只好说："信被我扔了。"

林列说："扔在哪里？去把它找回来。"

冯依云报出地点却不想动身。被林列大吼一声，吓得哭丧着脸跑进金马公司，从楼梯处的垃圾箱里拎出被她揉成一团的信。刚才，她办完公事走出董事长办公室，忍了一会没忍住就拆开挂号信，一看与自己毫不相干，便揉成一团随手丢进了垃圾箱。

此刻，冯依云觉得丢足面子，噙着泪水来到麦妮面前，把纸团往前一送：“还给你！”说完快速钻进豪华轿车里，呼地一下溜之大吉。

麦妮没能接住纸球，连忙弯腰从地上捡起来。见信纸被揉皱了，就用手指轻轻地抚平它，抚了好几下还皱巴巴的。

易老师在信里写道：麦妮，我的好孩子！当你接到我信的时候，也许我已经不在了。手术下周一做，医生说存在一定的难度。我想跟你说的是，无论发生什么事，你都要坚强，要学会保护自己。不管今后我能否陪伴你，你都要勇敢地生活下去……

麦妮看着信，两行泪水顺着脸颊流下，滴落在皱巴巴的信纸上。

林列见此情形忙问：“怎么回事？是易老师病了吗？”

麦妮心里酸极了，控制不住地蹲在地上，把头埋在胳膊弯里泣不成声。

马金玉见这里有情况也走了过来，得知是怎么回事后，就把麦妮扶起来搂进自己的怀抱，用手在她背上轻轻拍了几下安慰道：“有我和林列在，无论发生什么事你都别害怕。”

麦妮一把抱住马金玉，尽情地在她肩上放声痛哭。

麦妮流着泪水把信看完，得知易老师明天做手术。老师在信中附了一份遗嘱，说如果手术不成功，愿将自己名下的七十平方米房产赠与麦妮。

易老师是自己最亲的亲人，明天就将接受风险较大的手术。虽说为她筹够了手术费，但手术时身边无人陪伴怎么行？自己应该陪伴易老师走向手术室，为她鼓劲壮胆才行。可是这很难做到，老师为了不让麦妮去医院，一直拖到今天才让她知道手术时间，即使立刻出发也赶不上了。况且请假的事也让麦妮为难，上次马千里分明见过假条，还拍着桌子大声吼叫，这会儿去找车间主任请假，他断不敢批准。

马金玉看出麦妮的心事就对她说：“你赶紧回宿舍收拾一下，乘坐中午的飞机，估计前半夜能赶到医院。”

见麦妮疑惑不解她接着说：“请假、买飞机票的事不用你管，放心回去吧，等老师基本康复就立即赶回来。”说完忙着订机票去了。

麦妮好不容易收住的泪水又控制不住地滚落下来，在这多舛的人生中，有马金玉和林列这么好的朋友应该知足了。

林列叮嘱了麦妮几句，就去车库把车开出来，他要把麦妮直接送到机场去。

55

夜深了。一声惊雷在这深夜之处回响，闪电划过天空，不一会儿便下起瓢泼大雨。深夜里的巨大噪声，使心烦意乱的人更加难以入眠。

万雪涛从长沙回来三天了，一直没和麦妮联系上，他好像丢了魂似的，感觉时间也凝固了。于是他不停地拨打电话，可是麦妮的小灵通不在服务区。

麦妮去了哪里？为何不跟我说一声？她肯定是被我父亲气走的，有可能再也不回来了。

一直联系不上，只好给车间主任打电话。老江说麦妮没来上班，至于去哪了他也不知道。

天哪！她果真不辞而别了吗？不会吧，麦妮不可能这么做。

四天过去了，万雪涛从起初的焦急盼望，升级为极度的失望和沮丧。直到此刻他才真正体会到，离开麦妮是一件多么痛苦的事。

初见麦妮就有心与她打交道，接触之后发现她的内心与她的外表一样完美，特别是她的憨厚善良更让他感动。

麦妮的一举一动令万雪涛难忘，但他从未想过有朝一日，这个女孩会对他产生如此大的影响。一份雇佣合同将他们牵扯到一处，他对麦妮渐渐产生好感，再由好感上升为爱，最终发展到难舍难分的程度。

万雪涛爱麦妮爱得热烈而真切，每次刚分手就开始盼望下一次见面。这种祈盼令他身心愉悦，乏味的生活终于显现出盎然生机。他决心今生今世非麦妮不娶，即便被赶出家门也在所不惜。

然而，父亲的反对果断强硬，有生以来他从未遭遇过如此强硬的干涉。万雪涛不会让步，为了幸福他要抗争到底。此时此刻他多希望能得到麦妮支持，可她偏偏玩起了失踪。

万雪涛将一枚硬币抛向空中，情绪随着正面和背面大起大落。麦妮不辞而别使他极度焦躁，即便是追不到马金玉也没如此沮丧过，也许是马金玉从未让他感受到真实的爱。

哪儿都找不到麦妮的踪迹，就如同一件宝贝突然不翼而飞。失魂落魄的万雪涛，无奈之下只好给马金玉打电话，对方含糊其辞使他越发心神不安。

麦妮的身影不停地在万雪涛眼前晃动，人常说的刻骨相思也不过如此。他开始扳着指头数日子，一天，两天，三天，好不容易挨过一周。

麦妮的影子变得时而清晰，时而模糊。万雪涛神情恍惚心生疑惑，是麦妮真的走了，还是她从来就没有出现过?

午夜的月光撒落在落地窗上，映射出一片蓝荧荧的光亮。

万雪涛辗转反侧难以入眠，索性睁着眼睛等待新一天到来。

捱到第九天早晨，万雪涛差不多要崩溃了，只好再次跑到金马公司找老江。

江凯不敢多嘴，因为马金玉打过招呼。

见万雪涛急成那样，老江只好如实奉告。

万雪涛辞别了江凯立即去找马金玉。

马金玉之所以不愿透露麦妮的去向，是担心万一走漏风声被老麦知道凶多吉少；传到三叔耳朵里，弄不好又要开除麦妮。从万雪涛焦急的口吻里马金玉觉察到，他俩不仅仅是普通雇佣关系，他对麦妮的情感是实实在在的。

谈了一会话，马金玉觉得万雪涛改变了许多，从前的浮躁和狂妄不见了，纨绔子弟的坏习气也不再出现。难怪林列夸他聪明，说他为人不错。

马金玉把老师动手术，麦妮请假回去的事说了一遍。

万雪涛松了一口气，决定去河南寻找麦妮，与她共同分担所有困难。可是，偌大的河南去哪里找她呢?

突然想起不久前和麦妮一道给老师汇过两万元钱，麦妮将地址抄在合同书背面了。

万雪涛急忙赶往海城宾馆，在办公室抽屉里找到那份合同便冲出门去，恰好与等在门外的冯依云撞了个满怀。

冯依云许久未见万雪涛的笑脸，前天把电话打到他家，居然被他臭骂了一顿。

失而复得的欣喜，使万雪涛少了几分拒人千里的冷漠。冯依云当然不想错失良机，她决定跟万雪涛好好谈一谈。谁知对方一把将门拉上，声称他们之间没什么好谈。

冯依云忍气吞声再三解释，她所做的一切都是因为爱他。

万雪涛急着要走，哪有闲工夫听她啰唆，见她死缠烂打就没好气地说，我快结婚了，请你别再胡思乱想。

冯依云一听就着急起来，难道我在你眼里还不如一个穷得叮当响的臭苦力?

万雪涛说，麦妮在经济上的确比你贫穷，但在思想上和精神上比你富有多了。

你这是情人眼里出西施！麦妮看人的时候眼睛睁得像只鸡，张嘴说话嘴扁得像唐老鸭。

万雪涛说，你笑的时候像只小狐狸，刻薄的时候像只大灰狼！说完这句话人已走远了，留下冯依云独自伤心，想自己如此富有，既会经营又懂生活，为什么得不到万雪涛的爱?

56

万雪涛到家就跟父母摊了牌，如果再阻挠他和麦妮交往就肯定离家出走。

万夫人一听这话慌了神，连忙劝丈夫答应儿子的要求。说心里话，那女孩挺招人喜欢，她和儿子交往也未必是图谋钱财。

万老板不以为然，说娶这样的儿媳会被人笑掉大牙。我万某人有几个儿子啊？不就是雪涛一个活宝嘛！名牌大学毕业，要才有才要貌有貌，谁见了不夸赞不羡慕？果真娶个打工妹回来，圈子里的人会怎么想？还以为我万某人的儿子有毛病呢！雪涛如此不明事理，如何担当万氏集团的继承人？

万夫人觉得这话有道理，就去做儿子的思想工作。可儿子比老子还死心眼，说他完全可以靠自己的能力谋生，不继承财产正好按自己的意愿奋斗，他正求之不得呢！

见儿子死活不听劝，她只好再去说服丈夫："咱们不知道麦妮身份时，不也觉得她哪儿都好嘛。其实，有钱没钱也没多大关系……"

万雪涛兴奋地喊道："妈，你真伟大！总算说了一句高水平的话。"

万达失去耐心，大声喊叫道："你不听话，我就和你断绝父子关系。我要再生个儿子肯定没你那么傻！"

万夫人喊道："我五十多岁哪里还能生啊？莫非你想在外边包二奶帮你生个野种？想都别想，你趁早断了这个念头！"

万老板不接话茬，只管说儿子的婚事：“冯老板也是有头有脸的人，屈尊上门攀亲我们却不领情。如果雪涛果真娶了大学同学、局长千金倒也说得过去。偏偏找了个打工妹，你让我怎么跟人家开口？”

万夫人觉得这话有道理，转身再去做儿子工作。

儿子没等她说完，背起包就往外冲。

急得老娘拉长哭腔喊叫道：“他爸，你快来呀……”

对于母亲的劝说万雪涛毫不理会，只管匆匆朝前走。

万夫人追出门喊道：“儿子你快回来啊！这事好商量……我和你爸答应你还不行吗？”

万雪涛坐飞机到达郑州，转乘火车去了麦妮老家的县人民医院，见到康复中的易老师。

听说来人是麦妮的好朋友，易老师格外热情，告知说麦妮今晨已离开医院回海城去了。

万雪涛作了自我介绍，称自己是麦妮的男朋友。

易老师听麦妮说过，手术费是向姓万的小老板借的，没想到他们是这种关系。易老师千恩万谢过后认真地说：“麦妮是个心地善良的好女孩，你若真心爱她就必须认真对待，决不能辜负这个受尽磨难的好姑娘。”

万雪涛坚持留在病房陪伴易老师两天。从易老师嘴里得知，年幼的麦妮不但聪明善良而且豁达大度，童年悲惨的遭遇和苦难铸就了她坚强的性格。

万雪涛挺奇怪，麦妮这么好的一个女孩，为何一直受父母虐待？

易老师看出万雪涛真心爱着麦妮，就把一个从未对人讲过的，连麦妮本人都不知道的身世之谜说了出来。

原来，麦妮并非父母亲生。她的养母是易老师的表姐，结婚四年没有生育。一天，两口子去镇上买小猪，居然花两千块钱从人贩子手上买回一个半死不活的女孩，看那样子三岁左右。回家养了几天，那孩子居然活蹦乱跳的了。

两个月后易老师的姑妈去世，那两口子带着孩子住到娘家，从那之后很少有人知道孩子的来历。

到了第二年春天，易老师的表姐突然怀孕了，年底生下一个女儿。从那时起小麦妮的日子每况愈下。等他们的儿子降临人世，六岁的麦妮就成了家里的小保姆。

麦妮乖巧而且勤快，但还是常常挨打受骂。到了上学的年龄也不让她去学校。易老师多次上门做工作，直到十岁麦妮才进学校读书。

那会儿老麦酗酒成性，喝醉酒就无端打骂人。为此，麦妮好几次死里逃生。

易老师看不下去要求收养麦妮，但麦家死活不肯，说算命先生讲麦妮是凶煞投胎，必须降伏住她才行，否则他儿子会遭遇不测。

麦妮在挨打受骂中捱过十几年，好不容易考上财会专科学校，老麦却要把她卖给砖窑老板做补房。就因为那家伙心狠手辣，第一个老婆受不了虐待服毒自杀，老麦才选中这种人做女婿，以此来压住所谓的凶煞。

易老师的话令万雪涛非常震惊，感觉心在隐隐作痛。想当初自己一次次耍弄麦妮，哪想到她受尽了人世间的苦难与折磨。我把快乐建立在她的痛苦之上，却丝毫不考虑她的感受。此刻回想起那一次次恶作剧，实在太对不住她了。

在回去的路上，万雪涛对麦妮的思念更加浓烈。他恨不得立即见到麦妮，向她忏悔以往的过错，保证诚心诚意爱她一辈子。

麦妮和万雪涛在途中错开，一个离开医院赶往海城，另一个从海城出发到达河南。

麦妮坐在回海城的车里，情不自禁地又想起万雪涛。从第一次见面，到去饭店饱餐一顿；从第一次扣款，到奖励她六百元钱。那段日子他经常奚落讥笑她，弄得她哭笑不得。麦妮几次想离开，万雪涛总有办法留住她。

通过相处他们相互受到影响，麦妮比过去多了几分自信；万雪涛比从前踏实了许多，不仅懂得平等待人，还学会关心和帮助别人。冷漠和颐指气使不见了，做错事还知道说对不起。

在麦妮的眼里，尽管万雪涛玩世不恭，但他本质善良。那天送母子俩上车表现得体贴周到；他曾不辞劳苦地送老年痴呆症患者回家，还把得了急病的出租车司机送进医院。

想到这些，麦妮心里一阵喜悦。

快到车站了，麦妮突然很想见到万雪涛，希望他能魔术般地出现在自己眼前。她的生活中，似乎已经离不开万雪涛了。

这种念头一闪现麦妮便惶惶不安起来，她担心自己对万雪涛的情感，只是另一场单相思的开始，就像当初对林列自作多情一样。如果林列对我好是出于同情和好感，那万雪涛呢，恐怕连好感都谈不上。

联想起万雪涛的父母，想起他们的冷嘲热讽，麦妮的心开始隐隐作痛。算了，还是丢开杂念还款走人，否则希望越大失望也越大。

57

麦妮回到金马公司，首先去找马金玉销假。

马昭说金玉去省城出差了。

麦妮决定先回车间干活去。

车间主任老江面带笑容，让麦妮另选轻松一些的工种。

麦妮婉言谢绝，眼下只有包装工作时间相对灵活些，能挤时间另打一份工。老江同意麦妮继续原来的工作，并鼓励她说："好好干！如果有人随便赶你走，我会竭尽全力维护你的利益。"

戚三笑道："杨树叶子掉下来怕砸破头的主任，都敢站出来帮你说话，你还怕什么？"

麦妮感动地说："车间里的师傅们对我太好了！"说完就忙着干活去了。

正干得起劲，门卫进来说有人找她。麦妮以为爹找到这儿来了，吓得面色发青。门卫见她神情紧张就笑道："是辉煌公司的千金找你。"

麦妮一听这名字就特别排斥，自己和冯依云之间没什么话可说，于是她小声拜托道："您就说我不在行吗？"

门卫挺为难，央求麦妮无论如何去一下，否则他无法交差："上次挂号信的事她到现在还恨我，今天要不将功赎罪，保不准她怎样损我呢！"

麦妮来到厂门口，远远看见一辆宝马车停在大门外边。冯依云站在车旁姿态很像车展上的模特。见到麦妮她张开嘴巴笑了，由于笑得太过夸张，嘴角都快扯到耳根了。

麦妮见她笑着朝自己走来，先惊奇后紧张。与冯依云打过几回交道，她吝啬得连一丝笑容都没舍得露过。上次难得一笑，原因是她把我的信扔掉了。今天笑成这样，八成又是黄鼠狼给鸡拜年没安好心。

冯依云见麦妮走到跟前就说："上车吧，我有话跟你说。"

"有什么话就在这儿说吧，我还要干活呢。"

冯依云扬了一下眉毛："有问题吗，要不要我给马千里打个电话？"

麦妮听说给老板打电话当即慌了神，躲还来不及呢，哪敢惊动他老人家："那好吧！有什么话你快说，我真的要赶回车间干活。"

麦妮刚坐进车里，冯依云就从包里拿出厚厚一沓人民币，递到麦妮手上说："这些钱够你吃喝几年了！赶紧离开这儿，走得越远越好。"

麦妮奇怪地问："干吗要我离开？我又不在你家公司上班。"

冯依云说："由于你的存在，严重影响了我和万雪涛的关系。本来我俩就要订婚了，因为你第三者插足，事情发生了根本性的变化。"

麦妮觉得很好笑，你们订不订婚与我有什么关系？我又没阻拦万雪涛和你好。

冯依云不听解释，一口咬定万雪涛见异思迁，爱上麦妮就死活不愿理她了。弄成这样一个僵局，大人之间不好相处，万一哪天她想不开出了人命，麦妮肯定被判无期徒刑。

麦妮劝冯依云别再胡思乱想捕风捉影："你的婚事与我没有关系。"

冯依云喊道："谁捕风捉影啦？万雪涛向他父母下了最后通牒，要么同意和你交往，要么他就离家出走。"

麦妮愣住了："怎么会呢，你弄错了吧？"

"我亲耳听万雪涛母亲说的怎会有错？她儿子三天前离开家至今不知去向。都说找你去了，你还假装不知道。说，到底把他藏哪儿啦？"

没想到万雪涛果真离家出走，证明他那天的表白都是真心话。麦妮恨不能立刻见到他。

冯依云见麦妮瞬间神情兴奋就说："赶紧离开他，听到没有？"

麦妮推开冯依云的钱说："你无权强迫我离开海城。在你的头脑里以为这世上没有你得不到的东西，因为你有钱。可是，并不是所有东西都能用钱买到。"说完打开车门要下车。

冯依云一把拉住麦妮："你这个无赖！你必须离开他，否则我……"

麦妮甩开她的手跨出车门。冯依云抡起拳头在麦妮的背上猛砸一拳："该死的穷要饭的！不在家好好待着，跑到这儿来扰乱社会治安。"

麦妮说："想打架吗？你可不是我的对手，我能一口气把三百箱玩具搬到卡车上。"

"吹牛！"

"我没吹牛，不信问我们车间主任去。"

麦妮跨出车外，并没有立刻离开，她冲车里的人笑了笑继续说道："冯老板，请你不要瞧不起打工者。没有他们出卖劳力，你的工厂开得下去吗？万雪涛爱不爱你我不知道，但我知道他若不爱你，即便我离开他也不会改变主意。其实，你各方面条件都非常优越，但你自私霸道，你连怎样爱别人都不懂，又如何指望别人真心爱你呢？"

58

一路飙升的原材料价格突然停住脚步，接着便是直线下跌。当海城的老板们迫不及待地想将手中的库存往外抛的时候，原本通畅的渠道一下子被堵死了，成品，半成品，包括原材料一概抛不出去了。外贸单位通知暂停发货，各类订单无法继续生效。国际原油大幅降价，各类有色金属和煤炭等原料也跟着直线下跌。

冯桑丘和张小莹的婚姻，随着经营行情大幅动荡也走到了尽头。除不锈钢公司归冯桑丘自己所有，其余资产全归张小莹。海城宾馆百分之六十的股份，仍旧归女儿冯依云所有。

这件事在海城引起不小的轰动，许多人感到不可思议。冯桑丘疯狂玩女人的时候他俩没离婚；冯桑丘判刑那些年也未分道扬镳；捱到这日暮黄昏之时才想起分手？既然互不干涉，干吗还要拘泥于这个形式？

知道他们底细的人忍不住摇头叹息："都是钱作的怪！两口子穷的时候感情挺好，冯桑丘把老婆当个宝，早晚骑辆破自行车接呀送的。逢到国庆节工厂食堂会餐，他打点儿肉也要带回家跟老婆一同吃。后来他当官了，有钱了，人也就变了。随着钱越来越多，夫妻感情也越来越糟糕，风风雨雨几十年终于走到尽头。"

张小莹和冯桑丘的婚姻说来挺不寻常，称得上是特殊年代里特定环境之下的产物，多多少少带点儿传奇色彩。

那是1968年的冬天，寒冷而沉寂的空气中飘起一股股浓重的火药味。小将们贴大字报贴出分歧意见，就展开面对面的大辩论。辩论不分胜负索性抢桌子夺地盘，整座校园变得乌烟瘴气。

这天早晨，两派小将向对方阵营扔爆竹，使得派性斗争愈演愈烈。冯桑丘穿一身洗得发白的旧军装，腰里束一根帆布裤带，越发显得威风凛凛。为了这身装备，他软硬兼施好不容易才从部下身上扒下来。

冯桑丘刻意地打扮自己，除了显示他造反派头头的威风，还有一个深藏心底的秘密。他从上小学起，就一直关注同学张小莹，喜欢看她的身影，听她的声音，即便远远的一个背影也会让他激动许久。可是，张小莹是中学老师的女儿，不但头脑聪明，还是班上最漂亮的女孩。冯桑丘明知悬殊之大，偏偏欲罢不能。于是，他暗下决心在学习上狠下工夫，希望有朝一日能考入大学。到那时，他和张小莹之间就没有障碍了。

这份美好的愿望最终葬送在六年级上学期，在那个倒霉的星期二上午，齐阿牛丢了一把削铅笔小刀，白老师在冯桑丘的书包里发现了它，差不多全班同学向他投射出鄙视的目光，使他对自己的前途失望到极点。

在他最无助的时候张小莹挺身为他辩护，说两天前她看见齐阿牛和冯桑丘打架，齐阿牛声称要报复冯桑丘。白老师对这番话无动于衷，也许他觉得保持事情的本来面目更好一些。

尽管张小莹的帮助没起多大作用，但至少说明她是信任冯桑丘的。

在冯桑丘若干次复仇经历中，最为淋漓尽致的一回是1968年冬天。那天似乎特别寒冷，西北风在头顶上盘旋发出尖锐的哨声。冯桑丘冒着严寒杀回母校，第二天就将痛恨至极的白老师推上了批判台。

怒火中烧的冯桑丘穿一身旧军装，威风凛凛地跳到用木板搭建的舞台上，手指直戳白老师的鼻尖。白老师比从前老了许多，锥子般的眼神早已不见踪迹。

冯桑丘心里充满仇恨，当他敞开嗓门历数坏蛋罪恶时，因过分激动而泣不成声，于是他用动作替代了语言表达。

白老师最终被人用黑板抬走了，他的身体一动不动地躺在曾经触摸了三十多年的黑板上，那只垂下的胳膊在空中荡来荡去，远远看去竟是一副悠然自得的模样。

冯桑丘如同一团燃烧的烈火，所到之处硝烟弥漫。打倒白老师之后，他又发出营救张老师的命令，张老师就是张小莹的爸爸。

冯桑丘带领部下用爆竹吓跑对方造反派，立即蜂拥挤进实验室救人。

当他向张老师伸出援助之手时，张老师迷茫的双眼里流露出无比的恐惧和惊惶，因为昨天他刚听人说起，冯桑丘带领一帮中学生把从前的班主任打得遍体鳞伤气若游丝。

冯桑丘以造反派的身份打倒了一个又一个老师，为何对他例外开恩？张小莹的父亲满脸疑云，直到多少年后冯桑丘成为他的乘龙快婿，一切疑惑才迎刃而解。

张小莹最终被冯桑丘追到手，很大程度上源于这次营救。看着父亲一次次游街挨打她心急如焚。在她最无助的时候得到冯桑丘的援助，这份援助令她感动了许久许久。

洞房花烛夜，金榜提名时。当冯桑丘梦想成真的那一刻，仍不敢相信与自己相拥而坐的漂亮女人，正是那个高不可攀的张小莹。尽管他俩同学多年，自惭形秽的冯桑丘除了梦中与她有过接触，现实生活中几乎从未单独来往。

冯桑丘感激上天眷顾，感激张小莹真情以待。他一次次在张小莹面前表白，有你相伴，我今生今世再无他求。可是，今生今世再无他求的冯桑丘，追求的东西太多了，有不断变换的女人，还有永不满足的金钱。

最让人不能理解的是，冯桑丘不仅离了婚，还跟宝贝女儿脱离了父女关系。谁都知道女儿在冯桑丘的心目中至高无上，平日连一点委屈都不舍得给，怎忍心让她承受这么大的打击？

有色金属等各类原材料直线下跌，冯桑丘预感到形势不妙，但并未立即采取果断措施。直到外商通知暂停供货他才感到恐慌，连忙违约停止协作厂的加工件，但积压在仓库内的不锈钢物资已经无法抛售。

一时间，抢手货变成了烫手山芋，想推都推不出去。与此同时，银行方面催要贷款，二十多家协作厂要求结清拖欠的货款，停业的员工天天上门讨要半年未付的工资，最令他头痛的是那成千上万的集资款……

冯桑丘是过来之人，是经历过风雨的商场老手。当年他曾叱咤风云统领上千号人，并亲眼目睹了国营机械厂从兴盛到衰败的全过程。他烦恼过，也恐慌过，但从未像现在这样绝望。

那时候企业一天天衰败，他的家产却像滚雪球一样越滚越大。兄弟姐妹跟着沾光脱贫致富，远在家乡的父亲因心满意足而笑口常开。老人这辈子连做梦都没敢想过，自己会有这么大的福气。儿子冯桑丘当了多大的官他不是很清楚，只知道豪华小汽车能够一直开到家门口，门前这条路就是冯桑丘的关系户派人修建的。

每次儿子从小车里钻出来，驾驶员便来来回回地把车里的东西往他屋里搬，吃的穿的用的应有尽有，还有他一辈子都没见过的那么多钞票。

儿子很了不起，老冯从生产队长点头哈腰的样子上得到肯定，这是老人家最引为自豪的事。尽管他不识字，也听不明白儿子时常挂在嘴边的，什么经济基础决定上层建筑，但他三十几年前就懂得了，儿子读好书冯家才会翻身的道理。

令他没有想到的是，儿子冯桑丘最终会站在被告席上。

老人没有想到，冯桑丘也没想到，他一直以为自己运气很好，每回都能有惊无险侥幸逃脱。如果他不这么想的话，也许就不敢那么做了。那次他站在被告席上痛哭流涕："我是一个农民的儿子，只奢望吃饱穿暖就足够了。可是……我就像安徒生笔下的老渔婆……是日渐膨胀的欲望把我送上了歧途。"

金马玩具公司面临出口受阻的问题，主要是价格落差太大。买方要求大幅度降价，这样一来不但不赚钱还得亏本，马千里立刻召集相关成员开会。

马金玉认为：同意降价是眼下唯一出路，以此条件先拉住客户。

马昭说："若按库存原料计算成本，就是做得越多亏损越大。新原料价格下降幅度很大，新老材料搭配着做，可以保证总体不亏。"

幸好库存原材料不多，否则就没法供货了。这方面多亏林列，当他发现物价上涨快得离奇，就建议马金玉赶紧压缩库存停止进货。金玉和三叔一商量觉得有道理，如今是买方市场，玩具原料和不锈钢材料不可能成为紧俏商品。

仅此一项合理化建议，就为金马公司节省了好几百万。

转眼到了月底，金马公司决定，让没有回家过年的员工回去看望一下亲人。

林列很想回去一趟，他已好久没和家人团聚了。

马千里建议金玉跟林列一同回去，顺便四处玩玩放松一下心情。相处一年，老马对林列的好感与日俱增，从了解、认可发展到信任、喜欢，甚至有些离不开了。他把林列看成自己的孩子，看成事业上最好的帮手。

老马之所以提议金玉跟林列一同回去，是想进一步巩固孩子们的感情，正好趁这个机会看望一下未来的公婆。

马金玉没等三叔讲完就激动得跳起来，缠着林列要求与他同行。

林列说："我正求之不得呢！正好可以履行我们的探险计划。"

马千里喊道："什么，探险？那绝对不行！"

马金玉笑道："别担心，他说的探险地点是在公园里边。"

林列也笑起来："我们准备去凤凰旅游，那里风景优美，离我家也很近。"

59

凤凰位于湖南省湘西地区，离海城足有千里之遥。火车第三次提速，以每小时近三百公里的速度，把遥远的西南变得不再遥远。

在长沙，林列带着金玉游览了岳麓书院和爱晚亭。逛完洞庭湖与岳阳楼，看过马王堆汉墓又去湖南省博物馆参观。第三天傍晚开始向目的地凤凰进发。

他们买了长沙到吉首的卧铺票，傍晚上火车，一觉醒来就到了吉首市。

吉首去凤凰的公交车，在半山腰一条蜿蜒曲折的山路上盘旋。路边是苍翠的树冠，坐在车里可以聆听鸟语，可以欣赏车外秀丽的风景。

凤凰到了，简陋的露天车站前有一条醒目的广告语：为了您的到来，这座古城等待了一千年。

当马金玉第一眼见到如画的美景时，立刻有一种深深的震撼攫住她的心，忍不住要流出泪来。那琼楼玉宇般的美景，使人误以为走进人间仙境。那树，那山，那水，那一排排沿江而建的木结构吊脚楼，还有雕梁画栋的长长回廊真叫神奇。她见过精妙绝伦的亭台楼阁，也游览过气势磅礴的高山秀水，但从未见过这两种风景天然融为一体的景象。

此时云雾缭绕，青砖小瓦雕栏玉砌的古建筑在袅袅的雾气中若隐若现。山坡上长满了低矮浓密的小草，牧童骑在牛背上悠然自得缓慢前行。这梦幻般的美景在现实生活中尤其罕见。

出租车将林列和马金玉送到城门口，城门上方标有“虹桥”两个大字，这便是他们刚从远处见过的回廊。由城门往里是一条长长的通道，两边是一家挨着一家的店铺。出租车只能开到这里，要想投宿沿江旅店只能步行了。

他们选中一家名叫六色坊的旅店，要了三楼两间看得见风景的房间。

推开雕花木窗，对岸的美景尽收眼底。大红灯笼点缀在吊脚楼上，楼的背后是浓密的参天大树，巍峨的山峰伸向云端。远处有宝塔和庙宇，寺庙里传出诵经声，在大山里发出嗡嗡的回音。有几座吊脚楼属于元明时代的建筑，因年久失修显得过于陈旧，却更能让人感受到它的历史悠久。

俯首凝望，沱江上行走着一只只精致的木船，歌声从水上传来格外悠扬。

凤凰是一座千年古城，相传杨家将中的杨六郎曾在这里带兵戍边。这块土地曾经是宋朝的边境，当年将士们远离亲人来到人迹罕至的边境安营扎寨，不知经历了多少艰辛和危难。这些汉人离乡背井来到这里，从此便永远留在了深山之中。随着岁月流逝，有的人在这里娶妻生子繁衍生息，天长日久简陋的兵营渐渐形成了一座古城。

有关这座古城并没有太多的文字记载，但它散落在民间的传说却是各式各样，经过一代又一代人口口相传，就演变成一个个奇特而动人的故事了。

刚放下行李，马金玉便迫不及待地出外探奇。踏在橐橐作响的石板路上，一条条幽长的小巷伸向前方。那迷人的光影洒在古老的建筑物上，显得明媚而又柔和。沿街的店铺里陈列着民族服装，路边摊贩的竹匾里摆满了各种银饰和漂亮的荷包花边。身着民族服装的妇女们，向路人兜售用新鲜野花编成的花冠与花束，那火焰般的红色，天空一样的蓝色，还有紫色、黄色、白色、绿色，交织在一起，不由得让人怦然心动。

马金玉穿上苗族人的服饰照了几张相片，那修长窈窕的身姿格外好看。

沿着河边，两人兴奋地追逐、奔跑，留下一片畅快的笑声。

吃完沱江的油炸小蟛蜞，再吃腊肉罐罐菌。山里野生的枇杷味道鲜美，凤凰的姜糖更受欢迎。

逛得有些累了，马金玉掏出手机一看，不知不觉中已玩了五个钟头。回想起那次在住院部花台边等候林列，望眼欲穿的滋味仍历历在目。两次掏手机看时间只相隔了五分钟，从八点等到近十点也未见人影。还以为今生和林列无缘了，此时此刻林列就在自己身边，瞬间巨大的幸福感传遍全身。

林列见马金玉在沉思，便伸开手臂慢慢把她拥进怀中，静静地享受这美妙快乐的时刻。

马金玉被幸福感动得泪流满面。

这时，夕阳涌流而来，那么强烈，那么具有韧性。金色的霞光从沱江尽头那深深的谷底反射上来，夕阳映照在两岸高低参差的吊脚楼上，使人有置身于蓬莱仙境的感觉。

梦幻般的美景，引来远方的画家们来此作画，给原本迷人的沱江两岸，更增添了一道美丽的风景线。

当夜晚来临的时候，古城上空月光明亮，沱江水在月光下涓涓流动，清亮而又神秘。马金玉从小孩手里买来各式河灯，点着蜡烛慢慢放进水中。一朵朵五颜六色的纸花、一只只纸船和动物在洒满月光的水中荡漾。不一会儿，河灯顺着江水向下游漂去，那伴随清风摇曳的烛光，将一盏盏河灯映照得晶莹剔透美不胜收。

在光怪陆离的灯影下，露天的街市渐渐嘈杂起来。吊脚楼里的灯光跃出窗口，与水里的月影相映成趣。楼外边霓虹灯开始闪烁，远远看去一片灯火辉煌。

流动的商贩们经营起各自的小吃与绝活。一条条老板鲫鱼在铁板上烤得吱吱作响；五元钱的肉串足有三十串之多。份量太足的麻辣使一群不习惯吃辣的游客，心甘情愿地忍受着吃的刑法，一边死劲大嚼，一边“啊哟！啊哟！”没命地叫嚷。

凤凰的夜晚太安静了，比起海城喧嚣的叫卖声、此起彼伏的鞭炮声、川流不息的轿车卡车的喇叭声，以及冒着黑烟的工厂发出来的机械撞击声，这里太安静了。似乎在马金玉的一生中，从未经历过如此寂静的夜。

早晨醒来，空气里弥漫着淡淡的水腥味。睡在床上就可以看见对岸的美景，那青山绿水披裹着轻纱般的迷雾，山上的塔和庙宇在云雾里若隐若现。枝繁叶茂的参天大树斜伸出深绿颀长的枝条直插云端，晨风拂过便悠悠然地摇曳起来。

林列起得很早，来到马金玉门前敲了两下：“懒鬼！睡醒了没有？”

金玉说：“我不想回去了，就在这儿当神仙啦！”

林列说：“咱家愿意奉陪。”

去粥店吃早饭的时候，太阳慢慢升起来，雍容华贵的身姿在厚薄不一的云中徘徊，使大地跟着一忽儿明一忽儿暗。随着街巷变宽，阳光流畅地照射进来，整条街巷就像镀上了一层黄金。

早餐是葛根粉和糯米红枣粥，喝起来十分爽口。两人一边吃，一边欣赏四周的美景。此时，沱江上传来一阵悠扬的渔歌，优美的旋律像露珠一样晶莹圆润，那么的纯净，丝丝缕缕都洋溢着深情。让人忍不住凝神屏息，那份感觉宛若腾云驾雾飞向天庭，便有一种难以言表的幸福弥漫全身。

林列的家乡也很美，马金玉从未来过这里，却有一种回归故里的亲切感。一路上她惊喜地喊叫，由衷地赞美，那种兴奋似乎一生中也难得经历几回。

眼前，五彩缤纷的景色仿佛一幅摊开的画册。潺潺的流水，清新的空气，绿得发蓝的乌江水，经岁月风化的页岩像书卷似的层层叠叠，还有路边各式奇花野草。这一切，足以显示大自然的慷慨与神奇。

转过弯，一片波光荡漾的大河展现在眼前，一只鹰从青山中飞起，在湛蓝的天空中翱翔一圈钻进云层。山坡上长满野花和艾蒿，美丽的蝴蝶精灵似的扇动着蓝色的、黑色的、红黄镶嵌的翅膀，在野花丛中翩翩起舞。

林列的父母和姐姐早早等在村口，一见到马金玉就热情地簇拥上前，姐姐拉住金玉的手说：“你能来我们太高兴了！”

一到家，马金玉就把带来的礼物分给大家，林列的母亲千恩万谢反倒让她过意不去。

林列家的柴火饭真香，马金玉就着新鲜的山菜辣椒吃了满满一碗。

吃完饭有邻居来串门，一群孩子在门前你追我赶奔跑嬉戏。从这些淳朴的村民及孩子身上，马金玉发现了离海城人渐渐远去的东西，那就是感恩之心。你的一点点付出也会获得他们的感恩之情。

傍晚时分村长来到林家，他六十多岁了，身上穿一件洗得发白的旧军装，那还是他当兵时的衣服。他每天都忙前忙后地为村民办事，谁家有个难处首先想到找村长，因为村长会想尽一切办法帮他们。林列的爹说，村长属于标准的廉政干部。

马金玉在林家住了三天，发现这里的村民特别淳朴，从他们的谦卑中看到净化的灵魂，看到一种奇妙而可贵的凝聚力。

如今的交通及通讯手段越来越快捷，但人与人之间的沟通却越来越表面化，内在的交流也越来越少，要想建立起一个互信的环境似乎很难。这里的村民保留着中国人古老的质朴与本色，特别是那些可爱的孩子，他们不具有复杂人际关系中滋生出来的价值观，却有着率真纯净的亲和力。

60

戚三嫂回了趟娘家，从弟媳嘴里听到一个惊人秘密，传言她的公公前些日子买彩票中了五百万。为此她急忙赶回家去，让男人把爹接到家中养老。

戚三听完老婆的话，几乎不敢相信自己的耳朵，一直以来老婆都是旗帜鲜明地反对老人住进家中，怎么突然间变得孝顺起来？

问之再三她也没说出个所以然。既然老婆回心转意，戚三落得做回孝子，第二天一早就将老父亲接回家中。

老人刚搬进三儿家那几日三婆娘倒挺贤惠，问寒问暖每天早上还煮个鸡蛋。如此坚持了十来天，见公公锅不动瓢不响一点表示都没有，三嫂心里便沉不住气了，旁敲侧击说起买彩票的事，老头只是一味地装聋作哑不理会。

没办法戚三嫂只好把话跟她男人挑明了，让他找爹要钱去。

直到此时戚三才弄明白老婆葫芦里卖的什么药，有心反驳却底气不足，只好当着老婆的面在爹跟前告艰难。

老人说自己大半辈子挣下的家产钱物，早就分给他们弟兄几个了。他七十来岁的老人早上不知晚上的事，横竖生老病死有儿子们管着，要留那些钱财做什么？

见公公一毛不拔，三婆娘只好直截了当地问："你不是中了五百万大奖嘛！该不会把得来的四百万都分给他们哥几个了吧！"

老头先是一惊，然后咧开缺了一颗门牙的嘴笑起来：“误会啦！前村的戚启华中了五百万大奖，同名同姓竟传成我中大奖了。我从没买过彩票，哪能凭空中大奖呢？”

戚三嫂好像被骗子骗了似的，心里那个火气直往上蹿，脸色一下子灰暗得像要下雷雨。真恨不得立刻赶走公公，可一时又找不到理由。不过这事难不倒三婆娘，接他来的时候倒是费了些口舌，现在要逼他走那还不容易嘛！

戚老爹初来时以为三儿媳改邪归正了，哪知半月不到便露出狐狸尾巴，有心想回大儿子家，又怕大儿媳说废话，只好捱它几日再说。唉！早知今日，当初真不该把手上的积蓄分光。难怪电视里说，老人无论如何得保住自己的养老钱。

这天深夜公公起来解手，发现便盆不在房间里，只好起床到门外边拿。路过东房时听见儿媳正在打情骂俏，一陌生男子的说话声令戚老爹大吃一惊。

好你个悍妇，趁我儿子不在家你竟敢偷养汉子。想那三儿子成日在外横行霸道，在家竟是这等怕老婆，老人越想越难过，不由得摇头叹气回了房间。

第二天吃中饭时，爹对戚三说：“我的药快吃完了，你有空帮我到药房配点行不？”

三婆娘一听这话气冲冲地说：“买药！买药！拿什么买？眼下吃饭都成问题，还吃药干吗？”

老头一听这话气得不行，但人在矮檐下不能不低头，他不敢发作只得小声辩道：“生病总得吃药吧！”

“药又不是仙丹，吃了就长生不老了吗？不吃饭保不准会死，少吃点儿药肯定死不了！”

戚三朝老婆看了一眼，小声附和道：“爹呀！美国次贷危机引发的金融风暴席卷全球，虽说咱们国家采取措施使经济得以复苏，但彻底回暖还需要一段时间……”

“我就吃那么一点儿药，与金融风暴有啥关系呀？”

三婆娘说：“怎么没关系？买药得用钱买吧！你在这儿吃药是全自费，回老家去多少还能打点儿折……”

戚三见老婆冲他使眼色，只好接过话头：“我们这个月的工资还没发呢！许多工厂已经裁员了，幸亏马千里运气好，我们跟着沾光勉强保住一只饭碗……要不，我让大哥接您回……”

公公受了儿媳的抢白心里不是滋味，又见三儿子哭穷捣鬼便没好气地说：“当初分家，我没少分钱给你们。你们好吃懒做，赌吃嫖摇，再多的钱也经不住折腾。”

儿媳一听这话那还了得，气呼呼地把筷子往桌子上一拍吼叫道：“谁好吃懒做啦？你儿子赌钱把家产输了个精光，子不教父之过，我还没找你算账呢！你竟然倒筑一钉耙？”

戚三嚷道：“谁赌吃嫖摇啦？不就是玩了几回麻将嘛！当年我辛苦办厂创业，您老不还夸我勤快的嘛！”

三婆娘一把拉开男人，指着老头的鼻子喊道：“你开口伤人是何道理？谁好吃懒做了？这话说你自己还差不多！”

老人见儿媳胡言乱语不上道子，就喊叫道：“你做的事情自己心里明白，趁男人不在家你就偷汉子！”

“你血口喷人，胡说八道！老王八蛋你赔我名誉损失费……”

戚三脸涨得通红，想发作又害怕老婆发威，只好连甩自己两个大嘴巴。

见公公当面揭了自己的老底，三婆娘恼羞成怒伸手就打，被戚三一把抓住手腕向后推搡过去，一个趔趄差点跌倒，于是她呼天抢地把目标转向三麻子，两口子即刻扭成一团。

这场战争持续了三分钟，戚三便习惯性地败下阵来。老婆见状反而来了劲，抓起一只碗朝戚三头上摔过来，要不是让得快脑袋就开瓢了。

幸好儿子放学回家，见此情景赶紧把老娘拉回房间。

夜里，戚三一个劲地向老婆作揖赔不是，保证从此不再违拗她，不再怀疑她有不忠行为。

第二天，戚老爹病得起不了床，戚三想带老子去看病又怕老婆骂他，只好去药店买了点退烧药，悄悄让老子吃了。

老人一天没吃没喝，傍晚孙子回来才弄了一碗粥喂爷爷吃下。

戚三受老婆派遣清晨外出，夜里才回到家中，晚饭没吃就来到爹的床前看望。老人拉着儿子的手说："给你哥打个电话，让他接我回去。"

戚三按爹的意思打了电话，大哥在电话那头嚷道："你才接回去几天呀？如今爹年纪大了，一生病就不能自理，必须由弟兄们轮流服侍，等爹在你家住满半年我再去接他！"

61

冯桑丘死了，因为破产倒闭而跳楼自杀。一个亿万富翁眨眼之间沦为负债累累的穷人，积压在他手上的不锈钢库存，一下子缩水四分之三，用它抵充银行贷款已远远不够；他投资在股市里的钱也损失了一大半。

突如其来的变故令冯桑丘始料不及，欠下的债务只怕这辈子也还不清了，走投无路的他只好走了极端。

为冯桑丘加工配件那十几家小厂，皆因价格骤跌而纷纷破产。一大帮人眼红冯氏公司高额利息，拿出多年的积蓄参与集资，这会儿得知钱没了着落，一个个急得都快要发疯了。

戚三陪同车间主任出了一趟差，刚回到车间就听见有关传闻。他竖起双眼望着急得团团转的同事们幸灾乐祸地笑道："活该！这叫做飞蛾扑火！谁让你们黑心啦！有俩钱烧的！月息二分五厘，谁信谁是二百五！"

有同事骂道："缺德鬼三麻子，干吗幸灾乐祸呀？你老婆也参与集资了。"

三麻子笑道："不可能！原因有二：一，我家穷得像被水洗过一样；二，我家婆娘比猴子还精明，就算她有钱也舍不得拿去打水漂玩。"

江凯把用剩的配件交给仓库保管员，办完手续便走了过来。见戚三正喷着唾沫星子与人抬杠，便使劲拍了一下他的背脊说："把工具放好先回家去吧，外出三天，你老婆想死你了！"

冯桑丘的死震撼了整个海城，熟悉他底细的人觉得他死得不值，因为他并未陷入绝境，只要把张小莹名下的工厂房产及女儿名下的宾馆变现还账，差不多可以结清债务。他为了保住妻子女儿的财产，宁愿自己去死，真应了“人为财死，鸟为食亡”那句话。

直到此时，人们方才如梦初醒，冯老板为何突然和妻子离婚，与女儿脱离父女关系，原来还是为了一个钱字。不过令人费解的是，一个连命都可以不要的人，居然花那么多心思算计钱财，难道钱比命还重要？

一时间，有关海城不锈钢大老板破产自杀的传闻被渲染得沸沸扬扬，各大媒体相继报道了这则消息。大凡认识冯桑丘的人都异常吃惊，谁也想不到一生贪财的冯桑丘，最终还是死在了钱上面。

网上类似的帖子多得很，说法也是各种各样，有的说冯桑丘因为破产突发心肌梗塞死亡；有的说金融危机让他欠下巨额债款，得知今生无法偿还就自杀了。说法不同结果却是相同的：冯桑丘死了，死因与金融海啸引发的企业破产有关。

不少人为他惋惜，挺聪明的一个人，蛮好的日子不安分过，成天得了一个巴望两个。心太贪往往顾此失彼，不管正道还是斜路，满脑子就是钱！钱！到头来只落得一枕黄粱梦！

早晨上班，朱大炮一溜小跑跨进车间，刚进门就咋咋呼呼地嚷道：“特大新闻！特大新闻哎！”

众人朝他看了一眼，继续忙手上的活儿，谁都知道朱大炮肚子里的新闻，百分之九十五属于马后炮。

老朱见众人不以为然，便抬高嗓门喊道：“戚三麻子昨晚抽了他老婆一个大嘴巴！”

车间里的人刷地一下把头转向朱大炮，一个个瞪大眼睛将目光聚集到他的大嘴上，静静地等候下文。

朱大炮故意卖关子，干咳了两声忙着开工具箱去了。

车间主任江凯冲他问了一句："真的？"

"当然是真的！我朱二啥时说过瞎话？"

这家伙经常胡说八道瞎话连篇，但江凯此刻不想戳穿他："你怎么知道的？莫非……"

朱大炮清了清嗓子说："昨晚我去三麻子家要钱，年前他欠我五百块钱赌债，是……是……玩麻将欠下的……那可不是一次性赢的，不是一次赢就不能算赌博……"

一小青工打断他的话："请言归正传！赌博的事下回交代！"

朱大炮收回话头继续讲道："昨晚我手气不好，把藏了几年的私房钱都输光了，没钱扳本我就找三麻子要钱。刚走到他家后窗下，就听到房间里有吵骂声。我心想准是三麻子想碰他老婆，遭遇到母夜叉的自卫反击战了。可我细细一听，不对呀！三麻子的嗓门比他老婆还粗，而且理直气壮的。我屏住气想听个明白，竟意外听到三麻子啪的一声抽了他老婆一个大嘴巴。"

江凯说："他老婆可不是省油的灯，至少要返还三麻子五个巴掌不可！"

朱大炮笑了笑神秘地说："这事就稀奇在此，他老婆既没还手也未还口，只是呜呜地哭了起来。我想三麻子已经挣足面子，该劝劝老婆别再哭了，没想到三麻子鬼哭狼嚎地尖叫道：你干这缺德事要遭天谴呢！为了钱你……为了钱你他妈的……婊子养的你天打雷劈啊！"

不知何时众人已放下手里的活，密匝匝地围在朱大炮身边，听他讲述这头版头条的特大新闻。这条新闻让他们感到好奇、惊讶和不可思议。天不怕地不怕的三麻子平生只怕两个人，一个是阎王爷，第二个就数他老婆大人了。

江凯问："后来呢？"

朱大炮为自己没能听全而表露出几分歉意："我正想听个明白，偏偏远处有人冲我吼了一句：谁在那里？半夜三更躲在那儿想干吗？我吓了一跳，赶紧溜回家去。"

众人脸上的失望令朱大炮有些扫兴。

大家只好凭着想象去猜测，七嘴八舌地议论三麻子何时提高了家庭地位。

“他老婆究竟犯了什么事？是跟人睡觉吗？”

“不可能！他老婆跟人睡觉也不是一两次了，即便当场被捉住，三麻子照例连屁都不敢冲他老婆放……”

“难不成比这事更厉害？莫非他老婆杀人啦？”

“哈！哈！哈！要说三麻子杀人我倒蛮相信，他家老婆除了色胆包天，没听说还有其他胆……”

正说得热闹，戚三麻子满脸秽气地走进车间。众人见状立刻作鸟兽散，他们担心天不怕地不怕的戚三麻子，此刻连阎王爷都不怕了。

62

马金玉拜别了林列的父母及家人乘车返回长沙，看电视新闻时得知国家针对中小型企业，出台了一系列相关政策，大多与金马公司对得上号。于是，她急着回去处理相关事宜。

林列表示赞成，公司里的事情千头万绪，不如先回去工作，反正以后玩的机会还多呢！

两人商量定当就买了回去的飞机票。

到达省城，林列在机场附近的报亭见到一则消息：全国不锈钢名城的大老板冯桑丘突然死亡。林列当场被吓得目瞪口呆，愣在那里半天没回过神来。

马金玉走上前问道："你要的杂志买到没有？干吗愣在这儿不走？"

林列把报纸递给马金玉看，吓得她差点儿尖叫起来。

这则消息本身令人震惊，更让他俩震惊不已的是，刚才下飞机等候拿行李的时候，林列在机场那头见着冯桑丘了。他亲眼看见冯桑丘压低脑袋拖着行李箱，匆匆往候机大厅那边走。

不但林列亲眼看见冯桑丘，马金玉也同样看见了。她在很远处就认出了冯桑丘，他们曾经多次打过交道，还同桌吃过好几回饭，所以她不可能认错人。

既然没认错人，问题就犯了岔，这不等于是大白天看见鬼吗？

两人面面相觑，好半天才回过神来。

就目前情况分析，不外乎两种可能：要么是网民造谣，媒体报道有误；要么就是他俩同时撞见鬼了。

马金玉来不及多想，掏出手机拨通公司电话。

电话是她大伯接的，没等金玉问完他就咋呼起来：“死啦！真的死啦！整个海城全都在议论这事呢！我就是想不通，他干吗要死呀？好死不如赖活着，更何况他……”

马金玉收了手机，直愣愣地冲林列说：“真的死了。”

两人对望了半天没回过神来，难道我们看错人了？那个人实在太像冯桑丘了。

林列轻轻拍了拍马金玉的肩膀：“管他是死还是活，回去看一眼不就知道了嘛！”

马金玉说：“对，他生前曾经帮过金马公司的忙，我们好歹也该跟他告个别。”

第二天一早，两人回到海城。可惜还是晚了一步，冯桑丘的尸体已于清晨提前火化。冯太太和女儿一身孝服，仍不失风度地接待着前来吊唁的亲朋好友及生意伙伴。

马金玉走上前拉住冯依云的手免不了一阵伤心，搜肠刮肚找些话安慰母女俩，就这么坐了半个钟头才和林列离开。一路上感慨不已，好好的一个人怎么说死就死了呢？

难怪人常说商场如战场，一不留神就被打得落花流水。人们没命地奔着一个财去，却不知钱多也有钱多的烦恼。虽说冯家几起几落，却从未委屈过冯家千金。此刻家中的顶梁柱倒了，两个女人再强，也难以应付这突如其来的灾祸。

自身难保的债主们见冯家出了人命，当然不好意思向她们要钱，但那么一大笔钱打了水漂又不甘心，只好可怜兮兮地站在门外边。

有个小老板看着堂屋中央的照片说：“冯老板啊！你这人也真是，一会儿精明过头，一会儿又傻到底，您干吗总喜欢走极端呢？”

万雪涛拜别了易老师，于今晨回到海城。刚进家门就听说冯桑丘出事了。

万达是冯桑丘死后第二天才得知消息的，当即偕同儿子来到冯家，一来安抚冯家亲属，二来与冯桑丘的遗体告别。

送完花圈烧纸点香，然后将一笔数目不少的钱放进张小莹手里。

万达双手合在胸前，对着冯桑丘的遗像说：“老哥啊！我辜负了你一片好意，咱俩的关系虽不能更进一筹，但无缘做亲家还是朋友嘛！”

此时的冯依云对万雪涛已不再抱有幻想，资产显赫时她都未能如愿，如今濒临破产绝境就更无望了。面对万达的弦外之音，冯依云表现出从未有过的冷静，她从母亲手上接过钱转身说道：“伯父您太客气了！这钱您先拿回去，等我们需要它的时候再说吧。”

张小莹也帮着一起推辞，此前她曾接受过若干不明不白的钱，这笔钱款她却不愿接受。她不想违背女儿的意愿，女儿不是小孩子了，她在突发变故中似乎一下子长大了许多。

回家途中，万达碰巧遇见不锈钢制品厂老板李阿三，他在这次有色金属大降价中败了个精光，花高价收购来的上千吨不锈钢铁屑，半个月不到跌到三毛钱一斤，全部库存变现还贷款都不够。

李阿三远远看见万达就高声喊叫道：“万老板，你果然精明！居然能够先知先觉，在风暴来临之前把手上的库存全抛了，不但没赔钱，还在高位上大赚一把。”

万达会心地朝儿子看了一眼，这得感谢儿子，要不是他拼命坚持，万氏标准件厂肯定和冯老板一样亏得一塌糊涂。

万雪涛笑了笑，他之所以动员父亲那么做，还得益于林列的启发。那天他们在试制新型汽车玩具时，林列向马金玉提到这方面的事，他认为眼下堆积在港口的原材料太多，短时间内根本消化不了，而且原材料价格无理由飚升似乎不大正常。

万雪涛觉得林列分析得有道理，就要求父亲赶紧压缩库存。万达见儿子难得一本正经和他谈生意上的事，不管他有无道理就照着做了。

李老板挤眉弄眼地说："你就不能给咱透点风声，也不至于让我亏得连家都认不得了。唉！如同做了一场噩梦，稀里糊涂地一夜回到了解放前。"

万达见李老板点头哈腰，就联想起他发家那会儿的事，闷在心里多年的疑团又涌上心头。他踌躇片刻笑着问道："如今冯桑丘也死了，关于他发家的秘密你真想烂在肚里不成？"

李老板干笑两声："哪来什么秘密呀？"

"我就不信你和冯桑丘真是从那条小沟里发的家？"

李阿三看了对方一眼坏笑道："准确地说，我是，冯桑丘不是。他有的是钱，只不过想借个名而已，用官方话说这叫做'洗钱'。"

"我还是不信，惜钱如命的冯桑丘对谁都没大方过，他能心甘情愿把废料钱全给你？你和他是哪辈子的交情啊？"

见李阿三躲躲闪闪不想再谈，万达反而更来劲："听说你手头挺困难，你若认我这个朋友，资金周转上帮你点儿忙不在话下。"

李老板转了转眼珠下定决心："其实也没什么好隐瞒的，他让我帮了个小忙，把裴兰草经营的不锈钢加工厂收回来。"

万达斜着眼睛喊道："就你？工厂又不是废品荒货，你能帮他什么忙啊？"说完这话觉得有些失礼，连忙改口说道："传说冯桑丘用卖废料的钱，盘下裴兰草手上的那爿小厂。我却一直感到纳闷，裴兰草干吗把经营刚有起色，效益又很好的工厂转卖掉？"

"哪里是买呀！是索要。冯桑丘让我装扮成律师，拿着一堆假文件去找裴兰草。那女人心里明白，厂是冯桑丘投资办的，以为没人知道内幕就动了黑吃黑的心思，没想到冯桑丘请来律师声称要老账新账一起算。她曾经做过那么多坏事，万一牵动荷花带动藕吃不了兜着走怎么办？于是啥条件都没讲就拍屁股走人了。”

“就你那副鸟样子，哪像个律师？”

“人不可貌相，海水不可斗量。她当时害怕还来不及哪，哪敢看我长相？不过，后来还是被她看出破绽了，她想不明白这家伙律师当得好好的，怎么摇身一变成了不锈钢厂老板？”

说到这儿三个人都笑起来。

别看李阿三这几年活得人模狗样，在万达眼里他就是个市井无赖。

当年的李阿三走街串户收废品，成天邋里邋遢开个破三轮卡到处转。一次他在海城收废品，结识了劳改释放回来的冯桑丘。冯主动提出与他合作办厂，李阿三惊得张开的嘴巴半天没合上，自家穷得连工厂一扇大门都买不起，哪来钱跟人合伙办工厂？

冯桑丘看了看四周压低嗓门说：“我发现一条被垃圾填平的小沟，里边埋了几十吨不锈钢废料。现在以你的名义去承包那条沟，我保你赚成千上万的钱。”

李阿三不相信，那沟里又没埋黄金宝贝，一堆废铁屑值个屁钱啊！眼前这个家伙八成是坐牢坐神经掉了。

令李阿三想不到的，这一切竟然都是真的，冯桑丘既没发神经，也没有异想天开，他们在那条小沟里确实挖到上百万吨不锈钢下脚料。

冯桑丘拉李阿三发了大财，李阿三自然是感谢不尽，从那之后冯老板叫他向东他绝不向西，两人配合默契相互照应。一晃十几年过去了，囊中的资产就像滚雪球似的越滚越大。

正当冯桑丘发大财，李阿三跟着一起发的鼎盛时期，出现了金融风暴这天大的意外，双双倒霉一败涂地，两人名下的钱财就像融化的雪球，眨眼工夫不见了踪影。

在冯桑丘自杀的问题上，李阿三和万达的意见是一致的，不管怎么说冯桑丘都没必要走这条路，因为他并没有败落到无路可走的地步。

63

万达父子俩刚跨进家门，万夫人便喜笑颜开地忙着张罗饭菜，父子俩如此和睦难得一见，怎不让她心花怒放。

吃饭的时侯万达再次扯到李阿三。

万雪涛说：“这家伙好像心里有鬼。”

万达问：“你怎么知道？”

“你对他说有人曾经在桥北挖过不锈钢屑，结果什么都没挖到，原来那东西都倒在桥南边呢！他当时听你说到‘桥北’两字脸色突然大变，连气都喘不顺了……”

万达回想了一下喊道：“不错！不错！有这回事。不过，他心里究竟藏着什么鬼呢？莫非他在里边挖到过金子？”

万雪涛说：“也许与裴兰草失踪有关。这事正闹得沸沸扬扬，她男人找了十几天至今杳无音信，据说已经报案了。”

“她男人是谁？”

“就是她原配丈夫呀！裴兰草和马千里刚办完离婚手续，就和前夫复婚了。有人说他俩原本就是假离婚，想要算计马老板的钱财，到头来孩子舍掉了狼没套住！”万夫人插嘴说。

万雪涛冷笑道：“这女人胆子也太大了，平日里什么话都敢说，什么事都敢做。这回终于绕住自己头，莫名其妙地没了踪影，好像一下子从人间蒸发掉了。”

“你是说……”万达瞪大双眼用手做了个杀的动作。

万夫人立即尖叫起来，求他们别说这些个令人毛骨悚然的话题。

万达一夜没睡好觉，早晨起来头脑晕乎乎的，想起昨天儿子讲过的一席话，越发觉得这事非同小可，于是匿名打了个报警电话。

公安人员依照电话内容找到镇南头垃圾场，扒开蓬松的垃圾，在塌陷的北桥洞里找到裴兰草的尸体。

大概是通风较好的缘故，尸体腐烂的程度不是十分严重。

裴兰草的胸前被水果刀之类的利器刺了两刀，颈部有几处深深的掐痕。尸身上血迹斑斑，但衣着还算整齐，她左手中指上戴着一枚金戒，右手无名指上戴着一枚钻戒，从这几点来看，基本可以排除劫财劫色的可能性。

既非劫色，又不是谋财，难道是仇杀不成？

裴兰草的嘴一贯很坏，热衷于张家长李家短地搬弄是非，为此周围人送她外号“是非婆子”。不过，类似的举动最多被当事人痛骂一顿，还不至于招来杀身之祸吧。

是谁杀了裴兰草？为何要杀死她？为什么选择将尸体藏到废弃的桥洞里？

公安人员对尸体进行认真细致的勘查，发现其右手食指上沾有血迹，细看一回并未发现手指破溃，看来血迹是故意沾上去的。法医慢慢掰开握成半拳的左手，只见手心有一个用血迹写成的字。由于此处皮肉已经腐烂，所以字迹有些模糊，但仍可以看出那是一个“马”字。

这就不难理解她右手指上的血迹了，当她被刺之后知道自己难逃一死，便把凶手的姓写在手心，以便公安顺利抓到凶手。

凶手姓马，此人会是谁呢？与裴兰草构成凶杀关系无非两个姓马的，一个是马聚，另一个就是马千里。裴兰草刚失踪时，家人怀疑她去深圳找马聚了，赶到深圳才知道马聚已于两个月前去了加拿大。

既然马聚没有作案时间和作案条件，那凶手只能是马千里，于是马千里被传唤到公安局。

面对审问马千里显得有些慌乱，这件事巧合得让他无法说清楚。裴兰草失踪那晚曾到家中找过他，离婚半年这是她第一次登门，开口不外乎还是要钱。

原本他可以给她些钱，但是因为离婚那阵她闹得不可开交，最终由法院判决给了她八十万元；此刻她来要钱态度十分蛮横，一大堆不堪入耳的话惹恼了马千里，所以她只能白跑一趟。在赶裴兰草出去的时候，两人发生了激烈的争吵，大约半小时后她才摔门而出。

马千里把事情经过讲了一遍，再三申辩自己不可能杀害裴兰草。

公安人员说："我们也希望人不是你杀的，可是就我们目前所掌握的线索来看，许多疑点都与你相关。也就是说死者从你家出去之后即出事了，尸检证明裴兰草的死亡时间与之相吻合。世上没有无缘无故的爱，也没有无缘无故的恨，要蓄意谋杀一个人更不是一件简单事。"

马千里说："我和裴兰草由法院判定离婚，所有手续都已办理齐全，之间已无任何瓜葛，我犯得着去杀她吗？"

审讯人员说："这起凶杀可以肯定是熟人作案，作案人姓马，除了你还会是谁呢？"

马千里一听这话恼火万分，自打有了这份家业，人前人后都尊称他马老板，员工们见到他点头哈腰，小镇上的政要人物也总是笑脸相迎，他早已习惯于居高临下的位置，哪里受得了别人用这副架势对待他。

马千里猛拍了一下桌子喊道："你说话要有证据！天下姓马的人多了去了，怎么就认定是我？再说，我要想杀裴兰草早就杀了，干吗拖到今天？"

虽然马千里身上疑点重重，但毕竟没有实质性的证据，公安人员也不能怎么样。按理说没有证据就得放人，可这是人命关天的大案，哪能轻易让他回去呢！

林列和马金玉听到消息后，立刻赶到公安局为三叔做担保。警方认为仅凭一面之词，并不能排除马千里的杀人嫌疑。若有人能证明他不在案发现场，或者不具备作案动机和作案时间，便可以排除嫌疑让他回家了。

马金玉急得团团转，此时此刻到哪里去找这样一个证人呢？

林列劝她别着急，容他慢慢想办法。

俩人定下心来细细排查分析，假如凶手住在抛尸现场附近，他是如何把裴兰草弄到镇南头的？裴兰草的生活圈子不是很大，一般交往也够不成凶杀关系。假如凶手住在工业园区，他干吗要跑上十几里路到镇南头抛尸？除非他对镇南头的垃圾场比较熟悉，特别是对那个桥洞非常了解。

正说着万雪涛来到面前，他是来找麦妮的。前天刚从河南赶回家，就被老子拉去给冯桑丘吊唁。昨晚约麦妮见面她偏偏上中班，此刻急于见到她就干脆找上门来了。

听林列他们分析完案情万雪涛说："我正为这事纳闷呢，前天遇到李老板，扯到垃圾场北桥洞时他好像见到鬼一样，那副神情太不正常了，没想到第二天公安就从桥洞里拉出了裴兰草的尸体。"

"李阿三曾在垃圾场小沟里挖过不锈钢屑，他对那个桥洞非常熟悉。"林列和马金玉异口同声地喊道。

这条线索太重要了，与他们刚才分析的情况恰好吻合。不过李阿三与裴兰草之间几乎没有往来，他干吗要杀她呢？

万雪涛说："李阿三和冯桑丘关系特殊，他之所以发财当老板，多亏冯桑丘的指引和扶持，因此他对冯一直感恩戴德……"

林列说："你的意思是李阿三与裴兰草虽无来往，但冯桑丘与裴兰草之间的关系却错综复杂，俩人之间的恩怨由来已久是不是？"

万雪涛点了点头："裴兰草曾经黑吃过冯桑丘的工厂，冯劳改释放回来，就伙同李阿三联手把工厂夺了回去。"

林列和马金玉同时哦了一声陷入沉思。

少顷，马金玉拍着手掌喊道："裴兰草手心里的'马'会不会是'冯'字？"

林列和万雪涛都觉得如此猜测有道理，当即决定同去报案。万雪涛想先去车间找麦妮，被林列一把拉住去了公安局。

64

在国家优惠政策的扶持下，海城六百多家濒临破产的企业起死回生了。

老板们再次聚到一起时，神色比年前淡定了许多。大家天南地北高谈阔论，谈着谈着，自然而然扯到冯桑丘的暴死，对他如此沉不住气感到惋惜和不可思议。有人遗憾没能见死者最后一面，因为他自杀毁容死相很难看，所以家人用布盖了脸。有人则感叹冯桑丘死前经历过巨大煎熬，否则不会一下子瘦成那样。

就在人们七嘴八舌议论纷纷之时，从广州方面传来消息，说冯桑丘在机场被捕了，他使用假证件正准备飞往韩国。

原来是这么一回事！在坐的人面面相觑，凭他冯桑丘怎么可能自杀呢？如此戏剧性的做派才符合他的性格！

令人吃惊的还不止这一消息，据日前被捕的李阿三交代，冯桑丘杀死了裴兰草，并伙同他连夜用车把裴兰草的尸体藏到镇南垃圾场北桥洞里。

冯桑丘被押到县城拘留所，经审讯他承认犯罪事实，并交代了作案过程。

那天晚上裴兰草找马千里借钱，无奈办完离婚手续的马千里连看她一眼的欲望都没有。两人话不投机大吵一场，她只好空着两手走出马家。

借不到钱怎么办呢？当初和马聚合伙弄到一百六十万，该给马聚的八十万存在她处没拿走，倒被她男人偷去输光了。这些年裴兰草的确捞到不少钱，可惜都被她折腾光了。奢侈的生活消费需要很多钱，买旧校址办厂亏掉一半，剩余的钱又套在股市里。

这几日马聚不断给她发信息，催要寄存在她处的钱款，前天还在电话里发狠，若再不把钱打入指定的帐号就让人做掉她。

马聚这家伙一贯心狠手辣，再不将钱打给他，保不准真会死在他手上。

裴兰草怀抱希望跨进马家大门，没想到在马千里那里碰了壁。走投无路的裴兰草只好去找冯桑丘，令她寒心的是，时过境迁，她在冯桑丘眼里早已一钱不值。别说正巧碰上生意大亏本，冯桑丘手上的钱损失掉一大半，即便没亏，或者是赚了，谅她也别想从冯桑丘手上拿到钱。冯桑丘是谁呀？视钱如命的葛朗台。当年他出手大方，皆因那钱姓公不姓冯，一旦钱装进他的口袋，就很难再掏出来了。

视钱如命的冯桑丘遇到要钱不要命的裴兰草自然谈不拢，两个人就钱的问题唇枪舌剑了十来个回合便大吵起来。声嘶力竭的裴兰草，见目的达不到再次失望到极顶。

此刻她已无路可走，只好拿出最后的杀手锏。

她瞄了一眼冯桑丘，这张曾经熟悉得不能再熟悉的面孔，此刻已变得十分陌生。她冷笑了一声，捏起喉咙装腔作势地说："我只要把你当年办厂的事说出去，保准你再次进牢房！"

"我当年办厂合理合法！谁信你那些鬼话！"

"你把几百万存折和现金埋在我们约会的房子里，就在东房间木地板下面一个饼干盒里。我们用这笔钱合伙办了不锈钢厂，你靠它赚到几个亿对不对？我没有功劳也有苦劳，今天向你开口暂借五十万不算多吧？你竟然铁公鸡一毛不拔！"

冯桑丘脸色发白恨恨地说："我刚才不已经告诉你了吗，冯氏公司的资金缩水一大半，眼下急着要还银行贷款，要结算员工工资，还要应付加工企业的材料费加工费……还有一大帮饿鬼的集资费……此刻我四面楚歌自顾不暇，哪里还有钱借给你？"

裴兰草知道没希望了，抬起胳膊晃了晃掌中的手机：“你今天的话我都录音了，你等着公安来抓你吧！”

这句话触怒了冯桑丘，他联想起当年被狱警带回牢房的情景。正是眼前这个女人把他装病的事捅出去，才坏了他保外就医的大事。此刻裴兰草公开声明要再次告发他，其严重后果可以预料。要想保住自己，就必须采取措施彻底堵住她的嘴。

冯桑丘铁青着脸跳到裴兰草面前，伸手夺她的手机。

裴兰草来回躲闪不让对方得逞，不一会儿俩人便揪打成一团。

冯桑丘急红了眼，此时此刻他的魂灵似乎再次回到童年，回到当造反派头头的年月，一股莫名的仇恨夹杂着凭空陡增的勇气，促使他无所顾忌地将手伸向裴兰草的脖子……

对方奋力反抗惹恼了冯桑丘，他转身抓起桌上的水果刀，对准裴兰草的胸猛刺两刀……

“你是什么时候跟李阿三联系的？”审讯人员问道。

“发现裴兰草死了我很后悔，但后悔已来不及了。尸体不能放在办公室，我想一个人搬又搬不动，于是我想到了李阿三。在李阿三建议下把尸体藏到镇南头垃圾场坍塌的桥洞里。

公安问冯桑丘：“你杀了人知道罪责难逃，于是就来了一个金蝉脱壳是不是？”

冯桑丘睁开微肿的眼皮说：“此前我曾想过用这个方法逃避债务，出了这件事便提前溜走了。”

“尸体是哪来的？会不会又是一条人命……”

“不是！不是！”冯桑丘连连摇手，分辩说原本和一个远房亲戚谈好，等他癌症晚期的父亲咽了气即送过来当替身，恰好俩人身材长短胖瘦差不多。只要让尸体在冯家停放两天，火化后就把骨灰送回去，他们家可得六万元钱酬劳。亲戚觉得条件不错就答应了。没想到半路跳出个裴兰草把计划搅黄了。

“裴兰草死后，你怕东窗事发急着要逃走，但你的亲戚此时还活得好好的。偏巧这时你又有了另一具尸体，这也未免太巧合了吧！”

冯桑丘脸色灰白结结巴巴地说：“我……我怕李阿三嘴不严，弄不好会把裴兰草的事捅出去，所以我就提前逃走了，剩下的事……剩下的全是张小莹张罗办的……”

海城公安局立刻找到张小莹，向她了解几天前火化尸体的来龙去脉。

听说冯桑丘已将她供出去，张小莹眼神里透过几丝哀怨，可恶的克星！你反正逃不了一死，何苦再拉上一个垫背的。说什么感恩戴德，情投意合，全都是骗人的鬼话！与其说做了几十年夫妻，还不如说是几十年的冤家对头！

记得那天晚上，冯桑丘很迟才从外边回来，一副神情恍惚心神不宁的样子，躺在床上翻来覆去几乎一夜没合眼，第二天一早就对张小莹说他必须立刻离开。

她不以为然地说：“就算经营不善欠下贷款无法偿还，那毕竟不是故意犯罪呀！你没必要如此慌乱。更何况亲戚还没死，原定计划也没法实施呀！”

冯桑丘说：“听说戚三的老子快死了，你去找他老婆谈谈。俗话说有钱能使鬼推磨，多加点钱说不定能让磨推鬼呢！”

张小莹还想争辩，无奈冯桑丘态度坚决，她只好去找戚三嫂。转弯抹角说了好半天才把意思表达明白。

戚三的老婆收了张小莹的定金，拍着胸口说：“这事天知地知，你知我知，您就放一百个心吧！”

谁能想到三麻子的婆娘为了十万块钱，竟然把她公公活活给掐死了。

三婆娘勒死自己的公公张小莹并未亲眼看见，她是从对方前言不搭后语的对话中发现了端倪，于是壮胆察看了被三婆娘裹得严严实实的尸体，发现脖颈处有深紫色的掐痕。为了将功折罪，张小莹和盘托出三麻子婆娘杀人的证据。

三婆娘原以为一切都已风平浪静，谁也不可能从烧成灰的骨头上看出破绽。虽说三麻子曾怀疑过爹死得蹊跷，但经不住她连哭带闹也就不再追逼考问了。

令三婆娘想不到的是张小莹会招供，更想不到她用手机拍下的画面也给警察看了。抵赖不掉三婆娘只好如实招供，张小莹给她的十万元钱也被警方没收了。

一辈子精打细算，算过了头；成日里算筋算骨，算尽机关。到头来只落得竹篮打水一场空，保不准还得赔上自己性命一条！

65

傍晚时分，麦妮来到河滨花园石阶旁，她需要静静地整理一下思路，如何面对那堆剪不断理还乱的事情。

上周她从冯依云那里获悉万雪涛是真心对她，便不由自主地热血沸腾起来。可是理智敦促她必须冷静，因为现实不容乐观。万老板夫妇反对儿子和她交往态度坚决；万雪涛前天约她晚上见面，因为正上中班不能出来，原以为第二天他会主动找她，没想到连电话都没打一个。是生气了，还是不想再跟自己联系？

说实话，麦妮心里很矛盾，为了爱让万雪涛丧失继承权她于心不忍；为争取自己的幸福使万家父子不和，她更不能接受。可是离开万雪涛并非易事，想必万雪涛同样不会轻易放弃。

一连几天无消息是怎么回事？也许他碰上什么要紧事了；也许他不打电话是想给我一个惊喜；说不定明天他会突然出现在我面前……

小镇上接边发生了这一连串怪事，令马千里感到挺郁闷。裴兰草那晚来借钱，若不是他态度坚决打发她滚蛋，也不至于连送几条人命。假如当时给她一笔钱，她就不会去找冯桑丘，不会命丧冯桑丘刀下；若冯桑丘不急于出逃，戚三麻子的父亲也不会被儿媳掐死。

说来说去这一切都通在钱上面，这笔钱对自己来说只是个数字而已，多点少点不会改变自己的生活，同样是这笔钱竟然扯上几条人命案。

午睡醒来，马千里来到董事长办公室，独自坐在沙发上想心事。恰好有两名员工从窗下经过，说起车间一女工难产差点丢了性命，多亏江凯他们及时送医院母子才得以平安，今天上午已经出院回家了。

马千里听完这些话，突然觉得应该去慰问一下。转念一想以往从未有过类似举动，突然间打破惯例倒觉得有些不自在。于是给金玉打了电话，让她和林列代表公司去看望一下。

马千里给金玉打完电话，独自在沙发上坐了好一会。感觉胸口憋闷便起身走出厂门，沿着河边的林荫道散步，不知不觉走了很远，没想到竟撞见守候他多日的两个歹徒。

夏日的热风吹到脸上已不再柔和。麦妮坐在河边想了好久，也没想出个所以然。算了，还是先回宿舍去，等见到万雪涛之后再说。

就在麦妮起身的当儿，突然听到声嘶力竭的呼救，她浑身一激灵赶紧朝发出声音的地方走去。

在浓密的朱杨和冬青编成的隔离带下，她看见三个男人正在搏斗。走到近处，麦妮看清躺在地上的男人是马千里，那声呼救正来自他。

马千里的反抗很快被对手制伏，一块肮脏的布团塞进他嘴里，脸一下子憋得通红。

麦妮惊得说不出话，眼看着瘦高个举起尖刀朝马老板刺过去。

在这危急时刻，麦妮冲上去一脚踢掉尖刀直起嗓门大喊：“救命啊！快来人啊……”话音未落被身边的胖子一拳打倒。

马千里万万没想到挺身救他的人，是多次被他恶语相向的小丫头。她被罚做搬运工，还差点被他开除掉。若是换了别人，巴不得他被打死才好，而她却不计前嫌舍命相救。

在这一瞬间里，马千里被小丫头的勇敢行为所感动，他不再顾及自己的安危，用身体挡住歹徒再次挥向麦妮的拳头，这重重的一拳使马千里顿时失去了知觉。

当瘦高个再次举刀刺向老马的刹那间，他突然清醒过来，眼看刀尖对准胸口，自己却软弱无力。然而，求生的本能使马千里拼尽全力就地一滚，侥幸躲过了锋利的刀尖。

瘦高个连刺两下没得逞，冲同伙喊道："你是死人啊？"

胖子连忙冲过来，用腿挡住马千里的退路。当瘦子再次举刀刺下时，马千里绝望地闭上眼睛。在这千钧一发之际，麦妮一下子扑到马老板身上，那刀噗地一下刺进她后背。

超乎寻常的举动把两个歹徒吓傻了，小姑娘只是半路相逢，何苦用自己的身体为一个不相干的人挡刀。

胖子被麦妮的举动惊呆了，他朝同伙看了一眼说："咱还是走吧，我两腿直发抖。"

瘦子说："到嘴的肥肉不要啦？事情都做到这份上了，哪舍得前功尽弃啊！"

这时路边有摩托车驰过，俩歹徒吓得趴在树丛里。

等声息全无的时候胖子说："咱们是不是太缺德了？杀人是要偿命的，我可不想等着挨枪毙。"

瘦子说："乌鸦嘴！当断不断反受其乱。"

胖子撕开一只布袋扎住麦妮流血的伤口，叹了一口气说："杀了小丫头怪可惜。依我看先找个地方把他们藏起来，然后交给马聚的保镖处理。我们只管拿钱，没必要担杀人的风险。"

瘦高个冷笑道："你以为能立地成佛啊？想想吧，三年前你已经杀了人……"

胖子嘘了一下小声说："那桩案子永远不会被发现，再说我只是在煞车上动了几下手脚，并没有直接杀人哪！记住，我们从没杀过人。"

瘦子想了想觉得有道理："那你赶紧把车开过来，我知道一个地方既隐蔽又安全。"

66

见马总经理亲自上门探望，生小孩的女工非常感动，双手拉着马金玉不放。金玉祝福道喜完毕，递给女工五百块钱，让她好好保养身体。

走出女工的家，天色渐渐灰暗下来。两人走到停车场时，马金玉发现不远处有两个人鬼鬼祟祟的。当她看清对方面孔顿时倒吸一口凉气，那一胖一瘦两个家伙，正是去年夏天跟踪她的陌生男人。直到现在马金玉仍没弄明白，他们因何要穷凶极恶地伤害她。

窄路相逢，马金玉的记忆一下子清晰起来。那个瘦高个正是裴兰草的堂弟，在三叔的婚礼上曾见过一面，难怪那天会陡然生出似曾相识的感觉。

两个男人怎么会在这里出现？联想起马凯遭遇的那场车祸，马金玉断定那天的追杀非同寻常。要不是林列相救，她很有可能像堂哥马凯那样死于非命。

这时，胖子朝后面看了一眼，马金玉急忙背过脸蹲在一辆车下。

走在前边的林列见金玉没跟上，就大声呼喊她的名字。

俩男人听到有人喊马金玉，连忙四处张望。林列发觉他们行为异常，仔细一看很像去年夏天跟他打斗的歹徒。莫非马金玉也发现了目标，所以才躲藏起来。

林列当机立断拐弯向另一个方向走去，他准备引开歹徒帮金玉解围。谁知两个家伙慌慌张张走进小饭店，买了三笼包子就离开了。

这事有些奇怪，他们不在店里吃晚饭，买这么多包子干什么？

正疑惑，马金玉悄悄来到林列身边，两人一合计决定跟踪他们。

神秘男人一边咬着包子，一边往前走。胖子说："同名同姓的人还多呢，瞧你个冒失鬼吓成这样，搅黄咱俩一顿好吃喝。"

瘦子说："你就知道吃！万一被她认出来，连同今天的事一块儿露馅。"

胖子抬起手臂用手做了个杀人动作。

瘦子说："你以为杀她那么容易？好办去年夏天就把她办掉了，还能等到现在吗？"

林列和马金玉高度警惕，蹑手蹑脚地跟着前边的人，前后始终保持着十来米的距离。

此刻，四周一片寂静，偶尔传来几声狗叫。林列和马金玉不紧不慢地跟着，很快来到一个废矿洞前面。

俩男人停住脚步，探头探脑地四处张望了一回，准备扒开灌木丛往里走。这时，瘦子将手中的包子一扔："快死的人了，还吃什么东西！"

胖子嘘了一下："你别动不动就杀人。老板说了只要答应条件就饶了他们。"

马金玉一听这话，连忙对林列附耳说："看样子洞里关了不止一个人，否则不会称呼他们。"

瘦子接着说："能说得通还用拖到今天？好不容易找到下手机会，又费事费力地把他们弄到这儿，可别节外生枝，还是干掉算了。"

胖子说："那姑娘挺漂亮，杀了多可惜啊！"

瘦子笑道："你先把那活做了，然后再……"

马金玉和林列听了这番话浑身起满鸡皮疙瘩，头发根根竖立起来。面对两个凶残的杀手怎么办？打电话报警已来不及，俩歹徒一旦进洞手起刀落命案即刻发生。眼下我们赤手空拳，与歹徒搏斗肯定凶多吉少，唯一的办法就是阻挠歹徒行凶，赢得时间解救被绑架者。

危急之时林列急中生智，附耳对马金玉说了他的迷魂阵计划，然后悄悄离开路口。

马金玉隐蔽在黑暗处，一动不动地听候信号。

林列退到山包右边，用手机拨通110报警电话。随后边跑边喊："第一小队从前边包抄。"

马金玉听到喊叫声立即附和："队长，目标已走进矿洞，三小队请求增援。"

俩歹徒做梦也没想到，自己的行踪这么快就被警方发现，并且撒下了天罗地网。此刻哪还顾得上洞中的猎物，迅速掉头争先恐后地溜出矿洞，如同惊弓之鸟一般没命地往东逃窜。

林列和马金玉走进洞中，里边黑糊糊的什么都看不见。马金玉掏出手机靠着那束光亮朝里边摸去，转过一个拐角眼前的一幕使他们惊呆了，被歹徒劫持的人竟然是三叔和麦妮。两个人的手脚被绳索捆绑得结结实实，嘴巴里还塞着脏兮兮的布团。

马千里听到脚步声并无多大反应，他知道歹徒这会儿来准没好事。今天因情绪不好，傍晚时分去林荫道上散步，没想到遭遇杀手袭击。多亏麦妮挺身相救，否则这会儿他早走在黄泉路上了。可惜这么好的孩子，为了救我搭上一条性命，真不明白是什么力量让她不顾一切?

深深的自责令马千里不能自持，她为什么要救我?救一个三番五次恶语骂她，用超强体力活摧残她的恶人?我那么凶狠地伤害她，她却以德报怨用自己的躯体为我挡刀，难怪江凯宁愿主任不当也要为她说话。早知这样，我真不该五次三番为难她。

可惜良心发现为时已晚，看来今生无法偿还这笔债，只能带着遗憾走进天国了。如果还有来世，我一定要重重报答她。

就在这时，一道光束照在马千里脸上，接着就是一声惊呼："三叔！怎么会是你？"

马千里以为自己在梦中，直到林列帮他松开绳子才相信这是真的。他连滚带爬冲到麦妮身边，可怜的女孩已经气息奄奄，身上的衣服差不多全被鲜血染红了。

马千里老泪纵横泣不成声："你们先救她，无论如何要救活麦妮啊！"

林列把麦妮背出矿洞，警察已经赶到了。两个歹徒均被抓获，证实瘦子是裴兰草的堂弟，胖子是马聚花钱雇佣的杀手。

经过多次审讯，歹徒交代了马聚等人的谋财计划。

第一个方案：由马聚做工作把假离婚的裴兰草嫁给马千里。由她设计挑唆马家父子分家，或断绝父子关系，然后慢慢谋害马千里。老马死后财产理所当然由裴兰草继承，她再将一半财产划到马聚名下。

得知马千里做了婚前财产公证，而且与裴兰草的关系并不融洽，他们又设定了第二个方案：在刹车制动上做了手脚，致使马凯撞电线杆身亡。原以为马凯死后，马聚能够充当养子名正言顺地继承财产，谁知马千里立下遗嘱，由侄女马金玉为金马公司财产继承人。

于是就有了第三个方案：在行人稀少的路段，用车将马金玉的车逼到桥下。由于马金玉警觉未能得逞。拖到下午，歹徒因找不到机会下手越来越急躁，索性在无人处举刀刺杀马金玉，没想到凭空跳出个小伙子，搅黄了他们的计划。

接下来，马聚和裴兰草乱搞的丑事败露，裴兰草被赶出家门，整个计划随之落空。顺算盘打不过来就打倒算盘，裴兰草要求马千里贴补三百万元遭到拒绝。

急于用钱的马聚联系裴兰草要钱，她却玩起失踪突然间音讯全无。恼羞成怒的马聚使出最后一招：绑架马千里索要高额赎金，若不答应干脆杀了他。

令歹徒没想到的是，方案设计了一个又一个，最终把自己送上了不归路。

马金玉的心久久无法平静，无论如何她都不能理解，堂哥马聚为了夺得三叔的财产，竟然谋杀了堂弟马凯，还几次三番想要她的性命。

他们有着共同的祖父祖母，有着血浓于水的亲情关系。小时候他们常在一起玩耍，一同抵御外姓孩子的侵犯。渐渐地他们长大了，各自有了不同的生活圈子，也拥有不同的价值观与人生观……

长大后的马聚好逸恶劳，自私贪婪。马金玉怎么都想不通，金钱在马聚的心目中为何那等至高无上？它超越了亲情，友情，超越了法律法规，甚至超越了他的生命。钱究竟是什么东西？值得他铤而走险拿命一赌吗？

幸亏抢救及时麦妮侥幸活下来。马千里身体多处受创，所幸只是皮外伤，并无大碍。

麦妮舍己救人的事迹见了报，省电视台的记者采访了马千里，麦妮也上镜头了，只不过那会儿她还在昏迷中。

三天前，万雪涛陪同林列、马金玉去公安局报了案，一出来便接到父亲电话，让他同去省外贸公司办一件要紧事，昨天事情办完当晚就赶回家了。

万雪涛急切地想见到麦妮，今晨特意起了个早，他要向麦妮表白自己深深的爱意，并正式向她求婚。不管面前有多大的困难和阻力他都不会放弃，即便生活道路再漫长他的爱也永远不会变。

令人费解的是手机通了却无人接听。在一直联系不上的情况下，万雪涛只好再次求助马金玉，没料到电话那头传来的消息差点把他吓晕。

万雪涛失魂落魄地赶到医院，推开麦妮病房的门，只见林列坐在病床旁边轻声呼喊昏睡中的病人：“麦妮，命运虽然对你很残酷，但在你身上拥有一股永不熄灭的热情、独立和坚强……”

听到此番话，万雪涛止不住泪如雨下，他轻轻走到床前拉住麦妮的手泣不成声。

麦妮，你是我最爱最爱的人。你有一颗金子般善良的心，你豁达大度，宽厚纯真。与你相处了一年，我从你身上学会了怎样做人，你的善良和真诚使我摒弃了许多不良习惯。你助人为乐，让我体会到奉献爱心后的成就和幸福感；你勇敢坚强不怕困难使我深受感动，同时坚定了自立自强的信心……

生命对于那些积极向上的人是公平的，勇者赢天下。

第六天，麦妮终于脱离了危险。在她昏睡的六天里，万雪涛不顾医生阻拦，一直守在麦妮身边。林列和马金玉磨破嘴皮才替换他休息片刻。马昭从万雪涛的身上看出他对麦妮情深意切，只好自动退出了。

67

这天上午，马千里再次走进重症病房。

麦妮仍旧昏睡着，睡着后的神态甜美安祥。这使马千里再次联想起自己的女儿，金佩熟睡时也是这个样子。

他坐在床前看着睡眠中的麦妮，慈祥的眼神看上去很像一位称职的好父亲。

雨后的天气微凉，麦妮体弱浑身冒着虚汗，马千里用毛巾轻轻擦去她额上沁出的汗珠。

当麦妮的头侧向一边时，马千里吃惊不小，他在麦妮的耳垂背面看到陈旧的疤痕。这使他想起自己的亲生女儿金佩，失踪前几个月她妈妈帮她穿耳环眼儿，大概是针头没消毒第二天居然发炎了，沾满脓血的耳垂肿得发亮。

马千里从厂里回家得知此事心痛得要命，连忙带女儿去医院打针挂水，折腾了好几天才结痂，留下一块明显的疤痕。为这件事老马第一次，也是唯一一次对老婆动了手。

马千里心里翻腾得厉害，他与女孩之间似乎有着千丝万缕的牵连。虽说耳垂背面的一个疤痕不能说明问题，因穿耳孔发炎留下疤痕的女孩不在少数。可在此之前，他曾经因为相貌怀疑麦妮就是被人拐跑的金佩。之所以放弃追踪的念头，是他听说麦妮比金佩大一岁，此外她还有妹妹和弟弟。由于麦妮的出现更频繁地勾起他对往事的痛苦回忆，这也是他逼麦妮尽早消失的一个重要因素。

现在想来，大一岁并不能说明问题。如果她真是金佩的话，两岁多就被人拐走了，谁能知道她的准确年龄？她虽有妹妹和弟弟那都是后来生的，此前养父母家并没有小孩。

林列按马老板的请求，讲述了麦妮悲惨的童年，从而更加坚定了马千里的猜测——麦妮并非她父母亲生。

难道自己找寻了二十多年的女儿就在眼前？难道真像书中所说：千里寻她无觅处，得来全不费工夫？马千里不敢相信自己有如此好运，可他还是让医院采集血样做了亲子鉴定。

鉴定结果证明，麦妮正是马千里的女儿金佩。看完报告单老马悲喜交集，他做梦都没有想到，与失散多年的女儿第一次近距离见面，是在他董事长办公室。那天，女儿可怜兮兮地解释假条的事，被他蛮横无理地呵斥了一顿。孩子被他骂得狗血喷头，为了保住饭碗只好含泪答应从此不与林列见面。回想起她胆怯的神情和巴结讨好的笑容，马千里的心像被刀剜了一下。

一番回忆使马千里心酸难忍，他再次走进医护人员值班室，请求他们不管花多大代价，无论如何要救活麦妮。

医生说："这些话你都说过好几遍了，放心吧我们会尽力的。"

老马情绪激动，再三表示若需移植器官他自愿捐献。医生解释说麦妮流血过多，又被刀尖刺伤肺，经过处理已基本脱离危险，并不需要移植器官，好好疗养很快就能恢复健康。

医生见马千里基本康复，就建议他回家休养，被老马断然回绝，说一定要等麦妮完全好起来他才出院。

马千里走进麦妮的病房，见她还在沉睡，心里十分担忧。

此时，万雪涛正坐在麦妮床前打瞌睡，听见脚步声连忙直起身子。

马千里瞪了万雪涛一眼，忍不住在心里埋怨道：无聊的家伙，看热闹看到病房里来了。

见马老板一脸恼怒，万雪涛木讷地站到墙角。这举动使马千里越发怀疑，这小子莫非做了什么坏事，要不咋变得这么老实规矩？越想越不放心干脆下了逐客令：“你还有事吗？病房可不是你玩的地方。”

万雪涛也不争辩，拿起脸盆知趣地走开了。

老马看着他的背影小声骂了一句：“小流氓！你敢动我女儿一根汗毛，我把你脑袋拧下来。”

看着吊瓶里的药液一点点流进女儿的身体，体温还没有完全降下来，马千里心急如焚默默念叨，老天爷你就惩罚我吧，换我发高烧吧！念着念着，泪水像泉涌似的止也止不住。我可怜的女儿，你来到世上二十多年受了无数的罪，你睁开眼睛看看，我是你爸呀！

麦妮在梦中又一次见到爸爸，他与爹的模样完全不同。他站在远处笑着朝她招手，那份亲热真让人感动。她的眼前是长满花草的土地，远处的天边白云点点风景秀丽。她向爸爸走去，可怎么走都走不到他身边。

麦妮使劲睁开眼睛，雪白的病房里静悄悄的。我这是在哪儿呀？她刚认出床边上的人，就猛地翻身坐起惶恐地喊道：“马……老板……”

马千里见女儿吓成这样心里自责得要命，他朝麦妮笑了笑说：“孩子，是你救了我。”

麦妮想起来了，想起他们被人扔进矿洞，是林列和马金玉发现了他们。那一刻她曾被推醒过，后来的事就记不清了。

护士怕影响麦妮的病情，劝马千里暂且离开。他依依不舍地走出病房，真想把一切和盘托出，他要告诉女儿梦魇就此结束，从此再也不用为钱的事发愁，富有幸福的生活将陪伴她一辈子。

当万雪涛抓着脸盆推门进来时，一眼瞧见麦妮醒了，他激动地抓住麦妮的手喊道：“天哪，你终于醒过来了。麦妮，我爱你！今生今世咱俩再也不分开！”

麦妮感激地看着万雪涛，脸上的表情令他久久不能忘记。起初是静静地看着他，好像不敢相信这是真的，接着她眼睛里漾起一层雾，随即泪水漫出眼眶。

万雪涛拉住她的手反复说道：“麦妮，我爱你！”麦妮的脸上就绽开了笑容，像经过一夜风雨的花朵，正带着雨珠灿烂地开放。

马千里躺在病床上，回想与麦妮打过的交道，一幕幕情景清晰地重现在眼前。他越发感到心痛，越发觉得对不起可怜的女儿。她那么爱林列，跟随他一同从省城来到这儿。原以为有个可信的人能够相伴终生，没想到就连这一点希望都被毁灭了。而毁灭她的希望，活生生拆散她和林列的，正是她的亲生父亲。

记得那天傍晚，她坐在河边花园的石阶上，哭得那么伤心那么无助。这一切都是我造成的，是我狠心抢走了她在这个世界上唯一可以依靠的人。

女儿太可怜了，我得帮她找回幸福。可是，金玉怎么办？金玉从小在我身边长大，她是那么乖巧懂事，那么知冷知热体贴入微，我怎么忍心伤害她呢？

马千里左右为难，这是他有生以来碰到的最难办最棘手的一件事情。想了好半天，最终决定先帮金佩找回幸福，因为自己欠她太多太多，还因为她太弱小，太善良，太可怜了。

恰好林列和马金玉来看望三叔，老马就把找到女儿的事告诉他们。原以为金玉会因此失落，没想到她欣喜若狂，为三叔终于找到日思夜想的亲生女儿而高兴，也为自己多了个堂妹而激动。她反复说：“要是三婶能见到金佩回家该有多高兴啊！”

马千里请求他们在适当的时候把真相告诉金佩。据他估计，女儿知道这事肯定会恨他，因为身为父亲的他做得太过分，太不仁慈了。

68

马千里找了个借口把金玉支走，然后吞吞吐吐地开口道出自己想了一夜的话："林列啊，看在我老糊涂的份上，你无论如何要答应我的请求。这件事关系到我和女儿一辈子的幸福，所以你无论如何不能回绝。"

林列看着董事长，不知道他遇到什么麻烦了。

马千里为难极了，这句话实在说不出口，但他不能不说非说不可："林列你跟金佩和好吧！她……真的太可怜了……你放心，金玉的工作由我去做。"

林列忍不住笑起来："董事长您弄错了，我和麦妮只是很好的朋友，而我自始至终爱的是马金玉。"

老马愣了一会为难地说："可是……可金佩爱的是你呀！金马公司以及我名下的财产，将由我的亲生女儿继承。"

林列看了看对方说："我真心爱着马金玉，不管她的地位发生什么变化……"

"但你必须对我女儿负责任，你可不能始乱终弃呀！"

林列被马老板的话弄糊涂了，他自己朝三暮四，一会儿不准我跟马金玉好，一会儿主动求我爱马金玉，这会儿又要我甩掉金玉去跟麦妮谈恋爱。他自己怎么想就怎么办，还口口声声要我负责。

林列越想越生气，忍不住顶撞对方道："你说话得负责任，谁始乱终弃啦？"

马千里心里着急，嘴上更加强硬："你想甩我女儿，我就去法院告你！"

“告吧！你爱自己的女儿我能理解，但你不能违背别人的意愿，包括你女儿自己的意愿。”

“什么，我女儿？你是说金佩并不爱你？”

恰好金玉推门进来，听了三叔的话笑道：“三叔，你别乱点鸳鸯谱好不好？金佩爱的是万雪涛。”

马千里怔住了，突然如醍醐灌顶：“啊呀！我还纳闷呢，那小子干吗鬼鬼祟祟地往我女儿病房里跑，原来是这么一回事！昨天我还朝他横眉竖眼，追问他神出鬼没想搞什么名堂？”

林列说：“他对麦妮可好了，连续几晚守在她床边。”

马千里将信将疑：“这小子一贯没正经，前天我还骂他小流氓了。”

马金玉笑道：“三叔，别拿老眼光看人。万雪涛和金佩妹妹相处了一年就像变了个人似的，纨绔习气全都不见了。林列设计的智能汽车系列玩具，还多亏他参与帮忙呢。大家在一起干了十来天活，我看得出他和妹妹是真心相爱。”

马千里噢了一声，露出满脸喜色。

麦妮家乡的砖窑老板，从电视新闻里得知麦妮在海城，就伙同老麦连夜乘车赶过来。老麦一路上唠叨个没完：“死妮子救了个亿万富翁，少说也得给她三十万，没有三十万，十五万也行啊！”

第二天上午，他们来到海城人民医院，向护士打听麦妮的病房号。恰好被万雪涛听见，忙问他们从哪儿来，找麦妮干什么。

砖窑老板说：“我是她哥，听说她受了重伤，急着赶过来看看。”

老麦说：“她救了富翁一条命，少说也该给她三十……”话说了一半被砖窑老板制止住。

万雪涛从口音上猜出来人身份，心不由得往下一沉。突然急中生智主动要求带路，直接把他俩带到马老板的病房：“我来介绍一下，这是麦妮的爹，从河南赶过来的。”

老马听说来人是麦妮的爹，如同见到生死仇敌，呼啦一下从床上跳起来：“正想逮你们呢！拐卖人口的坏蛋！”

那砖窑老板一听说贩卖人口，就认定对方骂的是他，因为他就是做这行当起家的。难道哪笔买卖露馅了不成？三十六计走为上策，他转身溜出病房，买了车票逃之夭夭。

马千里义愤填膺，指着老麦的鼻子声泪俱下：“你害得我好苦啊！我带着老婆儿子奔波了十几年，找遍大半个中国寻找我可怜的女儿。孩子她妈担心思念女儿成天以泪洗面，早早离开了人世。”

老麦吓得面如土色，没想到自己找女儿找出麻烦来了，连忙申辩他是从别人手上买来的：“女孩当时快要死了，所以只花了两千块钱。”

马千里责问老麦：“你既然领养她就该好好待她，为什么让孩子当牛做马还经常遭毒打？你也是生儿育女的人，怎能如此歹毒呢？”

老麦睁着惊恐的眼睛，莫非这些人是神仙？连麦妮本人都不知道的身世秘密，他们怎么全知道啊！他不敢抵赖，只得如实把事情经过说了一遍。

麦妮进家半年他老婆就怀孕了，先后生下女儿和儿子。里里外外活儿太多麦妮不干谁干呢？儿子生下来体弱多病，去医院看过好几回总好不彻底。没办法就找人算命，说儿子被不明灾星压着呢。他怀疑灾星是麦妮，从那时起两口子就特别讨厌她，即便她没完没了地干活，仍旧会无缘无故地挨打受骂。

老麦生性好赌，输了钱心情不好就喝酒，喝了酒见谁打谁，麦妮更是在劫难逃。后来他迷上六合彩，把家里的钱输得精光。有一次他去地下钱庄借来一万块钱下赌注，原想捞回亏掉的老本，没想到再次血本无归。那天他垂头丧气地走在路上，恰好天上掉下一撮鸟屎不偏不斜落进他脖子。他懊恼透顶，当晚还做了噩梦，想想不对劲又去找算命先生。

算命的说他招惹的灾星已升为魔怪了，这个魔怪会让他一辈子倒霉受穷，他的子孙也将一直倒霉下去。

老麦吓得半死，立刻把卖鸡的钱递过去。算命先生掐算了好久，终于证实了老麦多年的猜疑，魔怪正是大丫头麦妮。他当即决定把大丫头赶出家门。

算命先生说，你赶她走肯定不行，打死她更不行。倒不如早早帮她寻个人家，由她男人帮你压住就没事了。说完还帮老麦挑了个人选，就是算命先生的外甥，那个心狠手辣出了名的砖窑老板。

老麦眨巴两下眼睛接着说："他外甥也没和丫头见面，就给了我十万块钱。十万块钱不少了，还能帮我压住魔怪保我儿子平安……"

刚说到这儿门被推开了，马金玉扶着麦妮走进来。麦妮从金玉那儿听说自己的身世，得知马千里悔恨对她太凶狠，诚心请求她原谅宽恕。

当麦妮听说父亲为找她，跑遍大半个中国始终没有放弃，就感动得流泪了。听说母亲病逝，哥哥遭遇车祸，麦妮哭得很伤心。她觉得父亲没有什么地方需要原谅，应该乞求原谅的是她，要是当年她不随便跟人走，家人也就不会如此痛苦了。麦妮坚持过来看望自己的亲生父亲，毕竟他们共同经历了一场生死劫难。

69

当麦妮一眼见到爹的时候，惊愕的神情如同见到魔鬼。她刚转身逃跑就被老麦看见了，本能地跳起来喊道：“死妮子！我抽你筋！”那声习惯性的喊叫刚出口他就知道失言了。

马千里喊道：“你敢抽她的筋试试！”转脸对麦妮说：“金佩别怕，今后没人再敢欺负你！”

老麦和万雪涛惊奇地看着马千里，不知道他说的金佩是谁。老马把亲子鉴定报告拿出来，宣布麦妮就是他当年被人贩子拐走的女儿马金佩。

二十年啦！我没有哪一天不思念女儿，担心她过得不好，担心她没人疼爱，更担心她会生病。可是，我无论如何都没有想到，她在姓麦的人家当牛做马还常常遭毒打，最终又以十万块钱的价格卖给一个心更狠手更辣的坏蛋。

说到这里老马泣不成声：“姓麦的你太歹毒了！我一定要把你送到公安局去，让你下半辈子在牢房里度过。”

万雪涛掏出手机要报警，被麦妮拦住说：“还是让他走吧，毕竟是他把我养大。他也曾经对我好过，有一回我高烧不退，爹把我背到医院……”

万雪涛喊道：“他把你扔在医院门口就溜走了。幸好被易老师看见，帮你办了住院手续。”

麦妮睁大眼睛说：“你怎么知道？”

“我怎么不知道，当我听说你的悲惨遭遇时，我就下决心一定要找到这个恶魔，将他绳之以法。”

老麦是个久经沙场的赌徒，懂得光棍不吃眼前亏的道理。他可怜巴巴地抬起头向麦妮哀求道：“饶了我吧丫头，你娘病得厉害还等我回去抓药呢。我保证回到家里下死劲干活，把欠人家的债全部还清。其实，我从去年起就改邪归正不再赌钱了……”

万雪涛说：“你把卖女儿的钱都输光了，还拿什么赌啊！人和动物的区别是，人的生命有一种精神价值，而你活着为的是什么？”

老麦胆怯地看着麦妮说：“我回去以后好好做人，不再喝酒赌钱了，帮你妹妹寻个好人家嫁了……”

麦妮说：“她的婚事由她自己做主。寻什么好人家呀？在你眼里只要有钱就好。”

“对，对，对。还是由她自己做主。你弟弟考上高中了，我想让他回家养猪……”

麦妮说：“上学上得好好的干吗回家养猪，让他继续读书学费由我出，我打了两份工……”

马千里说：“还打什么工呀？整个金马公司都是你的。”

经过麦妮做工作，马千里给了老麦一笔钱让他回去了。

万雪涛指着麦妮笑道：“马金佩！原来你叫马金佩。难怪我第一眼见到你，就觉得小丫头很像马金玉。”

林列也笑了，当初他无意识地主动接近麦妮，正是从她身上看到了马金玉的影子，哪曾想到她俩竟是堂姐妹。

马千里说：“我可怜的女儿啊，你现在最想得到什么？钱？汽车？还是别墅？无论你要什么，我都会满足你的愿望。”

麦妮说：“我想设立帮困基金，帮助因见义勇为受伤的人，不能让英雄流血再流泪；我想帮助像易老师那样善良有爱心的好人，以及贫困无助的好人们。”

大家都觉得麦妮说得对，有钱人拿出一点钱回报社会，伸手帮一把需要帮助的人，其实是件很容易的事。而对于被帮助的人来说是多么重要和关键，他们甚至会感恩一辈子。企业要设立一个回报社会的平台，尽可能地救助贫困人员，在企业里营造和谐的环境，社会才能更加和谐。

马千里说："行！这件事即日着手办理。还有什么要求你尽管说！"

麦妮想了想说："我想改善员工的工作环境，必要的除尘设备、通风设备要安装到位。规章制度也要进一步合理化、人性化，要规范用工合同，善待怀孕及哺乳期的女工，不可以借故辞退她们。"

老马笑道："早该这么做了，我要那么多钱干吗呀？即便埋在钱堆里我也不快乐，不如拿出来做些善事，只有心安理得才会幸福。好了，这事由金玉配合你完成，希望你们姐妹俩同心协力把公司办好。"

麦妮转身拉住金玉的手笑道："姐，感谢你一次次帮助我，还救了我的命。"

马金玉说："不用谢，你受了这么多年苦，我应该把属于你的东西还给你，金马公司总经理由你来担当。"

麦妮说："千万别！我懂什么呀？如果条件允许的话我想把中专读完，不管今后境况发生什么变化，我都要靠自己的劳动来养活自己。"

马金玉笑道："我和妹妹的想法一样，也想继续完成学业。"

老马笑道："好主意，我支持你们继续学习！俗话说人逢喜事精神爽，这几日我觉得身体全好了，趁着有劲帮你们姐妹俩管理几年公司，等你们毕业回来我就退居二线啦！"

听了这话大家都笑起来。

万雪涛笑得很勉强，他走到麦妮旁边急不可待地说："你走了我怎么办？咱俩的婚事怎么办？"

麦妮红着脸说："你父母不喜欢我，总不能为这事搅得你们家庭不和吧？"

万雪涛说，婚姻是我自己的事，他们无权干涉。再说我爸妈挺喜欢你这个人，只是贫啊富的怪念头让他们钻了牛角尖，其实真正的富人反倒能正确对待贫富关系。

马千里笑道：“看来我们的思想得好好更新一下，钱再多也就是一天三顿饭，夜里一张床，还是取之社会用之社会为好。”

见万雪涛愁眉不展老马接着说：“至于婚姻大事嘛，只要你俩真心相爱就行！都什么年代了，万达那个老家伙还想包办儿子婚姻，学我的样子乱点鸳鸯谱？”

万雪涛见老丈人表了态顿时心花怒放，忙说：“我爸妈那边不是问题，他们原本很喜欢麦妮……”

马千里一本正经地说：“我女儿名叫马金佩，你得改口我才答应她嫁给你。”

万雪涛改口叫了两个字脸就憋得通红。

麦妮见他一副窘相连忙解围：“爸，林列和万雪涛研制高端智能玩具取得成功，眼下正在研制家用机器人呢！”

金玉接着说：“林列跟省城一位教授联系上了，打算请他来作现场指导。先慢慢摸索，必要时还得去外地学习进修。”

马千里拍了一下手笑道：“这是大好事！我百分之百赞成。林列、雪涛你们放手干吧！经费方面不成问题，不管用多少钱金马公司全包了。”

林列欣然点头：“我们不会辜负董事长的信任。”

“还叫什么董事长啊！跟金玉一样叫我三叔！”

林列和金玉对望了一下笑起来。

万雪涛说：“万氏集团也必须出资，等研制成功批量生产，干脆两家合资一块干。”

老马笑道：“我早就说过，万马两家强强联手，企业肯定会越做越大！”说着掏出手机拨通万达的电话：“亲家，我是老马呀！你赶快来金马公司一趟，我要给你上课，讲讲婚姻法。”

万达看着手机，有点丈二和尚摸不着头脑。马千里发什么神经呀？金玉不是名花有主了嘛，他拿什么和我攀亲家？想了半天没想明白，不如到那儿看看再说。

70

万达开着宝马车来到金马集团，刚跨出小车就碰见从大门里边走来的江凯。此前，每逢节假日江凯都会去万氏集团维修保养机器，挣些辛苦钱补贴家用。跟万老板交道打多了，也就格外熟悉起来。

两人见了面寒暄几句，便东一句西一句地聊起家常。

这时，门卫喊了一声："你们看哪，那不是戚三麻子嘛！他一早去县城参加庭审，不知他老婆是不是判了死刑？"

江凯转过身朝远处招了招手，戚三慢吞吞地来到他身边。

万达正准备离开，见戚三走过来便收住脚步。

戚三明显瘦了许多，从他嘴里得知，一审判定他老婆死刑缓期两年执行；张小莹被判有期徒刑十年；冯桑丘是死刑，并没收个人全部财产。

江凯拍了拍戚三的肩膀："事情已经这样了，还是想开点吧！"

戚三想说些什么，张了张嘴没吱声。

江凯问："你和弟妹说着话了吗？"

戚三点点头。

江凯又问："她知道悔恨了吧！"

戚三摇了摇头苦笑道："她让我找冯桑丘要集资款去，说那是她攒了一辈子的私房钱，本金十六万，月息按二分五厘算，连本带利合计二十三万六千七百四十六元。”

万达说：“这钱恐怕要不回来了，冯家两口子一个死刑一个劳改，家产已被银行封掉了。听说冯桑丘的女儿前天已被她爷爷接到老家去了。”

戚三翻了一下白眼，恶狠狠地嚷道：“要不回来活该！那会儿我爹病了想吃点儿药，她口口声声说没钱没钱！今天要不是听她亲口说，打死我也不相信她藏了那么多私房钱……可怜我爹药没吃成，反倒被她活活给勒死啦……呜……”

江凯把蹲在地上的戚三拉起来：“到了这个地步，犯不着让她知道钱已经打了水漂……”

戚三冷笑道：“我全都跟她说了，我说两年后你去地狱找冯桑丘要钱吧！连本带息！记住一定要连本带息要回来！”

门卫张着嘴巴半天没回过神来，突然双手合十喃喃自语：“世人都道神仙好，唯有金钱忘不了，终身只恨聚无多，积到多时眼闭了。”

戚三一边往厂里走一边喊叫道：“古人说十案九奸，我偏说十案九贪！古人说万恶淫为首，依我看是万恶钱为首！钱这东西祸害人哪！”

万达笑道：“钱本身并无罪过，喜欢钱也不是什么坏事，关键看你用哪种手段得到它！”

2011年5月18日

图书在版编目（CIP）数据

财产继承人 / 施勤勤著. -- 南京 : 凤凰出版社, 2012.1

ISBN 978-7-5506-0980-8

Ⅰ. ①财… Ⅱ. ①施… Ⅲ. ①长篇小说－中国－当代 Ⅳ. ①I247.5

中国版本图书馆CIP数据核字(2011)第231537号

书　　名	**财产继承人**
著　　者	施勤勤
责任编辑	刘艳军
设计制作	李　幽
出版发行	凤凰出版传媒集团 凤凰出版传媒股份有限公司 凤凰出版社 北京凤凰天下文化发展有限公司
出版社地址	南京市中央路165号，邮编：210009
公司网址	北京凤凰天下网　http://www.bookfh.cn
印　　刷	北京市北关闸印刷厂 北京市通州区北关闸管理所院内
开　　本	700×1000毫米 1/16
印　　张	19
字　　数	270千字
版　　次	2012年2月第1版　2012年2月第1次印刷
标准书号	ISBN 978-7-5506-0980-8
定　　价	29.00元

（凡印装错误可向发行部调换，联系电话：010－58572106）